灰原
ちょっといいか?
はい…?
お前さ
地理の課題
やってきてる?
は
はい
あっ
あのでも私
字……
へた……
灰原吉乃
【はいはらよしの】
中学時代からの景介の同級生。
人見知りで引っ込み思案。

みんなで遊びに行くことなんてなかったものね
楽しみだわ
秋津依紗子
【あきついさこ】
隣の席の女の子。容姿端麗、成績優秀。みんなのアイドル。
依紗子さんは優しいなあ
……
宮川/荒木
【みやがわ/あらき】
クラスメイトその1/その2
灰原さんも一緒に？

頼めるか?
うん
おまかせ!
日崎歩摘【ひさきほづみ】
クラスメイト。バレー部所属。
……天然?
……失踪してるんだ
姉貴が
これ
霧沢が持っといたほうがいいと思ってさ
木陰野棗【こかげのなつめ】
クラスメイト。茶道部所属。
女だけど男前。

美術室
棺奈
【かんな】
枯葉に付き従う。……メイド？
誇りに思うが良い
そう
あたしたちは人間じゃない
枯葉
【かれは】
突如、景介の前に現れた少女。

なりません
お嬢様
そこまでだ
景介から
離れろ
迷《まよ》い家《が》

アカイロ/ロマンス

少女の鞘、少女の刃

藤原祐
yu fujiwara

原案協力・イラスト／椋本夏夜

カンツバキノコロ

序幕　寒椿の頃

古い記憶《きおく》がある。

たぶん、五歳か六歳か。小学校にはまだ通っていなかったと思う。

冬だった。

雪が積《つ》もっていて、庭も屋根も辺《あた》り一面が白く、僕は珍《めずら》しい景色《けしき》に、凍《こご》え付くような冷気も気にならず、犬のジョンとまるで童謡《どうよう》さながらに庭を駆《か》け回っていた。

長靴《ながぐつ》でつけた足跡《あしあと》が面白《おもしろ》かった。

雪玉《ゆきだま》を転がすと、どんどん大きくなるのにわくわくした。

冷たい白いものが空から落ちてくる不思議《ふしぎ》さと、いつもの風景《ふうけい》がすべて純白《じゅんぱく》で塗《ぬ》り固められた新鮮《しんせん》さは、たぶん生まれて初めて体験《たいけん》するものだったのだろう。とにかく何もかもが楽しくて、十年を経《へ》た今思い出しても、温《あたた》かく懐《なつ》かしく感じる。

でも、それらのひとり遊びの記憶の中に、後になって考えると奇妙《きみょう》な――異物《いぶつ》がある。

少女だ。

いつの間にか、家の庭ではしゃいでいた僕の傍《かたわら》に、彼女はいた。

その頃《ころ》の僕は、もちろん不法侵入《ふほうしんにゅう》なんていう言葉《ことば》も知らなかったし自宅《じたく》が家族だけのテリトリーであるという認識《にんしき》すらもなかったから、そいつの存在《そんざい》を不思議には思わなかった。何より――軒先《のきさき》で僕とジョンを見守ってくれていた姉さんが、彼女のことを咎《とが》めもしなかったのが大きかった。ひょっとしたら姉さんは「あなたどこの子？」くらいは尋《き》いたのかもしれないし、少女もどこから来たのかを答えたのかもしれない。でも、詳細《しょうさい》は今となっては朧《おぼろ》で、その遣《や》り取りがあったのかどうかはわからない。

ただ覚えているのは、その少女の服装《ふくそう》と背《せ》格好《かっこう》。

歳《とし》は、たぶん僕と同じくらい。

深い紺色《こんいろ》の着物に、長く伸ばした黒髪《くろかみ》。

それらは雪の白の中、まるで和紙《わし》に零《こぼ》した墨《すみ》のようだった。

彼女は言った。

「ゆきははじめてか？」

うん、と僕は頷《うなず》いた。

「さむくはないのか？」

だいじょうぶ、と僕は笑った。

やけに大人びた喋《しゃべ》り方だったのは、朧げに覚えている。

「おまえはげんきなのだな」

おまえじゃないよ。けいすけっていうんだ。きりさわ、けいすけ。

「けいすけ、か。よいなだ」

偉《えら》そうにそう言ったので、じゃあお前はなんていう名前なんだよ、と問《と》うた記憶がある。

「わたしは――」

彼女がなんと名乗ったのかは、思い出せない。

それからしばらくの間、僕と少女は雪の中で遊んだ。ジョンも交えて、ふたりと一匹《いっぴき》で。

思い出すのは、雪兎《ゆきうさぎ》。

「うさぎをつくってやろう」

雪だるましか知らなかった僕にとって、彼女の言葉《ことば》は驚《おどろ》くべきものだった。彼女は雪を固め、それから庭に生《は》えていた椿《つばき》の葉を千切《ちぎ》り、ふたつに裂《さ》いて添《そ》える。

でも、そこまで作業を進め、彼女の手が止まった。

「なんてんはないのか？」

うちの庭には、南天《なんてん》が植《う》わっていなかった。もちろん僕は、兎の赤い目になるその実のことを知らなくて、きょとんとしていただけだったけれど。

機転《きてん》を利《き》かせたのは姉さんだった。

姉さんは自分の部屋《へや》に行くと、赤いビーズをふたつ持ってきて、少女に手渡《てわた》した。

それで雪兎は見事に完成《かんせい》し、僕も彼女も顔を輝《かがや》かせる。

「よくやった。おまえ、ほめてやるぞ」

どこかの姫様《ひめさま》のような尊大《そんだい》なことを少女は言った。

さすが姉さんだ。僕は幼《おさな》い優越感《ゆうえつかん》で少女に鼻を高くした。

そして――よかったね、と、姉さんが言ったのと同時。

ぽとりと、雪兎の隣《となり》に、椿の花が墜《お》ちる。

「きれいだな」

少女はそれを見て、嬉《うれ》しそうに笑った。

記憶《きおく》は、そこで途切《とぎ》れている。

彼女がどこの子だったのか、どうしてたったひとりでうちに来たのか、今となってはわからない。正月でも七五三でもないのに和服姿《わふくすがた》だった理由も聞きそびれていた。

どんな顔をしていたかも忘れてしまった。綺麗《きれい》な娘《こ》だった、というのは子供心に残っているけど、なんだかどきどきしたという記憶だけで、それ以外は消えてしまっている。

当時高校生だった姉さんなら、きっと覚えていただろう。

でも、尋《き》くことはできない。

姉さんはその二年後、失踪《しっそう》した。

大学受験を控《ひか》えた年末、高校から帰る途中《とちゅう》で消えるようにいなくなってしまったのだ。事故《じこ》や犯罪《はんざい》に巻き込まれた形跡《けいせき》はまったくなく、警察は無慈悲《むじひ》に『家出』と判断した。捜索願《そうさくねがい》を出しても行方《ゆくえ》はまったく摑《つか》めず、去年——法律上《ほうりつじょう》での死を迎《むか》えた。

両親はそれを受け入れず、まだ葬式《そうしき》も行なっていない。

姉の部屋は、今でも当時のままだ。ただし写真《しゃしん》は一枚も残っていない。ひょっとしたら両親がどこかに仕舞《しま》っているのかもしれないが、尋《き》けるような雰囲気《ふんいき》ではない。

そのせいで、今ではもう、姉さんの顔すらもよく思い出せずにいる。

※

けれど、それから十年ほど経《た》った、冬。

姉さんの失踪《しっそう》という強烈《きょうれつ》な出来事《できごと》のせいで、あの少女のことなんてすっかり忘れてしまっていた、高校生の僕——俺、霧沢景介《きりさわけいすけ》は。

朧《おぼろ》げな懐《なつ》かしい記憶《きおく》と、再会《さいかい》することになる。

カゴメ、カゴメ

第一幕　籠女、籠女

1

曇天《どんてん》の夜に、冷えた空気が深々と澱《よど》んでいる。

薄《うす》く途切《とぎ》れた雲の隙間《すきま》から見える朧月《おぼろづき》は、暗闇《くらやみ》を照《て》らすには足《た》りない。ただ、路地《ろじ》の脇《わき》に規則《きそく》正しく立ち並《なら》んでいる街灯《がいとう》は、道を歩く人影《ひとかげ》を露《あらわ》にするに充分《じゅうぶん》な明るさを持っていた。

静寂《せいじゃく》に寝《ね》静《しず》まった住宅地《じゅうたくち》。

犬の遠吠《とおぼ》えを遙《はる》かに聞きながらひとりの女がいる。

二十歳を越《こ》えない程度《ていど》に見える、若い娘《むすめ》だ。

けれど、奇妙《きみょう》。そう呼ぶに相応《ふさわ》しい姿《すがた》だった。

かつての高度《こうど》経済《けいざい》成長の際《さい》に発展《はってん》した街《まち》は、昭和末期《しょうわまっき》の雰囲気《ふんいき》を未《いま》だに残したややレトロなものだったが、それでもまだ彼女の異様《いよう》を隠《かく》すには現代的過《す》ぎる。

紺色《こんいろ》の和服《わふく》と、その上から着けた白い洋風前掛《エプロン》。まるで戦前、旧家《きゅうか》の使用人が纏《まと》っているかのようなその格好《かっこう》は、現代にあっては些《いささ》か奇抜《きばつ》なファッションと言えた。

しかし、更《さら》に。

その服装さえもを『普通』にしてしまうような装飾品《そうしょくひん》を、彼女は幾《いく》つか持っていた。

まずは、両手に抱《かか》えた鳥籠らしきもの。

球形《きゅうたい》を半分に割《わ》って縦《たて》に引き伸《の》ばしたような形状は鳥籠のようだが、白い布《ぬの》で覆《おお》われているため、本当にそうなのかはわからない。故《ゆえ》に『らしきもの』。頂上《ちょうじょう》には留《と》め金がくっ付いていて、女はそこを右手の指先に引っ掻《か》け、残る左手で底《そこ》を支《ささ》えている。

それからもうひとつ。

背に負った、大きな白木の四角い箱。

彼女の背丈《せたけ》と同程度《どうていど》の、それは棺桶《かんおけ》のように見える。

「……お嬢《じょう》さま」

夜道を音もなく歩きながら、女は呟《つぶや》いた。

「追手《おって》は、いないよう、です」

立ち止まり、背後《はいご》を身体《からだ》ごと振り返って言う。

「どう、致《いた》しますか」

一切《いっさい》の感情が見られない、抑揚《よくよう》を消失《しょうしつ》させた発音だった。

単語《たんご》ごとを区切った人間味《み》のない喋《しゃべ》り方がその無機質《むきしつ》さを助長《じょちょう》する。

その言葉《ことば》に、

「そうか。お前はどう思う？」

年若い――どちらかといえば幼《おさな》さの残る少女の声で、返事があった。

女の周囲《しゅうい》には誰《だれ》もなく、彼女は夜道にたったひとりで在《い》るにも拘《かかわ》らず。

しかし女は不思議《ふしぎ》そうな顔もせず応《こた》える。

「『迷い家《まよいが》』へ、行った方が、賢明《けんめい》に、ございます」

まよいが、という単語《たんご》にほんの少しだけ抑揚《よくよう》が込められる。

「一度、そこで、体勢《たいせい》を、整《ととの》えるべきかと」

「莫迦者《ばかもの》」

棒読《ぼうよ》みに近い女の返答に比《ひ》して、それを諌《いさ》める姿《すがた》なき少女の声はいかにも泰然《たいぜん》だった。

「そんな猶予《ゆうよ》も余裕《よゆう》もない」

「しかし、お嬢《じょう》さまは、」

「……それだ。問題は妾《わたし》だ」

男勝《まさ》りの口調《くちょう》で、少女の声がぴしゃりと言う。

「迷い家に隠《かく》れるなど、負けを認《みと》めたことになる。分家《ぶんけ》の奴《やつ》らどもにいいようにされて、挙《あ》げ句《く》、里《さと》を離《はな》れている者を頼《たよ》る？　それが本家《ほんけ》の跡取《あとと》りのすることか」

女は黙《だま》り込んだ。

答えられない、というよりも、相手《あいて》の言葉《ことば》を待《ま》つかのように。

「まあ、帰る家もない今、迷い家に身《み》を寄せること自体が悪いとは言わん。が……妾がこの有《あり》様《さま》では、たとえ赴《おもむ》いたとしても窮《きゅう》するのみであろう」

「『贄《にえ》』を、最優先《さいゆうせん》に、ですか」

「うむ。気に喰《く》わんが……この際《さい》、一族の誰《だれ》かでよい。喪《も》着《ぎ》までもとは言わん」

ちらりと背後《はいご》を窺《うかが》い、追手《おって》が見えないのを確認《かくにん》した女は立ち止まった。

「では、彼処《あそこ》は、如何《いかが》、でしょう」

見上げた先には、周辺《しゅうへん》の住宅《じゅうたく》とは桁違《けたちが》いに大きな建物《たてもの》があった。

鉄柵《てっさく》で遮《さえぎ》られた門と、並木《なみき》道《みち》。それからグ、ラ、ウ、ン、ド。三階建ての無機質《むきしつ》な校舎。

「何だ？　ここは」

「学校で、ございます」

少女の怪訝《けげん》な声に女が答える。

「『白州《しらす》高等学校』」

「……しらす、と？　あの『しらす』か？」

「はい。ここであれば、或《ある》いは」

意味ありげな言葉だったが、発した女の口調にはやはり感情がない。

しばしの沈黙《ちんもく》の後、鷹揚《おうよう》な少女の声があった。

「そうか……なるほど。妾と無縁《むえん》な場所であったから算段《さんだん》に入ってはおらなんだ。ここになら敵《てき》も味方《みかた》も居《お》ろう。不意打つも助力《じょりょく》を求めるも可能《かのう》やもしれん」

「ですが、夜が、明ければ、人が、増えます。御身《おんみ》を、隠す、場が、あるかどうか」

「構《かま》わん。……お前が負《お》うておるものは何だ？　棺《ひつぎ》がどうにかなる場所があればよい」

「はい」

女は頷《うなず》いた。

「では、夜の、明けぬうちに」

そうして。

彼女は棺《ひつぎ》を背負《せお》い鳥籠《とりかご》を抱《かか》えたまま、僅《わず》かに身《み》を屈《かが》めると、直後。

ふわり、と。

まるで重力などないかのように跳躍《ちょうやく》し、大人の二倍ほども高い校門を助走《じょそう》もなく飛び越《こ》え、学校の敷地内《しきちない》へと軽やかに着地する。

「棺奈《かんな》」

もう一度背後《はいご》、学校の外を窺《うかが》った女の名を、少女が呼んだ。

「妾はあとどれくらい、い、い、い、い、い、い、生きられる？」

「お嬢《じょう》さまの、気力次第《しだい》に、ございます。ですが、三日が、限度《げんど》かと」

「ならば二日だ。二日経《た》っても打つ手がなければここを出て迷《まよ》い家《が》へ行こう」

「はい」

女──棺奈の顔が、暗闇《くらやみ》に溶《と》けるようにして僅かに上下した。

もはや街灯《がいとう》はない。月明かりも女を照《て》らすには足《た》りない。

闇に朧《おぼろ》な、葉のない並木道《なみきみち》。

校舎《こうしゃ》の方向へと、異相《いそう》の女は歩み、消えていった。

2

二月の空気は冷たく、しんみりと痛《いた》い。

その日は、寒波《かんぱ》の影響《えいきょう》で最低気温が氷点下《ひょうてんか》に達するという予報が出ていた。けれど学生にしてみれば、多少寒かったからといってごくごく普通の平凡《へいぼん》な一日には変わりない。「今日は寒いね」などという他愛《たあい》もない挨拶《あいさつ》が校門や通学路で溢《あふ》れる中、霧沢景介《きりさわけいすけ》はいつものように、七時四十分を少し過《す》ぎた頃《ころ》、自分の学校──私立白州《しりつしらす》高校へと登校《とうこう》した。

所属《しょぞく》クラスは一年A組。

八時から補習《ほしゅう》が始まるため既に、来ていない生徒の方が少なかった。コートを脱《ぬ》いで、廊下《ろうか》に備《そな》え付けてある個人用ロッカーへ突《つ》っ込んでから、教室へ入る。

おはよう、と声を掛《か》けてくる友人に軽く手を挙《あ》げて応《こた》えつつ、自分の席《せき》へ行き鞄《かばん》を机《つくえ》の横に掛けた。私立のくせに冷房《れいぼう》も暖房も設置《せっち》していないのはケチだといつも思うが、それでも人の体温と湿度《しつど》で外よりも暖《あたた》かい。一瞬《いっしゅん》、かけていた眼鏡《めがね》が曇《くも》ってしまうのではないかと心配《しんぱい》した。

隣《となり》の席の女子生徒が、集まった数人と談笑《だんしょう》している。

景介が登校してきたのを見ると、おはよう、と、朗《ほが》らかに挨拶をしてきた。

「あー、おはよう」

応《こた》えつつ、彼女の顔を見た。

にこやかな笑顔《えがお》は僅《わず》かに鼻が赤い。自分と同じく登校《とうこう》してきたばかりなのだろう。

秋津依紗子《あきついさこ》は、このクラスで最《もっと》も成績のいい、言わば優等生《ゆうとうせい》だ。

それもただの優等生ではない。なにせ彼女は、抜群《ばつぐん》の学業に加《くわ》えて容姿端麗《ようしたんれい》。おまけに人当たりもよくクラスメイトからの人気も高い、まるで絵に描《か》いたような存在《そんざい》なのだ。鼻を多少赤くしていてもまったく揺《ゆ》るぎない清楚《せいそ》さと可憐《かれん》さには、毎日のことながら感心する。

とはいえ景介《けいすけ》は他の男子たちのように、彼女に対して過剰《かじょう》に色めき立ったりはしない。

まあ確《たし》かに綺麗《きれい》なのはわかるし、話をするのに僅かな緊張《きんちょう》を覚えたりもするのだが、どうにもそのせいか彼女には、どこか他人に対して一線《いっせん》を引いているところがあると思っている。もちろんそれは景介が勝手《かって》に感じていることだ。たぶん、単《たん》に好《この》みではない、もしくは完璧過《かんぺきす》ぎて今ひとつ異性《いせい》としての魅力《みりょく》がピンとこないというだけだろう。

そのことを他の奴《やつ》らに話すと、お前はどれだけ望《のぞ》みが高いんだとか、いや低過ぎてわからないんだろうこのジャンクフードを喰《く》い慣《な》れた現代人めとか、だったらその席《せき》今すぐに俺と替わりやがれ猫《ねこ》に小判《こばん》だなどと罵《ののし》られるが、生憎《あいにく》席を譲《ゆず》る気はない。

「秋津、世界史《せかいし》の課題《かだい》やってきた？」

なにせ、優等生の隣の席は実に美味《おい》しいのだ。

「うん、やってきたわよ」

「見せてくれ」

「はいはい」

「あー、霧沢《きりさわ》、また依紗子に頼《たよ》って」

「甘《あま》えてんよねえ。ま、依紗子の隣《となり》になった男子は大概《たいがい》そうだけど」

彼女の友人たちが口々に景介をからかってくる。

「世界史、苦手なんだよ」

肩を竦《すく》めつつ、適当《てきとう》に景介はあしらった。とはいえ実際、彼女たちの言葉《ことば》は否定《ひてい》できない。

課題だけではなく、授業中に教師に指名された時なども実に重宝《ちょうほう》している。

彼女からプリントを受け取り、椅子《いす》に腰掛《こしか》けた。

と、目ざとく歩《あゆ》み寄ってきたクラスメイトの荒木《あらき》が、にやにや笑いながら、

「おい、俺にも見せろよこの性悪《しょうわる》メガネ」

景介はふん、と鼻を鳴らし、言ってやった。

「俺じゃなくて秋津に跪《ひざまず》いて許可《きょか》を乞《こ》え。あと、性悪メガネ言うなアホ」

性悪メガネ。

景介は一部の友人から、そう呼ばれている。

斯様《かよう》に不名誉《ふめいよ》かつ人権無視《じんけんむし》な渾名《あだな》をつけられてしまった経緯《けいい》を、当《とう》の景介は覚えていない。

単《たん》に口が悪かったとか、性格が悪かったとか、眼鏡《めがね》の奥《おく》の目付きが悪かったとか、眼鏡をかけているのに比《ひ》して成績が悪かったとか、そういった些細《ささい》なことが切っ掛《か》けだったのだろう。全部『悪かった』のが理由だというのが自分で考えて腹立《はらだ》たしい。……というか、実のところどれもこれも、自己評価《じこひょうか》としては、それほど『悪くない』と思うのだけど。

少なくとも客観視《きゃっかんし》できる中で言うなら、成績は中の上程度だ。苦手科目が幾《いく》つかあり、それがクラス平均点《へいきんてん》を思いきり下げているというだけ。

今、秋津《あきつ》からプリントを受け取った世界史《せかいし》もそのひとつ。

「跪《ひざまず》かれても困るよ。仲良《なかよ》く見てね」

秋津は苦笑《くしょう》しつつそう応《こた》え、荒木《あらき》が「依紗子《いさこ》さんは優《やさ》しいなあ」などと鼻の下を伸《の》ばした。

「でれでれするなこのアホ。プリント写《うつ》すならさっさと用意しろよ」

思わず口を突《つ》いて出た。

「あ？　でれでれなんかしてねえっての」

眉《まゆ》をひそめつつ『余計《よけい》なことを言うな』という顔をする荒木は、クラスメイト男子大半の例に洩《も》れず、秋津に憧《あこが》れている。その殆《ほとん》どは高嶺《たかね》の花だと諦《あきら》めているのだが、この男に限ってはどうにも自分の身《み》のほどを知らない。盛《さか》んにアプローチをしてみては軽くあしらわれる日々が、かれこれもう一年近く続いている。

——そろそろクラス替えだってのに、諦めの悪い野郎《やろう》だなまったく。

今度は口に出さずに、そう思った。

もっとも、荒木は次年度も秋津依紗子と同じクラスになるかもしれない。こいつは二学期に行なった進路決定において、選択科目《せんたくかもく》から進学コースまでもを彼女とまったく同じにしたという筋金入《すじがねい》りだ。好《す》きな娘《こ》と同じ教室で過《す》ごしたいがために自分の未来を決めるというのは呆《あき》れを通り越《こ》して恐《おそ》れ入る。景介《けいすけ》には真似《まね》できそうもない。

「ねえ、霧沢《きりさわ》くん、荒木くん」

などと考えつつ適当《てきとう》にプリントの空白《くうはく》を埋《う》めていると、秋津がクラスメイトたちの談笑《だんしょう》から一時離脱《いちじりだつ》し、こっちへ顔を寄せて尋《き》いてきた。

「昨日のニュース、見た？」

「ああ、あれ」

真《ま》っ先に反応《はんのう》する荒木。

「凄《すご》かったな、なんか近所ってのが嘘《うそ》みてえ」

近所、という単語《たんご》でようやく、景介は彼女が何のことを話題にしたのか思い至《いた》る。

「あの山火事？」

「そう、それ」

昨日、と秋津は言ったが、正確に起きたのは一昨日《おととい》の夜から明け方にかけてだ。

この高校からさほど離《はな》れていない山地。そこにある森が、まるごとひとつ燃えた。

中心部から車で二十分も走れば途端《とたん》に『となりのトトロ』に出てきそうな田園《でんえん》と山林地帯へと辿《たど》り着いてしまうこの田舎町《いなかまち》では、全国区の事件《じけん》など珍《めずら》しい。

昨日の夜のテレビではしきりに、焦《こ》げてしまった木々の映像《えいぞう》が流れていた。山はどこかの誰《だれ》かの私有地だったらしいが、山中に住んでいる人間はいなかったそうで、死傷者《ししょうしゃ》なし。冬ごもりしていたリスやイノシシやアナグマなんかは、ひょっとしたら焼け死んだかもしれない。

「ね、原因《げんいん》、何だったのかな」

「バカな大学生が焚《た》き火《び》でもしたんじゃないのか？」

あまり興味《きょうみ》がなかった景介《けいすけ》は課題《かだい》のプリントの空欄《くうらん》を埋《う》めつつ適当《てきとう》に返す。横から荒木《あらき》の、てめえ依紗子《いさこ》さんのお言葉《ことば》をなに流してやがんだみたいな視線《しせん》が突《つ》き刺《さ》さってきたが無視《むし》。

実際《じっさい》、高校からひと駅《えき》の場所にある私立《しりつ》大学の学生は、たまに妙《みょう》な騒《さわ》ぎを起こす。きっとそんなところだろう。もしくは、山の持ち主《ぬし》が野焼《のや》きを失敗したか。

「原因、まだわかってないんだよな？」

荒木は景介を放って、秋津《あきつ》と歓談《かんだん》することを選んだようだ。

「うん。霧沢《きりさわ》くんの言ったみたいに事故《じこ》ならまだいいけど、放火《ほうか》だったらイヤだよね」

不安げな秋津の声を聞き流しながら、確《たし》かにそうかも、とは思う。

火事の起きた山は、景介の家からも学校からも、さほど遠くない。何より、自分の住んでいる街《まち》に物騒《ぶっそう》なことが起きて嬉《うれ》しい人間はいない。

……とはいえ、自分も含《ふく》めて、秋津も荒木も一介《いっかい》の高校生に過《す》ぎないのだ。ドラマや漫画《まんが》ではあるまいし、解明《かいめい》に乗り出そうとか犯人《はんにん》を捜《さが》そうとか、そんな話にはならない。

「ああ、恐いよな」

「恐いわね」

極《きわ》めてありきたりな感想を言い合って、火事の話題はあっという間に終わった。

「で、荒木。お前、課題写《うつ》さなくていいのか？」

景介は秋津と楽しそうに向き合っている荒木の背《せ》をつついた。まあ実際、こいつは自分と違《ちが》って課題なんて本当はどうでもいいだろうから放っておこうかとも考えたのだけど。

「お前が写し終わった後でいいよ」

返答は実に賢《さか》しかった。景介が作業している間秋津とお喋《しゃべ》りをしつつ、しかも自分の優《やさ》しさをアピールできるという一石二鳥《いっせきにちょう》の作戦だろう。

景介はつい、そんな彼の作戦を踏《ふ》みにじってやりたくなる。

「残念だけど俺は終わった」

──こんなだから性悪《しょうわる》メガネだの言われるのかね。

自分の性格に苦笑《くしょう》しつつ、荒木を見る。

もう少し気を利《き》かせろ、と言いたげな顔で「そうか」と、嫌々《いやいや》こっちを向いてきた。

「助かったよ、秋津」

「いえいえ、どう致《いた》しまして。……間違《まちが》ってたらごめんね」

「大丈夫《だいじょうぶ》。適当《てきとう》に違《ちが》う答えも織《お》り交《ま》ぜつつ書き写《うつ》してる」

「あは、そういうところは要領《ようりょう》いいね、霧沢《きりさわ》くんは」

秋津《あきつ》の笑顔《えがお》は、確《たし》かに魅力的《みりょくてき》ではあった。

筋《すじ》の通った鼻梁《びりょう》と、薄《うす》い唇《くちびる》。長く伸《の》ばした髪《かみ》の幾筋《いくすじ》かには細いリボンが結《ゆ》われてあって、一見シンプルながら清楚《せいそ》な雰囲気《ふんいき》を出している。笑わないとどこか無機質《むきしつ》な人形みたいに見える両目も、細まることで愛嬌《あいきょう》のある形になって、それがギャップを感じさせるのかもしれない。

計《はか》らずもどきりとしてしまった景介《けいすけ》を見透《みす》かしたように、秋津は、

「ね、古文《こぶん》、得意《とくい》だったよね？」

少し身《み》を寄せて、わざとらしさのまったくない上目遣《うわめづか》いでこっちを見てくる。

無意識《むいしき》でやっているとしたら天性《てんせい》だなこりゃ、と思った。

「あー、まあ、苦手《にがて》ではない」

「だったら、交換《こうかん》で課題《かだい》見せて？　ちょっと確認《かくにん》したいの」

「すまん。やってきてない」正直に答える。せっかくだが、如何《いか》に得意科目であろうと、出された課題を家でやってくる習慣《しゅうかん》など持っていない。

「もう。……何よそれ」

少し剥《む》れて唇《くちびる》を尖《とが》らせた秋津の表情に、盗《ぬす》み聞きしていた荒木《あらき》が課題を写す手を止める。

　やれやれ、と心の中でだけ肩を竦《すく》めつつ、景介は軽口《かるくち》を叩《たた》いた。

「秋津さ、古文、苦手なのか？　古風《こふう》な名前なのに」

　依紗子《いさこ》、だなんてちょっと変わっている。

「自信ないところがあって。……ちなみにね、この名前はお婆《ばあ》ちゃんがつけてくれたのよ。でも私は現代人なので古文もすらすら読めません」

　こんなくだらない会話に対しても楽しそうにできる彼女を少しだけ羨《うらや》ましく思った。

　まあ、自分は女じゃないし、愛嬌なんかいらないだろう。特に、好きな女の子が他の男と仲《なか》良《よ》さげに話をしているのが気に入らない友人の前では。

「ところで、アホの荒木がお前の回答丸《まる》写ししてるぞ。バレたらことじゃないのか？」

　さりげなくかどうかはともかく荒木に話題《わだい》を振って、

「っ、誰《だれ》がアホだ！」

「え、丸写しだと困るわ、荒木くん」

「いやあ、そんなことしてないって。この性悪《しょうわる》メガネが適当《てきとう》なことを……」

「だから性悪メガネ言うな」

　景介はノートを持ち席《せき》を立った。荒木の頭をはたき、その場を去《さ》る。

　自分の席から離《はな》れるのは理不尽《りふじん》な気がしたが、自身《じしん》に課《か》した朝の任務《にんむ》はまだ終わっていない。

　昨日は世界史《せかいし》に古文、それから地理《ちり》の課題が出たのだ。

教室の後ろ、窓際《まどぎわ》の隅《すみ》へと行った。

そこにはひとりのクラスメイトが、ぼんやりと窓の外を眺《なが》めている。

もっさりとしてあか抜けない髪型《かみがた》に、不健康《ふけんこう》そうな痩《や》せ気味《ぎみ》の身体《からだ》。普通《ふつう》にしているだけでどこか悲しげな顔。よく言えば儚《はかな》げ、悪く言えば暗い──そんな雰囲気《ふんいき》を漂《ただよ》わせた少女だ。

「灰原《はいはら》」

「……え」

景介《けいすけ》に名を呼ばれた灰原吉乃《よしの》は、驚《おどろ》いたように振り返った。

「お前さ、地理《ちり》の課題《かだい》やってきた？」

「え、と」

問《と》われると、口籠《くちごも》りながら目をぱちぱちと瞬《また》きさせ、それからほんの僅《わず》かに俯《うつむ》く。

それがイエスとノーのどちらを表現しているのか判断できずに、景介は苦笑《くしょう》した。

灰原はいつもこんな調子《ちょうし》だ。

彼女とは中学が同じだったのだが、元気に笑っている姿《すがた》をあまり見たことがない。極端《きょくたん》に感情表現が下手《へた》なのと、内気《うちき》なのが原因《げんいん》して友人がいないのだ。

『あの娘《こ》暗いよね』とか『なに考えてるのかよくわからない』なんていう女子の陰口《かげぐち》も、何度か耳に挟《はさ》んだことがあった。同性《どうせい》の評判《ひょうばん》もそんなだから男子にとっても尚更《なおさら》で、クラス内ではまるで空気のように扱《あつか》われている。

でも、景介は彼女が嫌《きら》いではなかった。

どこか陰鬱《いんうつ》とした雰囲気も、会話にならないほどの内気さも、他のクラスメイトたちが言うほど気にならない。無口《むくち》だからといっても話が通じない訳《わけ》でも、性格《せいかく》が悪い訳でもないのだ。

それに、もうひとつ。

霧沢景介は灰原吉乃という少女に対して、極《きわ》めて個人的《こじんてき》な、一方的な親近感《しんきんかん》を持っている。口にするのも失礼《しつれい》だしわざわざ話題《わだい》にすることでもないから確認《かくにん》などしたことはなく——ただ、勝手《かって》に思っているだけだったが。

——こいつと俺は、たぶん似《に》てるところがあるんだ。

「やってきたんならさ、見せてくれないか？　俺、地理苦手《にがて》なんだよ」

「……は、い」

灰原は机《つくえ》の中からノートを取り出して、景介に差し出す。

「あの、わたし、字……その」

真《ま》っ赤《か》になった顔で口籠った灰原に、

「お前の字、見やすいし丁寧《ていねい》だよ」

受け取りながら景介は言った。折《おり》に触《ふ》れて課題を見せてもらっているのだが、毎回ぎこちない口調《くちょう》で同じ言葉《ことば》を口にするので、もう慣《な》れてしまっている。

とはいえ、このまま借りっ放しというのはどうにも悪い。

「ありがとう灰原《はいはら》。その内《うち》、お礼《れい》でもするわ」

具体的《ぐたいてき》に何も決めていないが、景介《けいすけ》はそう告《つ》げて笑う。灰原は「え」と驚《おどろ》いたような顔をして、また俯《うつむ》いて唇《くちびる》を少し動かした。何を呟《つぶや》いたのかはわからない。でもまあお礼と言ったってさすがに課題程度《かだいていど》で大層《たいそう》なものをプレゼントする気もない。せいぜいが昼食時のジュース一週間分だとかそんなものだ。奢《おご》られて困《こま》るものでもないだろう。

「ノート、いつ返せばいいか？　できれば二限くらいまでは借《か》りときたいんだが」

「あ、はい……」

今度はこくりと小さく頷《うなず》いた。

——それにしてもどうしていつも敬語《けいご》なんだよ、まったく。

苦笑《くしょう》しつつ、自分の席《せき》へ戻る。

ほんの僅《わず》か留守《るす》にしている間に、談笑《だんしょう》している人数と面子《めんつ》が変わっていた。

男子は荒木《あらき》に加《くわ》えて、宮川《みやかわ》。女子は元々《もともと》いた秋津《あきつ》に、木陰野《こかげの》、日崎《ひざき》だ。男子は宮川が増えただけだが女子は秋津以外がまるごと入れ替わっている。女の朝は忙《いそが》しいなと思いつつ、

「おい英《えい》、そこをどけ」

図々《ずうずう》しくも自分の席に腰掛《こしか》けていた宮川英の頭を、景介は掴《つか》んだ。

「ちょっと、やめてよ景介。髪《かみ》の毛《け》が乱《みだ》れるじゃないか」

「わざとだよ。さっさとどかないと、その鳥の巣《す》みたいな頭に飼《か》ってる可愛《かわい》い雛《ひな》たちが無惨《むざん》に

潰《つぶ》れるぞ。親鳥が帰ってきたらぴーちくぱーちく大泣きだ」

「ひどいなあ、もう……このヘアスタイル、大変なんだよ」

宮川英《みやかわえい》は小柄《こがら》で顔立ちも中性的《ちゅうせいてき》な、母性本能《ぼせいほんのう》をくすぐる容姿《ようし》だ。事実、外見《がいけん》だけで言うなら女子からの人気はかなり高い。が、如何《いかん》せん微妙《びみょう》にナルシストっぽいせいで、女性陣《じん》からの評価《ひょうか》は中の上程度《ていど》に留まっている。まあ、荒木《あらき》のようにもてないよりはマシかもしれない。

「けーくん、やめなよ。雛鳥《ひなどり》が可哀想《かわいそう》だよ……」

と、日崎歩摘《ひざきほづみ》がどうにもずれたことを言ってくる。肩《かた》で切り揃《そろ》えた髪《かみ》と可愛《かわい》らしい顔は万人《ばんにん》受けしそうな妹系《いもうとけい》といった感じなのだが、思考回路《しこうかいろ》が少々残念なのが玉に瑕《きず》だ。

「そういやさ、孵化《ふか》しかけの雛を卵ごと茹《ゆ》でる料理《りょうり》ってあったよね」

イヤなことをナチュラルに口にしたのは、木陰野棗《こかげのなつめ》。メルヘン気味《ぎみ》な名前に比《ひ》してさばさばした性格《せいかく》で、男女ともからに好《す》かれている。もっとも、その大半《たいはん》から女扱《あつか》いされていない。

「お前らはなんでそんな朝っぱらから元気なんだ」

押し退《の》けた宮川の代わりに椅子《いす》に座《すわ》りながら、景介《けいすけ》は憎《にく》まれ口を叩《たた》いた。

「朝ご飯《はん》、ちゃんと食べたから！」

「あの……そういう意味じゃないと思うわよ、歩摘？」

日崎へ丁寧《ていねい》につっこみを入れたのは秋津《あきつ》だった。さすが優等生《ゆうとうせい》、抜かりがない。

「荒木、世界史《せかいし》は終わったのか？」

「いや、まだだ！」

「……威張《いば》るこっちゃねえ、アホ。英は何しに来たんだよ」

「ん？　遊びにだよ」

手鏡《てかがみ》を眺《なが》めつつ、景介が乱《みだ》した髪型《かみがた》を整《ととの》えながらこともなげに言う宮川。

「鏡に向かって『遊びにきた』とか言うな、気味《きみ》悪い」

「おー、本日も性悪《しょうわる》メガネは絶好調《ぜっこうちょう》であります、大尉《たいい》」

けらけら笑いながら木陰野がからかってくるので、

「大尉ってなんだ？　どこの所属《しょぞく》だよ木陰野軍曹《ぐんそう》」

「あ、一応士官《いちおうしかん》なんだ」

士官ならこのアホどもの教育をしっかりやれ。心の裡《うち》でだけそう毒《どく》づきつつ、景介は地理《ちり》の課題《かだい》を始める。こいつらの相手《あいて》をしているのもそれなりに楽しくはあるが、それではせっかくノートを貸してくれた灰原《はいはら》に申《もう》し訳《わけ》が立たない。

「ねーねー、けーくん」

と考えていたし実際《じっさい》に作業《さぎょう》に取り掛《か》かっていたのにも拘《かかわ》らず、日崎が話し掛《か》けてきた。

「なんだ？」

顔を向けずに返事をする。

「そのノート、灰原さんから借《か》りたんだよね？」

少し声を潜《ひそ》めながらの質問《しつもん》。

ああ、と首肯《しゅこう》して横目で日崎《ひざき》を見ると、興味《きょうみ》深げな顔をしていた。

「灰原《はいはら》さんって、どんな娘《こ》なの？」

「なんだよそれ。三学期にもなって」

「いや、だって……あんまり話、したことないし」

女同士《どうし》ならお前らの方が知ってるだろ、と言いかけ、そうでもないのか、と思い直す。

灰原はいつもひとりでいる。だったら性別《せいべつ》は関係ないだろう。むしろ女同士であるが故《ゆえ》に、彼女のことがわからないのかもしれない。

「話し掛けてみればいいんじゃないのか？　別に灰原がお前らを拒絶《きょぜつ》してる訳《わけ》でもなし」

「うーん、私も隣《となり》の席《せき》になったこととかあるんだけどさ。ちょっと取っ付きにくいというか。それに……いさちゃんは時々話し掛けてあげてるんだけど、やっぱり反応薄《はんのううす》いんだよねー。いさちゃんがダメなら私もダメだよ」

と、日崎は少し寂《さび》しそうに笑った。

「仲良《なかよ》くしたいとは思ってるの。……もうすぐ学年も終わっちゃうし」

日崎の言葉《ことば》に、秋津《あきつ》がそう付《つ》け加《くわ》える。

「うちのクラスであの娘とちゃんと話してるの、霧沢《きりさわ》だけだよ」

木陰野《こかげの》の言葉《ことば》に、景介《けいすけ》は顔を上げた。

「……俺が？」

正直なところ、それほどまでなのか、と思った。

自分だって灰原吉乃《よしの》と話をする機会《きかい》は数日に一度程度《ていど》しかないのに。

「そう……か」

それを聞き、なんとなく嫌《いや》な気分になる。

彼女と話をしないクラスメイトに対してでも、コミュニケーションが苦手《にがて》な灰原に対してでもない。まったく気付かなかった自分にだ。

中学の頃《ころ》の彼女は、そこまでひとりきりという訳でもなかった。

今と同じく口数は極端《きょくたん》に少なかったし、内気《うちき》が災《わざわ》いして校内でもまったく目立たない存在《そんざい》だったけど、少なくとも、孤独《こどく》とは縁《えん》遠い状況《じょうきょう》だった。

いたのだ、友達が。

名前を、尾ノ上梨々子《おのうえりりこ》といった。

彼女と灰原はいつも一緒《いっしょ》だった。灰原と違《ちが》って活発《かっぱつ》な娘《こ》で、対照的《たいしょうてき》が故《ゆえ》に気が合っているようだった。景介も、尾ノ上とクラスメイトになっていなければ灰原のことなんて気にも留《と》めなかったし、名前も顔も覚えることはなかったかもしれない。

けれど、中学二年の頃。その灰原の友人である少女は——失踪《しっそう》した。

学校が騒《さわ》ぎになった。いろんな噂《うわさ》が流れた。

結局《けっきょく》は家出《いえで》、ということになった。家族は今でも捜《さが》しているだろう。

あの頃《ころ》のことはよく覚えている。

尾《お》ノ上《うえ》とそれなりに仲《なか》のいい友人だったことだけが理由ではない。

突然《とつぜん》の失踪《しっそう》。それは、景介の姉と同じだったからだ。

あれ以来、景介《けいすけ》は灰原吉乃《はいはらよしの》に複雑《ふくざつ》な親近感《しんきんかん》を持っている。

もちろん当時は違《ちが》った。姉の失踪からまだ四年、家族の間で『もう戻ってこないかもしれない』という空気が漂《ただよ》い始めた矢先《やさき》に起きた出来事《できごと》で、景介もショックが大きかったから、灰原のことなんか考える余裕《よゆう》はなかったのだ。

だけど時間が経《た》つにつれ、自分のことよりも灰原のことが気になり始めた。

すっかり塞《ふさ》ぎ込んで誰《だれ》とも話をしなくなった彼女の姿《すがた》が、姉がいなくなった当時の自分と重なった。灰原を放っておくのは、過去《かこ》の自分を見捨《みす》てるようで気分が悪い――そんな思いから、景介は時折《ときおり》、彼女に話し掛《か》けるようになった。

もっとも、灰原とは尾ノ上の話を一度もしたことがない。

しないのではなく、できなかった。

いっそ失踪ではなくて事故死《じこし》か何かであれば、お互《たが》い傷《きず》の舐《な》め合いもできただろう。思い出話にもなっただろう。そういう意味で、死別《しべつ》の方がまだマシだ。

生きているのかどうかわからない。死んでしまったのかどうかわからない。何故《なぜ》いなくなってしまったのかわからない。今どこでどうしているのかもわからない。

そして、残された自分たちがどうしていいのかも――わからない。

諦《あきら》めればいいのか、悲しめばいいのか、捜しまわればいいのか、希望《きぼう》を持てばいいのか。

すべてのことに区切《くぎ》りがつかず、それ故《ゆえ》に、残された人間たちも感情が共有《きょうゆう》できない。

自分の家族がまさにそうだった。『絶対に生きている』と希望を捨《す》てない父と『もう諦《あきら》めよう』と主張《しゅちょう》する母は意見の食い違《ちが》いからぎこちなくなり、景介も両親に対してどこか遠慮《えんりょ》するようになった。今でこそ両親は元通《もとどお》りに見えるが、姉の話題は禁忌《きんき》だ。

それなのに、家族同士《どうし》でさえそうなのに、灰原に何が言える？

「おい、性悪《しょうわる》メガネ」……などと考えていると。

荒木《あらき》が怪訝《けげん》そうな顔で、景介をじっと見詰《みつ》めていた。

「うわっ！　なんだこのアホ、顔近いんだよ！」

「アホはお前だ。いきなり黙《だま》りこくんなよ」

悪かったよ、と溜息《ためいき》を吐《つ》きながら、景介は頭を掻《か》いた。

考え込んでしまうと回りが見えなくなるのは悪い癖《くせ》だ。気を付けよう。

しかし、日崎《ひざき》が、女子たちが灰原のことをそんなふうに思ってるとしたら――少し考えを変えた方がいいのかもしれない。もちろん灰原に何が言えるかといえば、何も言えない。

でも――、

「……なあ、秋津《あきつ》」

「ん？　なあに？」

秋津依紗子《いさこ》は、このクラスの女子の中心にいる。だったらこいつに頼《たの》むのが手っ取り早い。

「今度、遊びに行かないか？　みんなで」

「……っ!?」秋津に熱を上げている荒木《あらき》が途端《とたん》に息《いき》を呑《の》む。

——残念ながらお前のためじゃねえよ。

「みんなって？」

「あー、まあテキトーに。どうせ暇《ひま》だろ？　日崎《ひざき》はバレー部、忙《いそが》しいか？」

「ん？　私はねー、まあ、サボればいいよ」

あっけらかんと笑う日崎に対し、

「ううむ。あたし、サボれるかな」

木陰野《こかげの》がわざとらしく眉《まゆ》をしかめるが、

「菓子《かし》食って茶啜《ちゃすす》るだけの茶道部《さどうぶ》が何言ってんだ」

それは彼女なりの冗談《じょうだん》なのはわかっている。

ともかく、この面子《めんつ》で遊びに行くこと自体《じたい》は簡単《かんたん》だ。

問題は、もうひとり。

景介《けいすけ》は少し小声《こごえ》で、教室の隅《すみ》で本を読んでいる灰原《はいはら》を指差《ゆびさ》した。

「それでな、秋津。もしよかったら……あいつも誘《さそ》ってやってくれないか？」

「灰原さんも？」

「あいつ、あんま喋《しゃべ》らないし、まあ性格《せいかく》も暗いけど……でも、いい奴《やつ》だから」

正直《しょうじき》、こんなこと柄《がら》ではないし、お節介《せっかい》かもしれない、とも思う。彼女がひとりでいることを望んでいるのなら、孤独《こどく》を自《みずか》ら選《えら》んでいるのなら、自分が出る筋合《すじあ》いではない。

でも、灰原の友人の失踪《しっそう》から、もう二年近く経《た》つ。

たったひとりで二年間も、友達も作らずに、誰《だれ》とも積極的《せっきょくてき》に触《ふ》れ合わずに、あいつがどんな気持ちで淡々《たんたん》と日々を過《す》ごしてきたのか。それが容易《ようい》に想像《そうぞう》できて、胸《むね》が痛《いた》い。

灰原はたぶん、自分の隣《となり》の空間を、いつか戻ってくるかもしれない尾ノ上《おのうえ》のために空《あ》け続けている。そこを埋《う》めたら親友が二度と戻ってこなくなるような——そんな恐怖《きょうふ》とともに。

でも、空白《くうはく》を保《たも》ったままでいることは、尾ノ上を呼び戻す手段《しゅだん》にはならないのだ。

景介は、それを厭《いや》というほど思い知っている。

「あいつ、もっと……いや、もう少しでいいから、笑った方がいいと思うんだよな」

自分に言い聞かせるように呟《つぶや》いて、景介は秋津の表情を窺《うかが》った。

視線《しせん》を遣《や》った相手《あいて》は一瞬《いっしゅん》だけ考え込むような表情を見せ、

「うん、そうだね」

微笑《びしょう》を浮かべ、頷《うなず》いた。

「いつがいい？　三学期は中間テストないし……二月中ならみんな、大丈夫《だいじょうぶ》かな？」

「ああ、大丈夫、全然問題なしだ」

冷静《れいせい》を装《よそお》いつつどこからどう見ても大喜びな荒木《あらき》が真《ま》っ先に賛同《さんどう》し、宮川《みやかわ》も「いいよ」と首肯《しゅこう》する。日崎《ひざき》と木陰野《こかげの》は顔を見合わせて、何故《なぜ》か景介《けいすけ》を見てにやりと笑ってから「オッケー」と口を揃《そろ》えた。……その笑顔《えがお》が引っ掛《か》かる。まさか、変な勘違《かんちが》いをしたのではあるまいか。

誤解《ごかい》だ、と言おうとしたが、今だと逆《ぎゃく》に変な勘繰《かんぐ》りを受けるのでやめておく。それに説明するとなると、自然《しぜん》、灰原《はいはら》の過去《かこ》に触《ふ》れないといけなくなる。

まあ、日崎と木陰野が余計《よけい》な世話を焼こうとしたら止めればそれでいいだろう。

それに余計な世話というのであれば、他人のことは言えない。

あいつは誘《さそ》われてどう思うだろう。困《こま》らせてしまうかもしれない。そんな後悔《こうかい》を微《かす》かに覚えるが、その時はその時、ダメで元々《もともと》だと気持ちを切り替える。

予鈴《よれい》が鳴った。

朝の休み時間は終わりを告《つ》げる。集まっていた面々《めんめん》が、それぞれ自分の席《せき》へと戻っていく。

隣《となり》の秋津《あきつ》と目が合うと、彼女はウインクで応《こた》えた。

景介は肩を竦《すく》めると、灰原のノートを机《つくえ》に仕舞《しま》った。

3

そして、昼休み。

いつものように荒木《あらき》と宮川《みやかわ》と三人で購買《こうばい》に行き、適当《てきとう》に買ったパンを食べ終え、それから後の授業に備《そな》えて秋津依紗子《あきついさこ》の課題《かだい》を見せてもらい——あと十分ほどで五限目が始まるかという頃《ころ》、景介《けいすけ》はトイレへ行っておこうと思い、教室を出た。

廊下《ろうか》では生徒たちが入り混《ま》じって談笑《だんしょう》などしている。別のクラスの生徒たちと集まっている日崎《ひざき》が横目に見えた。たぶんバレー部の連中だろう。目が合ったので軽く視線《しせん》で返す。

と、数メートルほど廊下を歩いた先。

ひとり、腕《うで》を組んで窓《まど》の外を眺《なが》めている別の友人を発見した。

「……なにやってんだ？　木陰野《こかげの》」

横から声を掛《か》けられた木陰野棗《なつめ》は振り返り、霧沢《きりさわ》か、と呟《つぶや》く。

それにしても『ひとりで腕組み』なんて男らしい仕草《しぐさ》がやけに絵になるなこの女は、などと思いつつ、友人たちと話もせずにいるのが気になった。

「なんでそんな物憂《ものう》げなんだよ」

「いや、別に憂鬱《ゆううつ》ってのとは違《ちが》うけどさ」

笑う木陰野は、それでもどこか思うところがありそうな顔で、

「あのね、霧沢」

少しの間を置き、ゆっくりと言う。

「朝の、灰原《はいはら》さんのことだけど……」

「なんだ、もう尋《き》いてくれたのか？」

「いや、違うよ。そうじゃない。あー、なんて言ったらいいのかな、これ」

逡巡《しゅんじゅん》するように口籠《くちごも》るが、元々《もともと》うじうじと思い悩《なや》むような性格《せいかく》でもないのは景介も知っている。彼女は頬《ほお》を僅《わず》かに掻《か》いてから「まーいいや」と頷《うなず》いた。

「あのさ、あたし、高校から……その、引《ひ》っ越《こ》してきたんだよね」

「そうだな。知ってる」

彼女の出身《しゅっしん》中学は確《たし》か県外《けんがい》で、こっちに来たのは親の転勤《てんきん》とかだったはずだ。

「でもあたしは、けっこう友達作ろうって頑張《がんば》った訳《わけ》よ」

「……ああ」こいつの言いたいことはわかる。

灰原と同じ中学だった生徒は景介自身《じしん》を含《ふく》めてそれなりに多い。だから、彼女は決して最初からひとりきりだった訳《わけ》ではないし、ひとりきりにならざるを得なかった訳でもないのだ。

対して木陰野は——妙《みょう》に排他的《はいたてき》な風潮《ふうちょう》が残る中途半端《ちゅうとはんぱ》な田舎《いなか》であるこの地域《ちいき》に、余所者《よそもの》として入学してきた。それなのに今や、クラスでの人望《じんぼう》は灰原と対照的《たいしょうてき》だった。

「そういうの、人となりとかあるしな」

灰原《はいはら》がもう少し社交的《しやこうてき》になればいいんじゃないか、木陰野《こかげの》はそう言いたいんだろうなと思い、軽く肩を竦《すく》める。しかし彼女の返事は、なおも歯切《はぎ》れが悪い。

「あ、いや……ごめん、やっぱそれも違《ちが》うわ」

「違うって、何がだよ？　お前、言ってること全然わかんねえ」

「あのさ。ちょっと言葉《ことば》、悪いかもしれないんだけど」

木陰野は大きく息《いき》を吐《は》いた。

「正直ね、ちょっと苛々《いらいら》するのは本当なんだよ。友達くらい自分で作ればいいのに、って。でも……何ていうか、あたしが灰原さんにそんなこと言う資格《しかく》なんかない」

「どうしてだ？」

「たとえば、なんだけど。目の前にある問題があって、本当はそれに対処《たいしよ》しなきゃいけないとするよ。でもそいつはいろいろと理屈《りくつ》つけて、その問題から目を逸《そ》らそうとしてる。……うん、しなきゃいけない、じゃない。しなきゃいけなかったんだ、ずっと」

「……木陰野？」

「あたしは対処してるつもりになってた。でもそれはたぶん、逃げてただけなんだ。そっちの方が楽《らく》だから。そっちの方が、面倒《めんどう》なことを考えなくてすむから」

「恋《こい》の悩《なや》みとかなのか、それ」

正直、彼女が何を言っているのかはまったくわからない。わざとそうしているのだとはわかるが、いかんせん抽象的過《ちゆうしようてきす》ぎて、話の取っ掛《か》かりも見えなかった。

「あー、まあ、要《よう》するにさ。目の前の問題から逃げてたって意味じゃ、あたしは灰原さんとそんな変わんない訳《わけ》よ。だから、あの娘《こ》をどうこう言う資格《しかく》もないし、結局《けつきよく》それって要するに自《じ》己嫌悪《こけんお》なんじゃん、ってこと。悪いね、変な話して」

「ああ、正直困《こま》る。俺はそういうの聞かされても何も言えねえよ」

おどけて肩を竦めつつ、景介《けいすけ》は笑った。

木陰野が悩《なや》みを抱《かか》えている様子《ようす》なのは間違《まちが》いないようだが、かといって口調《くちよう》を見るに、深く詮索《せんさく》するのは憚《はばか》られるし、彼女のことだから喋《しやべ》りはしないだろうと思う。仮《かり》に聞き出したところで、自分にそれがどうこうできるものなのかもわからない。

加えて、木陰野の話に景介もどこか身《み》につまされるような感覚《かんかく》があった。他人事ではない、というか、理解できる、というか。それ故《ゆえ》に、尋《き》いてはいけないのかもしれないというか。

「自分の問題をあの娘に重ねてくだ巻《ま》いてちゃいけないね、まったく」

もはや景介の顔を見ず、木陰野は自嘲気味《じちようぎみ》に呟《つぶや》いた。

そう――その通りだ。

たぶん木陰野は自分の抱える問題を灰原に重ねたのだろう。景介が自分の境遇《きようぐう》と灰原の境遇を重ねたように。でも、それは決して同じではない。似《に》ているが故に、やはりまったく別のことなのだ。灰原《はいはら》に対して何をしようが、自分の問題が解決する訳《わけ》では決してない。

「やっぱ……余計《よけい》なお世話だったかね、どうにも」

木陰野《こかげの》につられるようにして、景介《けいすけ》はぼやいた。

「そんなことないと思うよ、霧沢《きりさわ》の場合は」

けれど彼女の返事は、迷《まよ》いを吹《ふ》っ切ったように晴《は》れている。

「好《す》きなようにすればいいよ。あたしみたいにくだ巻《ま》いてたってのじゃないんだからさ」

くだ巻いてるに等《ひと》しかったんだよ、とは言えなかった。

「大丈夫《だいじょうぶ》。協力《きょうりょく》するから。苛々《いらいら》するなんて言ったけど、別にあたし灰原さんのこと嫌《きら》いとかじゃないし。むしろ仲良《なかよ》くなれそうな気がする。……ああ、そう考えると不思議《ふしぎ》だね。人間って面白《おもしろ》いわ。いろいろとさ」ふふ、と笑《え》む木陰野。

「なんだそりゃ」

勝手《かって》に結論《けつろん》出しやがって。

心中《しんちゅう》で毒《どく》づきつつ、景介は鼻《はな》を鳴らし、踵《きびす》を返した。

「忘れてた。俺、トイレ行こうと思ってたんだよ。……まったくお前が妙《みょう》にアンニュイな顔して窓《まど》の外なんか見てるから。授業に間に合わなかったらお前のせいな」

「あれあれ。急がないと、あと二分もないよ、霧沢少尉《しょうい》」

「朝は大尉《たいい》だったろうが。……なんで降格《こうかく》してんだよ、この三等兵《さんとうへい》」

ふざけ合って軽口《かるくち》を叩《たた》き合いながら、木陰野と別れる。

窓の外を見ると、雪がちらついていた。

——道理《どうり》で、寒いはずだ。

そのことに気を取られていたせいで、景介は——背後《はいご》で起きた小さな、あたしもそろそろ覚《かく》悟《ご》決めようかな、という呟《つぶや》きに気付かなかった。


妙《みょう》に示唆的《しさてき》な会話を木陰野としてしまったせいで、五限目の間ずっと考えていた。とはいえ元々《もともと》あまり悩《なや》むのが得意《とくい》な性格《せいかく》ではない。

思考《しこう》を繰《く》り返した挙《あ》げ句《く》に出た結論《けつろん》は『まあいいか』だった。つまり、朝と同じ。

誰《だれ》かに何か言われるとすぐ自分の考えに自信《じしん》が持てなくなってしまう割《わり》に、最終的には衝《しょう》動《どう》に任《まか》せてやりたいようにやってしまうのは景介の悪い癖《くせ》だ。

とはいえ面倒《めんどう》なので直す気はしない。木陰野のせいで余計《よけい》なことを考えてしまった、などと他人のせいにしつつ、休み時間になると早速《さっそく》、隣《となり》の席《せき》の秋津《あきつ》に話し掛《か》ける。

「なあ、朝のことなんだけど」

「朝ってー？」

秋津の代わりに応《こた》えたのは、五限が終わった瞬間《しゅんかん》に秋津のもとへ遊びに来ていた日崎《ひざき》だった。こいつ、早くも忘れているのだろうか。さすが天然《てんねん》は違《ちが》うと景介は苦笑《くしょう》する。

「灰原《はいはら》のことだよ」

名前を口にしつつ、本人に聞こえてやしないかと不安になったが、休み時間中の教室は騒《さわ》がしく、その心配《しんぱい》もない。見ると、相変《あいか》わらず教室の隅《すみ》の自分の席《せき》で、ひとり本を読んでいた。好《す》きで読んでいるのか、それとも手持ち無沙汰《ぶさた》なのか。景介《けいすけ》にはわからない。

「ええ、放課後、授業が終わったら誘《さそ》ってみようと思うわ」

秋津《あきつ》が頷《うなず》き、そう告《つ》げてくる。

「そっか。いさちゃん、頑張《がんば》ってね」

日崎《ひざき》はまるで他人事のように、秋津の肩《かた》をぽんぽんと叩《たた》いた。

「いや、秋津任《まか》せじゃなくてお前も頑張ってくれよ」

「なによー、それを言うならけーくんも他人任せじゃん」

「あー、まあそうなんだけど。『他力本願《たりきほんがん》』が俺の座右《ざゆう》の銘《めい》だ」

「あれ？　先週は『脚下照顧《きゃっかしょうこ》』が座右の銘って言ってなかったかしら？」と、秋津。

「誰《だれ》だそんなこと言ったのは？」

口にして思い出す。まさに自分だ。

「ああ、言ったかもな。すっかり忘れてた。ついでに単語《たんご》の意味も忘れた」

確《たし》か荒木《あらき》や宮川《みやかわ》と莫迦話《ばかばなし》をしていて、適当《てきとう》な四文字熟語《よんもじじゅくご》を挙《あ》げた記憶《きおく》だけはある。

「そんなこと、よく覚えてたな」

「ふふ……まあね」

秋津の変に意味ありげな微笑《ほほえ》みは、荒木がいたら悶絶《もんぜつ》ものだろうと思われた。

「うーん、でも……誘っても、来てくれるかな」

と、不意に不安げな顔をして、日崎が首を傾《かし》げた。

「どうだろうな。わからん」

正直に応《こた》えた景介に対し、彼女はなおも続ける。

「それにねぇ。もし迷惑《めいわく》だったりしたらどうしよう？」

「……すまん。それもわからん」

普段天然《ふだんてんねん》なくせに妙《みよう》なところで鋭《するど》いなこいつは、と心の中でだけ苦笑《くしよう》する。

「ま、確《たし》かにお前らに任せるってことは、断られて厭《いや》な思いするのは俺じゃなくてお前らってことだし。……俺が言ってこようか？」

もともとこれは、自分の我儘《わがまま》で自己満足《じこまんぞく》だ。だったら秋津や日崎を利用するというのも虫が好過《よす》ぎる話なのかもしれない。昼休みの木陰野《こかげの》に影響《えいきよう》されたのか、そんなことを考えた。

「あら霧沢《きりさわ》くん、なんだか珍《めずら》しく殊勝《しゆしよう》じゃない？」

「失礼《しつれい》な。俺はいつだって殊勝だ」

冗談《じようだん》めかした秋津に、冗談で返す。すると、

「ううん、いいよいいよ！　そんなんじゃないんだぁ」

首をぶんぶんと振《ふ》り、景介《けいすけ》の言葉《ことば》を否定《ひてい》したのは日崎《ひざき》だった。

「大丈夫《だいじょうぶ》だよっ。けーくんが行くより、女の子同士《どうし》で話をした方がたぶん確率《かくりつ》高いと思うし」

「そうか？」

「うん。おまかせ！」

やけに元気よく頷《うなず》く日崎。

相変《あいか》わらずアホの子のような笑顔《えがお》だったが、それが今はなんだか心強く見える。

「ま、頼《たの》む。……って、よく考えたらどこ行くかも決めなきゃな」

秋津《あきつ》や日崎、木陰野《こかげの》を誘《さそ》った以上、もし灰原《はいはら》が断《ことわ》ったとしても中止《ちゅうし》という訳《わけ》にはいかないだろう。それじゃあまるで灰原のせいで計画が反故《ほご》になったみたいで後味《あとあじ》が悪くなる。あとついでに、朝から浮かれっ放しの荒木《あらき》のことも少しは考えてやろう。

「どこがいい？」

「カラオケ、ってのも……灰原さんが歌うの嫌《きら》いだったら困《こま》るわね」

秋津が頬《ほお》に指を当て、思案《しあん》する。

「棗《なつめ》ちゃんも、演歌《えんか》しか聴《き》かないからねー」

「え、そうなのか？」

「あ！　これ、秘密《ひみつ》だったあ……」

木陰野の意外な趣味《しゅみ》を唐突《とうとつ》に暴露《ばくろ》する日崎。

「あわわわ、今の内緒《ないしょ》ね！」

内緒ねと言いながら会う人会う人に喋《しゃべ》ってしまっているのではないかという疑念《ぎねん》が頭をもたげる。まあ日崎には悪いが、その内これをネタにして木陰野をからかってやろう。

「しかしアレだな、カラオケがダメだったらどうしたもんか」

天井《てんじょう》を向いて思案する。

田舎《いなか》は楽しめる場所が少ない。カラオケは最《もっと》も安価《あんか》で適当《てきとう》な娯楽《ごらく》なのだ。街《まち》に出て適当にぶらぶらするにも行くところは限られている。学生の身分《みぶん》だとそうそうお金が使えるはずもないから尚更《なおさら》だった。さすがに酒を飲《の》む訳にもいかないだろう。

「適当に映画《えいが》見て、それからファミレスでも行くか？」

我《われ》ながら面白《おもしろ》みのない提案《ていあん》だと思うが、

「そのくらいがいいかもね。灰原さんと一緒《いっしょ》に遊ぶのも初めてだし」

秋津が僅《わず》かに苦笑《くしょう》しつつ、景介に賛同《さんどう》する。日崎も、うんうん、と頷いている。

「じゃあ、それでいこう」

宮川《みやかわ》や荒木にまったく確認《かくにん》せずに決めてしまったが、構《かま》わないだろう。男どもはたぶん、クラスメイトの女の子と一緒にお出かけというだけで喜《よろこ》ぶ。それに、あれでふたりとも空気の読める男ではある。殆《ほとん》ど初めて話をするであろう灰原がいるのだから「やっぱカラオケ行こうぜ」とかは言わずに大人しくこちらの決めたプランに従《したが》ってくれるに違《ちが》いない。

「日にちはいつにする？　今週末……だと明日とか明後日《あさって》になっちゃうから、さすがに急過ぎるわね。その次の日曜日でいいかしら？」

「ああ、俺はオッケーだよ。日崎《ひざき》は？」

「だいじょうぶー。あ、あとで棗《なつめ》ちゃんにも尋《き》いとくね？」

「こぶし利《き》かせられなくて悪いなって言っておいてくれ」

冗談《じょうだん》めいて口にする。が、

「ふぇ？　こぶしって何のこと？」

日崎には通じなかったらしい。さすが天然《てんねん》だ。それとも、つい数秒前に木陰野《こかげの》の秘密《ひみつ》を喋《しゃべ》ってしまったことをもう忘れているのだろうか。

「いや、いいよ」

改《あらた》めて説明するのも非常《ひじょう》に気まずかったので、景介《けいすけ》は手を振《ふ》った。

くすくすと隣《となり》で秋津《あきつ》が声を洩《も》らしている。こっちに通じたからよしとしようと思った。

「どっちにしても楽しみだわ。みんなで遊びに行く機会《きかい》ってあまりなかったものね」

「そうだっけか？」

言われてみると、教室ではよく喋《しゃべ》っているが秋津とは遊びに行った記憶《きおく》がない。優等生《ゆうとうせい》だから真面目《まじめ》なのだろうか？　……もっとも、景介自身《じしん》に日崎や木陰野、男どもだって似《に》たようなものだ。山火事《やまかじ》がセンセーショナルなニュースになるようなこの街《まち》は、何をするにしても駅前《えきまえ》の一画《いっかく》で事足《ことた》りる。若者がふらふらして楽しい場所なんかどこにもない。

たぶんこの街では全員が退屈《たいくつ》していて、心の奥《おく》で刺激《しげき》に飢《う》えていて、だからこそこんな些細《ささい》な、クラスメイトと遊びに行くなんてありきたりなイベントに盛《も》り上がれるのだ。

――或《ある》いは。

景介の姉や灰原《はいはら》の友達は、このくだらない田舎町《いなかまち》に愛想《あいそ》を尽《つ》かして出て行ってしまったのだろうか。平凡な田舎の日常《にちじょう》には決してないような刺激を求めて、どこか遠い都会《とかい》へ。クラスメイトと遊びに行くとか山火事の話題でそわそわするとか、そんな程度《ていど》で満《み》たされずに。

そうだったらいいな、と、景介は思う。

事故《じこ》や事件《じけん》に巻《ま》き込まれて死んだ、そんな夢《ゆめ》のない話よりはずっといい。

彼女たちは東京かどこかで元気にしていて、景介たちが過《す》ごしているような退屈な日常などではなく、刺激的で活気《かっき》に満ちた人生を送っている――そう思えば、少しは気も晴《は》れる。

もちろんその思考《しこう》が、ただの誤魔化《ごまか》しであることはわかっていた。幾《いく》らこの街が田舎だからといっても都会へ行くのに失踪《しっそう》する必要《ひつよう》なんかない。電車で二時間も揺《ゆ》られればいいだけだ。その気になればディズニーランドにだって日帰りで行ける。

でも、そんな誤魔化しは、たぶん残された景介たちにとって大事《だいじ》なことで。いなくなった人たちは今頃《いまごろ》自分たちよりもっと楽しい時間を過ごしているのだと思いでもしなければ、不安で押し潰《つぶ》されてしまう。笑うことにさえ罪悪感《ざいあくかん》が芽生《めば》えてしまう。

柄《がら》にもなく、来週の日曜日が楽しみになってきた。灰原《はいはら》のことは気になるし断《ことわ》られる可能性《かのうせい》だってあるけれど、できれば彼女にも楽しんで欲《ほ》しいなと、景介《けいすけ》は僅《わず》かに期待《きたい》をする。

——などと考えているうちに、休み時間と六限めは滞《とどこお》りなく終わる。

放課後になるとクラスメイトたちはどこか開放的な表情で、部活《ぶかつ》へ行ったり教室でだらだらと話をしたり真《ま》っ直《す》ぐ家に帰ったりと、それぞれの時間を過《す》ごし始める。景介は荒木《あらき》や宮川《みやかわ》と適当《てきとう》にくっちゃべった後、荷物《にもつ》をまとめてひとり教室を出た。

荒木も宮川も部活生なので、帰りはいつもひとりになる。適当《てきとう》に教科書類を突《つ》っ込んだバッグを担《かつ》ぎ、手を振《ふ》るクラスメイトに軽く応《こた》え、昇降口《しょうこうぐち》へと歩いた。

ポケットに手を突っ込みつつ、灰原はどうだったろう、と思う。

六限のあと、ホームルームの前に、秋津《あきつ》は灰原の席《せき》に行って話を持ち掛《か》けてくれた。返事は「月曜日まで考えさせてください」だったそうだ。遠目《とおめ》に見た彼女はいつものように僅かに俯《うつむ》いて、喜《よろこ》んでいるのか困《こま》っているのかよくわからない顔をしていた。

来てくれるだろうか、という期待と、やっぱり余計《よけい》なお世話だったか、という後悔《こうかい》が入り混《ま》じる。もちろん考えたってどうしようもないのだけれど。

「ま、いいか」

巻《ま》いたマフラーの中で呟《つぶや》き、靴《くつ》を取って玄関《げんかん》に放った。

昼休みにちらついていた雪はもう止んでいる。が、空模様《そらもよう》はどんよりとして微妙《びみょう》に怪《あや》しい。

明日は休みだからもし積《つ》もったりしても支障《ししょう》はないとはいえ、寒いのは嫌《きら》いだ。

昇降口から見える灰色《はいいろ》の雲《くも》に眉《まゆ》をしかめつつ靴を履《は》こうとした時、

「あの……」

背後《はいご》で、囁《ささや》くような声がある。

振り返ると、

「――灰原」

そこには、灰原吉乃《よしの》が立っていた。

たった今しがた思考《しこう》の中心にいた人物を目にし、僅かに驚《おどろ》いた。

「まだ帰ってなかったのか？」

思わず問《と》う。景介が教室を出た時にはもう彼女はいなかったはずだ。

灰原は、こく、と小さく頷いた。

「図書館、行ってたので」

肩《かた》が僅かに上下している。走ってきたのだろうか、景介の姿《すがた》を見掛けて。

「そっか。あのさ、灰原……秋津から聞いてると思うんだけど」

だったら例のことだろうなと思い、景介は自分から切り出す。

「来週の日曜、荒木とか宮川とか、秋津と、あと日崎《ひざき》に木陰野《こかげの》と……遊びに行くんだけど」

「はい。霧沢《きりさわ》くんが、私も……って」

ぼそぼそと呟《つぶや》くように、俯《うつむ》いたままの言葉《ことば》だった。

「……どうして、ですか？」

「あー」

景介《けいすけ》は頭をぽりぽりと掻《か》く。彼女の言葉にどうにも気まずくなってしまう。

――『どうして誘《さそ》ってきたのか』

当たり前の疑問《ぎもん》だろう。

それに対して、自分はどう答えればいいのか。どう答えたいのか。

「いや、その、なんだ」

正直《しょうじき》に言おうか誤魔化《ごまか》そうか迷《まよ》っている内《うち》に景介は、気付くと、

「お前、たぶん知らないと思うんだけどさ、俺、子供の頃《ころ》に姉貴《あねき》が失踪《しっそう》してんだよ」

「……え？」

灰原《はいはら》が顔を上げた。はっきりと驚《おどろ》きがあった。

「あ、いや……違《ちが》う。そういうんじゃないんだ」

思わず口を突《つ》いて出てしまっただけに、言葉は上手《うま》くまとまらない。

「そういうんじゃない。けどさ……俺、まあそれなりに毎日楽しくやってて」

――何言ってんだ？　俺。

　こういうことを喋《しゃべ》るんであれば、一からちゃんと説明した方がいいに決まっている。境遇《きょうぐう》が互《たが》いに似《に》ているということ。だから気になっていたということ。でも、それらを順序《じゅんじょ》よくきっちりとまとめる前に、ボールが勝手に転がり始める。

「別に灰原と俺が同じって言いたいんじゃない。灰原は灰原で、やっぱいろいろあると思う。でも……何ていうかさ。中学の頃、お前、けっこう笑ってたよな？　尾《お》ノ上《うえ》と一緒《いっしょ》にいる時は、楽しそうにしてたよな？」

　尾ノ上梨々子《りりこ》。

　失踪してしまった灰原の親友の名前を出した瞬間《しゅんかん》、彼女の表情がはっきりと変わる。

「悪い。……別に無理強《むりじ》いするってんじゃないんだ。もしよかったら、って程度《ていど》だから、嫌《いや》だったらあんま気にしないでくれ」

　もはや自分でも何が言いたいのかよくわからない。

　支離滅裂《しりめつれつ》なまま、後悔《こうかい》で胸《むね》を塗《ぬ》り潰《つぶ》されつつ景介は口を閉じる。

　しばらく、沈黙《ちんもく》があった。

　灰原は尾ノ上の名を聞いた時に上げた視線《しせん》を、ゆっくりと下げていく。

　唇《くちびる》が僅《わず》かに動く。何事かを呟いたようだった。声は聞こえなかったが言葉は読み取れた。

　りりちゃん、と。それは、尾ノ上の名前だった。

「そう……ですか」

沈黙《ちんもく》を破《やぶ》ったのは灰原《はいはら》の方だった。

「ごめんなさい。私の勘違《かんちが》いでした」

「え？」

——勘違い？

どういう意味だろう。問《と》おうとすると首を振る。

「いえ、いいんです。……そう、だったんですか。霧沢《きりさわ》くんも」

そうして彼女は、僅《わず》かな微笑《ほほえ》みを浮かべた。

何故《なぜ》だろう。景介《けいすけ》にはその笑顔《えがお》が、妙《みょう》に深刻《しんこく》なものに見えた。安堵《あんど》しているような。まるで、救《すく》われでもしたかのような。

「あの、私……」

けれどすぐに灰原の顔はいつもの、どこか遠慮《えんりょ》するようなものへと戻る。

「少し、考えさせてください。まだちょっと整理《せいり》できていなくて。……急、だったから」

本当に申《もう》し訳《わけ》なさそうに、俯《うつむ》いた。

「そっか」

言ってはいけないことを言ってしまったのではないかとはらはらしていた景介は、ポケットに手を突《つ》っ込むと、汗《あせ》ばんでしまっていた手を拭《ふ》く。

「悪い。勝手《かって》なことして」

「ううん。そんなことありません。……来週までには、返事、したいと思いますから」

「それでいいよ」

気が乗らなかったから無理《むり》しなくていいから。

そう言いかけてからふと思いつき、バッグを漁《あさ》って携帯《けいたい》電話を取り出す。

「お前、携帯持ってる？」

確《たし》か中学の頃《ころ》、尾《お》ノ上《うえ》と一緒《いっしょ》に弄《いじ》り合っているのを見た記憶《きおく》がある。

「あ、はい、一応《いちおう》」

彼女はこくりと頷《うなず》いた。

「りりちゃんがいなくなっちゃってから……全然使っていないんですけど」

取り出した携帯電話は、やけに古びた、何年も前の機種《きしゅ》だった。恐《おそ》らく買ってから機種変更《へんこう》していないのだろう。或《ある》いは、尾ノ上が失踪《しっそう》してからずっと。

使ってないのなら何故《なぜ》持ち歩いているのだろうと考えて、すぐに気付く。

――いつ尾ノ上から電話がかかってきてもいいようにだ。

「メールと番号、教えてくれよ」

そのいじましさに胸《むね》が痛《いた》くなりつつ、景介は敢《あ》えて軽く振《ふ》る舞《ま》った。

もし断《ことわ》るにしても、メールの方が遠慮《えんりょ》が少なくていいだろうとも思ったのだ。

「はい。あ、でも……えっ、と」

手許《てもと》の携帯《けいたい》を覗《のぞ》き込んで、まごついている。景介《けいすけ》は苦笑《くしょう》し、

「借《か》りていいか？」

差し出された電話を操作《そうさ》すると、番号とメールアドレスを表示《ひょうじ》させた。

「ほら、これだ」

「あ、……本当」

画面《がめん》に映《うつ》った登録《とうろく》情報《じょうほう》を見て、灰原《はいはら》は顔を赤くする。案《あん》の定《じょう》、自分の番号とアドレスがわからなくて、表示方法も知らなかったようだ。どれだけ使っていないんだよ、と密《ひそ》かに溜息《ためいき》を吐《つ》くが、友達のいない彼女にとっては当たり前のことなのかもしれない。

灰原のアドレスを自分の携帯に登録してから、本文にこっちの番号を入れてメールを送る。すぐに彼女の携帯が振動《しんどう》して、着信《ちゃくしん》を告《つ》げた。

「それが俺の番号とアドレス。……登録のしかたはわかるか？」

「あ……たぶん。えっと……はい、できました」

ボタンを押す手許がぎこちなかったが、どうやら無事《ぶじ》に登録できたらしい。

操作を終えた灰原は、顔を上げた。

景介は驚《おどろ》く。

彼女は——嬉《うれ》しそうに、そして少し恥《は》ずかしそうに、笑っていたのだ。

「メモリーに入れるの、家族以外では、ふたりめです」

さっきの深刻《しんこく》なものとは違《ちが》い、今度は自然に。

中学の頃《ころ》によく目にしていた、控《ひか》えめな花の咲《さ》くような、優《やさ》しい笑顔《えがお》だった。

——やっぱりこいつは笑っていた方がいい。

「何かあったら、電話かメールかしてくれればいいよ」

景介《けいすけ》もつられて妙《みょう》に嬉《うれ》しくなり、笑う。

「はい。……あの、霧沢《きりさわ》くん」

そうして、灰原《はいはら》は。

「ありがとう……ございます。私……やっぱり、誘《さそ》ってもらって、嬉しかった」

顔を真《ま》っ赤《か》にしてぺこりと頭を下げ、まだ図書館に用事があるので、と、玄関《げんかん》ではなく再《ふたた》び校舎《こうしゃ》の中へと踵《きびす》を返す。景介はその後ろ姿《すがた》を、消えるまで見送っていた。

つい今しがたの彼女の笑顔に、思う。

たぶん、ほんの少しの切《き》っ掛《か》けなのだ。

ひとりきりで考え込んで深刻《しんこく》になるのは個人《こじん》の自由だけれど、だからといって深刻になることで問題を解決《かいけつ》できる人間は少ない。大抵《たいてい》の場合、友人だったりクラスメイトだったり、親や兄弟だったりの——他人からの言葉《ことば》や行動が、解決の糸口《いとぐち》になる。いや、糸口はどんなものでもいいのかもしれない。道端《みちばた》の石を蹴飛《けと》ばすことで解決する人もいるだろう。

でも石ころひとつとっても、外的要因《がいてきよういん》には決して変わりないのだ。

この街《まち》は退屈《たいくつ》で、つまらなくて、気を抜いているとすぐに停滞《ていたい》してしまう。凡庸《ぼんよう》な風景《ふうけい》と刺《し》激《げき》なんかない毎日で、だから切っ掛けを探《さが》すのにだって苦労《くろう》する。

ひょっとしたらそれは、今の景介だって。

「……ふん」

何のことはない。大きなお世話《せわ》やお節介《せっかい》なんかではなく、自分が、灰原吉乃《よしの》という少女を切っ掛けにしたかったのかもしれない。友達の失踪《しっそう》をずっと引き摺《ず》っている彼女が、まるで何年も前から時間を止めているようなこの街を象徴《しょうちょう》しているようで厭《いや》だったのだろう。

「最低だね、俺は」

自嘲気味《じちょうぎみ》に呟《つぶや》いて、景介は玄関を出た。

冬の風は冷たく、妙《みょう》に底冷《そこび》えがする。見れば空には再び白いものがちらついていた。

だから携帯《けいたい》を取り出すと、ついさっき登録《とうろく》したばかりの灰原のアドレスへメールを送る。

『雪が降り始めてるから、早めに帰った方がいいぞ』

数分後に返事は帰ってきた。

『はい、ありがとうございます。霧沢くんも気を付けて帰ってください』

文末《ぶんまつ》に付けられた笑顔の絵文字《えもじ》が、灰原のイメージにまるで合わない。きっと尾ノ上《おのうえ》とメールする時は頻繁《ひんぱん》に使っていたんだろうなと思い、それがなんだか微笑《ほほえ》ましい。

正直《しょうじき》なところ、未《いま》だに自分のやったことが正しかったのかどうかはわからなかった。だが、この絵文字《えもじ》を見られたんなら甲斐《かい》はあったなと、後悔《こうかい》は消えた。

4

冬の陽《ひ》は短い。

午後六時を過《す》ぎた頃《ころ》、既《すで》に周囲《しゅうい》は暗くなっていた。僅《わず》かに白い西の端《はし》も曇《くも》り空のせいで明るさはなく、星や月も見えない。学校では年度末が近いせいかそれとも降り始めた雪のせいか、部活動《ぶかつどう》をしている生徒もグラウンドにはなく、早くも静《しず》けさが漂《ただよ》っている。

そんな中、特別棟《とくべつとう》三階の美術室《びじゅっしつ》。

石膏《せっこう》の胸像《きょうぞう》や油絵《あぶらえ》などの置かれた隣《となり》の資料部屋《しりょうべや》に、ひとつの奇妙《きみょう》なものが置かれていた。棚《たな》の隅《すみ》、道具類に巧妙《こうみょう》に隠《かく》されてぱっと見は目立たない。

けれどそれは間違《まちが》いなく、大人の背丈《せたけ》ほどもある白木《しらき》の箱——棺桶《かんおけ》、だった。

「お嬢《じょう》さま」

棺桶の中で、声がした。

外に洩《も》れるような大きさではない、囁《ささや》くような、同時に感情の込められていない声だった。

「日が、暮《く》れました。もう少し、経《た》てば、救《すく》いも、現《あらわ》れましょう」

単語《たんご》を区切《くぎ》るような発声は女のものだ。

「……お前は楽観的《らっかんてき》だな、棺奈《かんな》」

呆《あき》れたような返事。同じく棺桶の中からだった。

彼女よりも声質《こえしつ》は幼《おさな》く、相反《あいはん》して喋《しゃべ》り方は尊大《そんだい》な──少女のもの。

「お前が昨夜《ゆうべ》のうちに貼《は》った合図《あいず》、あれだけを頼《たよ》りにするのは心許《こころもと》ないぞ」

「いえ、お嬢さま」

無音《むおん》の資料室で、ふたりの声は低い。

「少なくとも、ここには、か、い、い、らのご息女《そくじょ》が、通って、おります」

「歩摘《ほづみ》か。気付いてくれたかな？」

「あの方は、きっと、お嬢さまを、捜《さが》して、おいでですから」

「それはそうだろう。あれは優しい娘《こ》だ。……だが、優しさが仇《あだ》になることもある。山が燃えてから昨日《きのう》の今日だぞ。こんな場所に来ているとも思えん」

女──棺奈は口を噤《つぐ》んだ。少女の声は続ける。

「合図が繁栄派《はんえいは》の連中に気付かれないということもあるまい。ここに奴《やつ》らはどれほどいる？」

「四人、に、ございます。供子《きょうこ》さま、檻江《おりえ》さま、巳代《みよ》さま、通夜子《つやこ》さま」

「『さま』などつけるな、あの下郎《げろう》どもに」

「仕方《しかた》なきこと。私は、そ、の、よ、う、に、で、き、て、お、り、ま、す」

「知っている。八《や》つ当《あ》たりだ。許《ゆる》せ」

悪びれたふうもない少女に、棺奈《かんな》は怒《おこ》りもしない。

「繁栄派《はんえいは》の、方々こそ、学《まな》び舎《や》に、通う、余裕《よゆう》は、ありません。現在《げんざい》、あの方々は、歩摘《ほづみ》さま以上に、お嬢《じょう》さまを、捜《さが》して、おいでです」

「妾《わたし》を、ではない。……『つうれん』を、だ」

「同じこと。お嬢さまは、本家《ほんけ》の、跡取《あとと》り。つうれんの、担《にな》い手に、ございます」

「難儀《なんぎ》なものだな」

溜息《ためいき》ひとつ。それから、しばしふたりは無言《むごん》になる。

沈黙《ちんもく》を破《やぶ》ったのは、少女の方だった。

「あんなことが起きなければ、妾も安穏《あんのん》としておられたのかな」

どこか懐《なつ》かしむような、悲しむような、そんな声。

「……枯葉《かれは》さま」

棺奈は少女の名を呼んだ。

「忘れろ。つまらぬ世迷《よま》い言《ごと》だ。どのみち安穏としてなどおられるか。いや……安穏としていたからこそ、妾は姉さまを守れなかった。母さまと父さまを守れなんだ。これでは次女として生まれた意味がない。棺奈、お前にも悪いことをした。妾は……」

「お嬢さまに、責《せき》は、ございません。それに、棺奈の主《あるじ》は、今は、あなたで、ございます」

そうか、そうだな。

僅《わず》かに笑ったような少女の声が、資料室《しりょうしつ》にくぐもって響《ひび》いた。

物音《ものおと》がしたのは、その時だった。

「棺奈？　これは……」

「お嬢さま、お静《しず》かに」

遠くから徐々《じょじょ》に近くなってくるような、姦《かしま》しい会話。

くぐもったそれらが、がらり、という扉《とびら》の開く音とともに鮮明《せんめい》さを増した。

「まったく、まだ学校に残ってたなんて、私たちを待《ま》っててくれたのかしらね？」

「あはは、違《ちが》うわよね。男に色目《いろめ》使ってて遅《おそ》くなったんだよ、こいつ」

「そんなこと……あなたたちが、待ってろ、って……」

「あら、珍《めずら》しく反抗《はんこう》するじゃない？　ネクラのくせに」

美術室《びじゅっしつ》に入ってきたのは三、四人程度《ていど》だろう。いずれも女だった。

扉一枚隔《へだ》てた資料室で、棺奈は囁《ささや》く。

「お嬢さま」

「……繁栄派の連中か？」

「違う、ようです。ですが、様子《ようす》が、やや、妙かと」

「で、さあ」

隣《となり》に人の入った棺桶《かんおけ》が安置《あんち》されているとも知らず、やってきたひとりが、鼻にかかった、どこか間抜《まぬ》けな声をあげる。——ただし、悪意《あくい》に満《み》ちた声を。

「さっきのは、何かな？　やっぱ色目《いろめ》使ってたんでしょ」

「使って……ません……」

「あはは！　そりゃそうよ、あんたなんかが色目使ってもキモいだけだっていうの！」

どん、と突き飛ばすような音。それから短い悲鳴《ひめい》。

「なに、『きゃ！』って。可愛《かわい》ぶったって許《ゆる》さないからね？」

数人の笑い声。

不穏《ふおん》な空気が資料室《しりょうしつ》にも伝《つた》わってくる。

「棺奈《かんな》。出て行くか？」

窺《うかが》うように言ったのは枯葉《かれは》だった。

「いえ、お嬢《じょう》さま。危険に、ございます」

「しかし……これは暴行《ぼうこう》を受けているのではないか？　不干渉《ふかんしょう》が最《もっと》も賢《さか》しいのはわかるが、こんなものを見過《みす》ごしては気分が悪い。……特に、今の妾《わたし》は」

「認《みと》められません。それに、今のお嬢さまが、お行きになっても、どうにかなるとは」

「蜘蛛《くも》の子くらいは散《ち》らせよう。なにせ、このなりだ。……姿《すがた》を見せるだけでいい」

「姿を、見られては、なりません」

「棺奈！」

「なりません。今は、御身《おんみ》の安全を、第一に」

催促《さいそく》する枯葉に、棺奈は頑《がん》として応《おう》じない。

金属《きんぞく》を打ち鳴《な》らしたような音がした。バケツか机《つくえ》かがひっくり返ったのだろうか。

「だいたいさ、あんた見てると虫酸《むしず》が走るのよ！」

誰《だれ》かの怒号《どごう》が谺《こだま》した。

騒《さわ》がしさは徐々《じょじょ》に増していく。

資料室の中にあった棺《ひつぎ》から、ごとり、とまるで内壁《うちかべ》を殴《なぐ》るような小さい音がする。

5

家に帰り着くまでの十分間ほどで、あっという間に辺《あた》りは暗くなってしまっていた。

雪は止む気配《けはい》がない、このままではじきに積《つ》もり始めるかもしれない。

自分の家は高校から近いからよかったとして、灰原《はいはら》は大丈夫《だいじょうぶ》だろうか。玄関口《げんかんぐち》でふとそんな心配《しんぱい》を覚え、景介《けいすけ》は携帯《けいたい》電話を取り出した。番号を交換《こうかん》した途端《とたん》にぽんぽんメールを送りまくるのもどうかと思ったが、まあいいか。そう思い、彼女のアドレスを呼び出そうとする。

「……お？」

ボタンを押しかけたのと、唐突《とうとつ》にその電話がぶるぶると震《ふる》え始めたのは同時だった。

ディスプレイに表示《ひょうじ》された文字は——着信《ちゃくしん》、灰原吉乃《はいはらよしの》。

「なんだこりゃ」

滅多《めった》にない偶然《ぐうぜん》だ、という可笑《おか》しさと、何の用事《ようじ》だろうという疑問《ぎもん》とともにボタンを押す。

耳に当てて「もしもし？」口にした瞬間《しゅんかん》、

「……、ん？」

聞こえてきたのは、妙な音、だった。

まずは、ざざざ。受話器《じゅわき》に何かを擦《こす》り付けるようなノイズ。

がやがや。誰《だれ》かが遠くで叫《さけ》んでいるような。

そして——その『がやがや』の中に。

——『……のよ！　あはは！　ば……いの？　ほら！』

——『……！　やめ……！』

罵倒《ばとう》とも嘲笑《ちょうしょう》ともつかない気に障《さわ》る声と、妙《みょう》に切羽詰《せっぱつ》まったような悲鳴《ひめい》。

「おい……おい、灰原？」

返事はない。景介《けいすけ》の呼びかけを無視《むし》したように、音声《おんせい》は続いている。

電波状況《でんぱじょうきょう》が悪いのかと思ったが、そうではない。ノイズは途切《とぎ》れずに続いている。

そうだ。まるで——電話をポケットの中に入れたまま、回線を開いているかのような。

「おい、灰原！」

不意《ふい》に厭《いや》な予感を覚え、大声で怒鳴《どな》る。しかしやはり反応《はんのう》はない。それどころかスピーカーから聞こえるノイズに、がしゃん、というけたたましい音まで混《ま》ざり始める。

「灰原!? 聞こえるか？　どうした、何かあったのか!?」

返事を期待《きたい》してもう一度名を呼ぶが、やはり結果は変わらなかった。

鼓膜《こまく》を震《ふる》わせるスピーカーからの不穏《ふおん》な気配《けはい》の更《さら》に奥で、どくどくと慌《あわ》ただしい音がした。

自分の心臓《しんぞう》の鼓動《こどう》だと意識《いしき》した時にはもう、景介は自転車に跨《またが》っていた。

意味がわからない。何がどうなっているのか。

でも、これは——おかしい。

「灰原、応《こた》えろっ！」

もう一度受話器に向かって叫んだ。しかし、

——『ねえ、入れ墨《ずみ》って……、ある？　彫刻刀《ちょうこくとう》……、資料室《しりょうしつ》に……』

——『いやあっ！』

くぐもって、それでも耳に痛《いた》い悲鳴と一緒《いっしょ》に。

「……おい、もしもし!?」ぶつん。

ついに——回線が切れる。

帰り道で暴漢《ぼうかん》に襲《おそ》われた可能性《かのうせい》。何かの事故《じこ》に巻《ま》き込まれた可能性。頭の中に渦巻《うずま》いていた様々《さまざま》な推測《すいそく》を、切れる直前に聞いた幾《いく》つかの単語《たんご》が塗《ぬ》り潰《つぶ》す。

『入れ墨《ずみ》』？『彫刻刀《ちょうこくとう》』？『資料室《しりょうしつ》』？

連想《れんそう》されるのは、間違《まちが》いない。……学校だ。

「畜生《ちくしょう》っ！」

景介《けいすけ》は、自転車の籠《かご》に荷物《にもつ》を放り込み、大きくペダルを踏《ふ》む。さっきまで呑気《のんき》に歩いていた道を、再《ふたた》び戻るようにして走り始める。

こぎながら携帯《けいたい》をもう一度、今度は自分から灰原《はいはら》にかけてみるが繋《つな》がらない。

「なんだよ……ふざけんな！」

電話からの情報《じょうほう》は断片的《だんぺんてき》だったから証拠《しょうこ》がある訳《わけ》ではない。けれど。

――いじめ、だ。それも、かなり暴力的《ぼうりょくてき》な類《たぐい》の。

今まで一年間同じクラスにいて、そんな様子《ようす》は見られなかった。灰原はクラスでも目立たない存在《そんざい》ではあったが、表立《おもてだ》って嫌《きら》われてもいなかったはずだ。

ただ、仮《かり》に女子が中心になってやっていたとするなら、男の景介は気付けないかもしれない。

受話器からは女の声しか聞こえなかった。

ましてや、他のクラスの奴《やつ》らが主犯《しゅはん》だったら尚更《なおさら》、景介が知る由《よし》もない――。

三分もあれば学校には着く。

だからもう少し待ってろ、心の中で灰原に呼び掛《か》ける。

正義感《せいぎかん》や使命感《しめいかん》ではなくただの脊髄反射的《せきずいはんしゃてき》な衝動《しょうどう》で景介はひたすらに自転車を走らせ、そうして数分の後、校門の前へと辿《たど》り着く。家が学校の近くでよかったと寝坊《ねぼう》した時の数倍もありがたく思いながら、滑《すべ》り込む勢《いきお》いで自転車を乗り捨《す》て、校舎《こうしゃ》へ。

場所は自分の予測《よそく》で正しいのだろうか。もし違《ちが》っていたらどうしようもない。

でも『彫刻刀』に『資料室』。推測《すいそく》できる中では、そこしか思い当たらなかった。

校内には人気《ひとけ》がなかったが、昇降口《しょうこうぐち》は閉められていなかった。職員室《しょくいんしつ》はもちろん、幾《いく》つかの教室にも灯《あか》りがある。それらには目もくれず、普段《ふだん》授業を受けている校舎ではなく、もうひとつの校舎――いつもは移動《いどう》教室の時にだけしか訪《おとず》れない、特別棟《とくべつとう》へ。

階段《かいだん》を一足飛びに駆《か》け上がり、走る。

そして三階へ辿り着き、廊下《ろうか》の先にある目的地を見据《みす》え、

「……っ⁉」景介は歯咬《はが》みする。

灯りが、点《つ》いていない。

かといって、今更《いまさら》足を止めてもどうしようもない。もういじめが終わって解放《かいほう》されたという可能性《かのうせい》が残っている。そうでないと景介には、次に行く当てがない。

片手《かたて》で携帯を操作《そうさ》しもう一度灰原にリダイヤルしながら、真《ま》っ暗《くら》になっている美術室《びじゅつしつ》へと。

「灰原！　いるんなら、返事を……、」

短く叫《さけ》びながら扉《とびら》を開けた、それと同時。

思考《しこう》が、止まった。

「……え？」

そこに広がっていた光景《こうけい》は、
景介《けいすけ》の予想《よそう》や希望《きぼう》や推測《すいそく》、そのどれともまったく違《ちが》うものだった。

薄闇《うすやみ》。

何も見えない訳《わけ》ではないが、廊下《ろうか》にも美術室《びじゅつしつ》にも光はなく、外も暗い。

そこに、人がひとり、立っていた。

「灰原《はいはら》……？」

問《と》いつつも、その輪郭《りんかく》は奇妙《きみょう》だった。灰原吉乃《よしの》のものではない。

まるで和服《わふく》のような、垂《た》れた幅広《はばひろ》の袖《そで》と脚《あし》にぴったり張《は》り付いた裾《すそ》。

す、と。そいつ——女——が、身構《みがま》えるような仕草《しぐさ》をする。

「よい、棺奈《かんな》」

それを止める声があった。少女のようでありながら、時代《じだい》がかった喋《しゃべ》り方。

「こんなにも早く駆《か》け付けたということは、縁者《えんじゃ》であろう」

「ですが、お嬢《じょう》さま」

「よい、と言っておる」

女が肩の力を抜いたような気がした。

目を凝《こ》らすと、細《こま》かな部分が夜目《よめ》に見えてくる。

美術室に立った女はやはり和装《わそう》。しかしその上から洋風《ようふう》のエプロンを着けており、まるで大《たい》正時代《しょうじだい》の金持ちに仕《つか》えている使用人のような格好《かっこう》だ。目鼻立《めはなだ》ちからは景介よりも歳上《としうえ》に見えるが、二十を越《こ》えるほどではないだろうと思う。

とにかく何にせよ、学校という空間《くうかん》にはまるでそぐわない。

対して、彼女にさっき声を掛《か》けた少女の姿《すがた》が見えなかった。美術室の中を見渡《みわた》すと不意に、床《ゆか》、リノリウムの上に、何かが寝ているのに気付く。

──人間。

倒《たお》れるように仰向《あおむ》けで、力なく横たわっている。

この学校の制服《せいふく》。はだけた胸許《むなもと》と、開かれた目には力がなく──どくん。

景介の心臓《しんぞう》が、大きく跳《は》ねた。

ぶうん、ぶうん、と。

耳に痛《いた》い静寂《せいじゃく》の中、その倒れた人間のポケットから何かの振動《しんどう》する音がしている。それに呼《こ》応《おう》するように、景介の手に持った携帯《けいたい》電話から呼び出し音が小さく鳴っている。

見覚えがある顔。いや、見覚えがあるどころではない。

「はい……はら？」

灰原《はいはら》、吉乃《よしの》。

つい十五分ほども前に昇降口《しょうこうぐち》で別れ、つい五分も前に不審《ふしん》な電話を受け、そうして今、景《けい》介《すけ》が電話を掛《か》けている相手《あいて》が——そこにいた。

何故《なぜ》？　自問《じもん》する。

どうして倒《たお》れている人間が灰原の携帯《けいたい》を持って……いや、違《ちが》う。

どうして灰原が倒れている？

目を開けたまま、まるで息をしていない、、、、、、、、、、かのように。

「灰原！」

目前《もくぜん》に立つ奇妙《きみょう》な女の存在《そんざい》を無視《むし》して、駆《か》け寄《よ》った。

携帯を放り出し、肩《かた》を抱《だ》く。温《あたた》かい。まだ、温かかった、、、。

抱き上げた彼女の首はだらりと重力に従《したが》って仰《の》け反《ぞ》る。それを慌《あわ》てて抑《おさ》えた景介の手にぬめった液体《えきたい》が触《ふ》れるのを感じた。空気を吸《す》い込むと血《ち》の匂《にお》いがした。

口許《くちもと》に耳を近付けても、呼吸《こきゅう》は感じ取れなかった。

「え……お、い、なんだよ、これ……」

彼女は応《こた》えない。

「お嬢《じょう》さま、如何《いかが》、なさいますか」

頭上《ずじょう》で女が無感情に、科白《せりふ》を棒読《ぼうよ》みしているかのように喋《しゃべ》る。

どういうことだ。

見知らぬ女。不審者《ふしんしゃ》。動かない灰原《はいはら》。さっきの電話。今の状況《じょうきょう》と自分の思考《しこう》が上手《うま》く繋《つな》がらない。いったいここで何が起きたんだ。何が起きているんだ。わからない。わからない。

「お前……いったい」

顔を上げ、景介《けいすけ》は女に問《と》う。

「お前が……灰原、を？」

「妾《わたし》たちではない」

返事は別方向からあった。

「すまぬな。妾たちは止められなんだ。……まさか死ぬとも思わなかった」

死ぬ？　灰原が、死んだ？　嘘《うそ》だ。そんなこと、あるはずがない。

現実味《げんじつみ》がなさ過《す》ぎた。夢《ゆめ》ではないかとすら思った。

けれどそんな景介の感情を置き去《ざ》りに、少女の声は更《さら》に続ける。

「とはいえ、妾はこの娘《むすめ》が気に入ったぞ」

「お嬢さま？」

「これも縁《えん》だ。棺奈《かんな》……妾はこれより、喪着を執り行なう」

耳に届《とど》いたのは訳《わけ》のわからない単語《たんご》だった。同時に景介は気付く。

少女の声が聞こえているのに、姿《すがた》がどこにも見えないことに。

「なんだよ……お前、今喋ってるお前だ！　いったいどこに……」

「ここだ」

声がしたと思われる方を見るが、そこには誰《だれ》もいない。

かんな、と呼ばれた女が少女の声に頷《うなず》き、歩《ある》き始める。灰原を抱《だ》き締《し》めながら呆然《ぼうぜん》とする景介の前を横切り、教室に並《なら》べられた机《つくえ》のひとつへと。

そこにあるのは、白い布《ぬの》をかけられた、半球形《はんきゅうけい》のもの。

女はそれを抱きかかえ、包《つつ》みをはらりと解《と》く。

針金《はりがね》で編《あ》まれた釣鐘状《つりがねじょう》の檻《おり》——それは、鳥籠《とりかご》。

ただし、

中に在《あ》るのはカナリヤではなく、少女の首だった。

「ひ……！」

景介は思わず悲鳴《ひめい》を漏《も》らす。

縦《たて》に並《なら》ぶ格子《こうし》の隙間《すきま》から覗《のぞ》く、鋭《するど》い眼光《がんこう》。透《す》き通った鼻梁《びりょう》。薄《うす》い唇《くちびる》。

首から下は、ない。頭部《とうぶ》だけがすっぽりと鳥籠《とりかご》へ納《おさ》まっている。

手品《てじな》。マジック。そんな単語《たんご》が頭に浮かぶが、何故《なぜ》か『そうではない』という実感がある。

冷静《れいせい》に考えればまるで現実味《げんじつみ》のない光景《こうけい》なのに、妙《みょう》に生々《なまなま》しさがあった。

「お嬢《じょう》さま。この男を……」

「構《かま》わん」

少女の赤い唇《くちびる》が動いた。笑っているようにも、憐《あわ》れんでいるようにも見えた。

「それが礼儀《れいぎ》だ。少なくとも妾《わたし》はそう思う。……こやつは、この娘《むすめ》の状況《じょうきょう》を知って駆《か》け付けたのであろう？　ならば、妾が今からすることを、見せない訳《わけ》にいくものか」

数秒《すうびょう》の沈黙《ちんもく》の後、返答。

「承知《しょうち》、しました」

鳥籠の把手《とって》が捻《ねじ》られる。格子《こうし》と底板《そこいた》の接続《せつぞく》が外《はず》れ、少女の首が露《あらわ》になる。

そうしておいて女は踵《きびす》を返し、美術室《びじゅっしつ》の隅《すみ》へ歩くと、立て掛《か》けてあった大きな白木《しらき》の箱《はこ》に触《ふ》れる。蓋《ふた》を開く。ぎい、と音がした。手を突《つ》っ込む。中から取り出したのは、
大きな、斧《おの》。

「おどき、ください」

顔を寄《よ》せ、景介《けいすけ》と視線《しせん》を合わせてくる。

光のなく、虚《うつ》ろな、まるで意思《いし》を欠落《けつらく》させたような眼《め》。

「う、あ」

言葉《ことば》にならない声を発しながら、灰原《はいはら》を抱《だ》く指先に力を込めた。冷たくなり始めていた彼女の身体《からだ》が、まるで自分からも体温を奪《うば》っていくようだ。

「くる、な」

ゆるゆると首を左右に振《ふ》るが、身体の震《ふる》えが止まらない。

それは『わからない』ということに対する恐怖《きょうふ》だ。

和装《わそう》の女も、首だけの少女も、冷たい灰原も、何もかもが理解《りかい》を超《こ》えていた。

「く……るな……、来るな」

「おどき、ください」

もう一度女が言った。

鼻にかかる吐息《といき》からは菊《きく》の花のような香《かお》りがして、体温が感じられない。

「仕方《しかた》ない、ですね」

女は、灰原の身体に手を伸《の》ばし、景介の掌《てのひら》に冷たい指を這《は》わせ、そして、すすう、と。

奪い取る。

「あ……」

恐怖のせいで力が抜けていたのか、それとも女の力が圧倒的《あっとうてき》に強かったのか。理由はその両方だろう。灰原の身体の感触《かんしょく》が手からあっさりと消失《しょうしつ》し、女は灰原を抱いて立ち上がる。

「顔を見せろ」
少女が言った。女が生首《なまくび》の目の前に灰原《はいはら》の顔を近付けた。
「綺麗《きれい》な娘《むすめ》だ。……妾《わたし》はこの娘の顔を、生涯《しょうがい》忘れまいぞ」
女が再《ふた》び灰原を床《ゆか》に寝《ね》かせる。
持っていた斧《おの》の柄《え》を両手で握《にぎ》り、頭上に構《かま》える。
景介《けいすけ》は叫《さけ》んだ。声は出なかった。
だから、いや、そんなこととは関係なく——斧が——振り下ろされる。
肉《にく》の断《た》たれる音。刃《は》が床に突《つ》き立つ音。今まで聞いたこともない、不快《ふかい》な音。
斧が放り投げられた。がらん、と。
女が少女の首を両手で大事《だいじ》そうに抱《だ》きかかえた。
「お前の身体《からだ》、この妾が貰《もら》い受ける」
少女の声。まるで、誰《だれ》かに向かって祈《いの》るような。
そうして。
そこから先の出来事《できごと》を、景介の意識《いしき》は受け入れられなかった。
　少女の首。
灰原の身体《からだ》。

転がっているのは、斧で切断《せつだん》された灰原の頭部《とうぶ》。

女は少女の首を抱いたまましゃがみ込み、灰原の、身、体、と、少、女、の、首、を、合、わ、せ、る、。

一瞬《いっしゅん》の静止《せいし》があって、灰原の身体が起きあがる。

少女の頭を――首に載《の》せたまま。


「ああ……なるほど」

少女が納得《なっとく》したように、自分の首筋《くびすじ》を、灰原の身体との繋《つな》ぎ目を撫《な》でた。

視線《しせん》がこっちを向く。

まるで和紙《わし》に墨《すみ》を一滴垂《いってきた》らしたような、漆黒《しっこく》の瞳《ひとみ》。

「景介、お前は幸せ者だ……誇《ほこ》りに思うがいい」

――どうして自分の名前を知っている？

その疑問《ぎもん》を持つ前に、景介は気を失《うしな》う。目の前の光景《こうけい》を意識が拒否《きょひ》したのだった。

身体が前のめりに倒《たお》れ込み、視界《しかい》が完全《かんぜん》に暗転する。

だから少女が続けて口にした言葉《ことば》も、景介には届《とど》かない。

少女は言った。

「灰原吉乃《よしの》。……妾も、お前のことを誇りに思う」

少女――枯葉《かれは》が胸《むね》に手を当て、

「お嬢《じょう》さま。喪着《もぎ》の儀《ぎ》、誠《まこと》に、おめでとう、ございます」
女——棺奈《かんな》が恭《うやうや》しく、一礼した。

シタイアソビ

第二幕　死体遊び

1

景介《けいすけ》が意識《いしき》を取り戻して最初に知覚《ちかく》したのは、匂《にお》いだった。

草のような香《かお》り。

嗅覚《きゅうかく》を刺激《しげき》した正体《しょうたい》が畳《たたみ》だと気付いたのは、馴染《なじ》みがなく、けれど同時に既視感《きしかん》があったからだ。普段嗅《ふだんか》ぎなれないそれは、いつかの盆《ぼん》に父の実家《じっか》へ行った時の記憶《きおく》と繋《つな》がる。あの家は純和風《じゅんわふう》で、幼《おさな》い頃《ころ》、姉と並《なら》んで畳の上に布団《ふとん》を敷《し》いて寝《ね》ていた。

もっとも、懐《なつ》かしさはすぐに違和感《いわかん》へと変わる。

――ここは、どこだ？

起きあがった。祖父母《そふぼ》の家と同じように、畳敷きの和室で布団に寝かされている。

周囲《しゅうい》を見渡《みわた》すと暗い上に視界《しかい》がぼやけてよくわからない。眼鏡《めがね》がないせいだ。反射的《はんしゃてき》に枕《まくら》元辺《もとあた》りの畳の上を探《さぐ》ると、手に触《ふ》れるものがある。眼鏡。かけてみた。どうやら自分のもので間違《まちが》いないようで、すべての輪郭《りんかく》がレンズ越《ご》しにはっきりする。

前には襖《ふすま》、背後《はいご》を振り返ると障子《しょうじ》。やけに静《しず》かで、無音《むおん》が耳に響《ひび》く。

上手《うま》く覚醒《かくせい》しない頭で、自分が眠《ねむ》る前に何をしていたのかを考えた。

夜の学校。

クラスメイトの灰原《はいはら》からかかってきた電話。

駆《か》け付けた時に出くわした妙《みょう》な女。

死体になっていた灰原。

鳥籠《とりかご》の中に首だけの少女がいて、そして──。

「……夢《ゆめ》？」

記憶にあるのは、常識的《じょうしきてき》とはとてもいえない出来事《できごと》だった。どうやら頭のおかしな夢を見ていたようだ。まったく、俺の脳《のう》はどうかしている。このことを灰原に話したら笑ってくれるだろうか。それとも気を悪くするだろうか。そっちの可能性《かのうせい》の方が高いから黙《だま》っていた方が、

「いや……ちょっと待《ま》て」

あれが夢だとしても、今はもう、どう考えても目が覚めている。

だったら、自分がいるこの見知らぬ場所は、いったいどこだ？

景介は立ち上がる。足許《あしもと》がややふらつく。今何時なのだろうと携帯《けいたい》を探すがポケットには入っていない。服装《ふくそう》は制服《せいふく》のままだった。衾《さいふ》の上、鴨居《かもい》にハンガーで掛《か》けられている自分のコートを見付ける。近寄って探ってみるが、財布しか入っていない。中身《なかみ》は無事《ぶじ》だった。

誘拐《ゆうかい》でもされたか。それとも事故《じこ》に遭《あ》って記憶でも混濁《こんだく》しているのか。

どうしたものかと頭を抱《かか》えていると、背後から物音《ものおと》がした。

振《ふ》り返る。

「……起きた？」

障子《しょうじ》の向こう。気配《けはい》とともに、女の声があった。

「誰《だれ》……だ？」

状況《じょうきょう》に気圧《けお》されて、自然と喋《しゃべ》り方がぎこちなくなる。

一瞬《いっしゅん》の沈黙《ちんもく》。ややあって、微《かす》かな溜息《ためいき》とともに、

「開けるよ」

す――と。

木の擦《こす》れ合う音とともに障子が開かれた。廊下《ろうか》は庭に面していて、冷たい空気が一気《いっき》に入ってくる。外の景色《けしき》は白い。いつの間にか雪が薄《うっす》らと積《つ》もっている。

景介《けいすけ》は目を見開いた。……雪明かりに浮かぶ、障子を開けた者の姿《すがた》に。

一瞬《いっしゅん》、別人かと思った。

何故《なぜ》なら彼女はこの和風《わふう》な家によく似合《にあ》う着物を纏《まと》っていて、景介の知るいつもの格好《かっこう》とはまるで違《ちが》っていたからだ。表情も硬《かた》く、思い詰《つ》めたような顔をしている。

でも、やや高い背《せ》に頭の後ろで括《くく》った髪《かみ》、そして、

「おはよう。今は夜だけど」

どこかあっけらかんとした喋《しゃべ》り方は、間違《まちが》いなく聞いたことのあるもので。

「……木陰野《こかげの》？」

景介は、クラスメイトの——木陰野棗《なつめ》の名を、呆然《ぼうぜん》と呼ぶ。

「木陰野、なのか？　なんで、お前……そんな」

彼女は軽く頷《うなず》くと、僅《わず》かな笑《え》みを作り、言う。

「おいで。いろいろ説明するよ」

ちょいちょいと、まるでクラスで人を呼ぶ時にそうするように、景介を促《うなが》す。

その手招《てまね》きを拒《こば》む理由も抗《あらが》う術《すべ》もなかった。クエスチョンマークが頭の中で乱舞《らんぶ》する中、景介はぽかんとした間抜《まぬ》けな顔で、着物姿の木陰野についていく。


通されたのは、居間《いま》とも座敷《ざしき》ともつかない部屋《へや》だった。

ここで待《ま》ってて、と言って木陰野はどこかへ行き、景介はひとり残される。

畳敷《たたみじ》きで、上手《かみて》には床《とこ》の間《ま》。ご丁寧《ていねい》に掛《か》け軸《じく》が掛かっていた。

天井《てんじょう》からは蛍光灯《けいこうとう》が吊《つ》るされていて、中央《ちゅうおう》には炬燵《こたつ》があり、床の間の横——確《たし》か『違《ちが》い棚《だな》』とかそんな名前だ——には、小さなテレビが備《そな》え付けられている。純《じゅん》和風でありながら変に生活感があるなと思いつつ、炬燵の上に置かれた蜜柑籠《みかんかご》を見付け、不意に喉《のど》の渇《かわ》きを覚えた。

今は何日の何時だろう。そう思うが、時計はどこにも見当たらない。

テレビを点《つ》けたりしてみてもいいものだろうか、などと思案《しあん》していると、

「お待たせ」

戻ってきた木陰野《こかげの》が、襖《ふすま》を開けた。

——ひとりの人間を、連れている。

少女、だった。自分たちと同程度《どうていど》の年齢《ねんれい》だろう。

木陰野と同じく、着物を纏《まと》っている。ただし、木陰野のものが割《わり》とオーソドックスな、手鞠《てまり》柄《がら》の入った浅葱《あさぎ》色《いろ》なのに対して、彼女が着ているのは、赤。

無地《むじ》の、焔《ほのお》のような、或《ある》いは血《ち》のような。

それに比《ひ》して、帯《おび》と髪《かみ》は緑か青と見紛《みまご》うほどに黒い。

顔立ちはどこか清冽《せいれつ》だった。白い肌《はだ》、大きさの割《わり》に鋭い眼《するどめ》、すらりとした鼻梁《びりょう》、形のいい唇《くちびる》。

街《まち》で見れば誰《だれ》もが振《ふ》り返るほどの美少女、それこそ秋津《あきつ》以上かもしれない。

「起きたか、景介《けいすけ》」

少女はそう言った。声音《こわね》は妙《みょう》に幼《おさな》いくせに、やけに不敵《ふてき》で不遜《ふそん》な口調《くちょう》で。

どこかで既視感《きしかん》がある。

これは何だろう。そんな疑問《ぎもん》を覚えていると、

「入れ。寒かろう」

いきなり炬燵《こたつ》を勧《すす》められる。

「いや……ちょっと待《ま》ってくれ、そもそも俺は……」

なんでここにいるんだ、と問《と》おうとするが、

「暖《あたた》かいぞ。掘《ほ》り炬燵《ごたつ》だ」

「だからそういう……」

「蜜柑《みかん》もある。甘《あま》いぞ」

「いや、甘いとか甘くないとかじゃなくてだな、その……」

「なんだ、スナック菓子《がし》などがよいのか。棗《なつめ》、なにかあるか？　妾《わたし》はポテチがよい」

「残念ながら何もないよ。ってかあんた、ポテチなんて知ってたの？」

「母さまがたまにしか食べさせてくれなかったのだ。身体《からだ》に悪いと言ってな」

「あ、そうなの……」

「ああ、茶《ちゃ》がないぞ。客人《きゃくじん》に茶も出さんとあっては本家《ほんけ》の名折《なお》れだ」

「……用意するのはあたしなのね」

ぼやきつつ、再《ふたた》び襖《ふすま》の向こうに消えていく木陰野《こかげの》。

景介《けいすけ》は完全無欠《かんぜんむけつ》に、あらゆる意味で置き去《ざ》りだった。

「いやだからちょっと待《ま》ってくれ……ええと、そうだ。俺はだいたいなんでこんなところに」

さっさとひとりで炬燵に入った少女に、問《と》う。

「枯葉《かれは》だ」

「え？」

「妾の名は枯葉だ」

「……かれは」

　枯《か》れた葉《は》で、枯葉？　親の顔が見たくなるような名だった。

「おお、呼《よ》び捨《す》てにしてもよいぞ。景介には許《ゆる》そう」

「って、待て、なんで俺の名前知ってんだよ⁉」

「いいから座《すわ》れ」

　完全に相手《あいて》のペースだった。とはいえそもそもここは見知らぬ場所《アウェイ》で、景介が主導権《しゅどうけん》を握《にぎ》れるはずもない。渋々《しぶしぶ》といった調子《ちょうし》で炬燵に座ると、彼女の言う通り暖かくはある。

　ぶるり、と身体が震《ふる》えた。思いの外《ほか》、冷えていたらしい。

「はい、お待たせ」

　急須《きゅうす》と湯呑《ゆの》みを載《の》せた盆《ぼん》を持った木陰野が戻ってきた。

「棗、行儀《ぎょうぎ》が悪いぞ」

　襖を足で開けた木陰野を見咎《みとが》め、少女が顔をしかめる。

「あたしはあんたと違《ちが》って育ちがよくないのよ。……それより自己紹介《じこしょうかい》は済《す》ませた？　枯葉」

「ああ、さっきな」

「ええと……おい、木陰野。お前、木陰野だよな」

「うん。大丈夫《だいじょうぶ》、間違《まちが》いないよ。白州《しらす》高校一年A組、木陰野棗」

「だったらお前は俺の味方《みかた》でいてくれ、頼《たの》む……」

景介《けいすけ》は正直《しょうじき》に告《つ》げる。

「目が覚めたら訳《わけ》のわからん屋敷《やしき》で、眠《ねむ》る前の記憶《きおく》もなくて、挙《あ》げ句《く》の果《は》てには自分勝手《かって》に話を進める女を前に俺はもう何がなんだかさっぱりだ。完璧《かんぺき》にさっぱり過《す》ぎて、何から質問《しつもん》すればいいのかもさっぱりだ。……だいたい、ここ、どこだよ？　お前の家か？　そいつはお前の親戚《しんせき》か？　っていうかなんでお前着物《きもの》なんだ？　ひょっとして演歌《えんか》しか聴《き》かないってのは一族《いちぞく》揃《そろ》ってそういう趣味《しゅみ》だからか？」

「ち……ちょっと霧沢《きりさわ》!?　なんであたしが演歌好《す》きなの知ってるの!?」

「あ」

しまった。日崎《ひざき》から秘密《ひみつ》にしといてと言われていたんだった。

「なんだ棗《なつめ》。お前、演歌のような古くさいものが好《す》きなのか」

「枯葉《かれは》は黙《だま》ってなさいっ」

「妾《わたし》はろっくも聴くぞ。なんだったかな、ええと、そうだ、どあーずだ」

「なんであんた中途半端《ちゅうとはんぱ》に文化的なのよ……」

「父さまがお好きだったのだ。ぶれいこんするーなんとか、だったか？」

「……知らないっての」

呆《あき》れた顔で溜息《ためいき》を吐《つ》くと、木陰野《こかげの》は急須《きゅうす》から湯呑《ゆの》みに茶《ちゃ》を注《そそ》ぎ、景介に差し出した。

「とにかく、説明するよ。って……どこから始めたもんかな」

「どこからでもいい。なにせ俺はもうすべてがわかんねえよ」

「まあ、そうだよね」

景介の言葉《ことば》に少し思案《しあん》し、口を開く。

「あー、その、まずは……この娘《こ》はあたしの親戚、ってのは間違《まちが》いない。でも、ここはあたしの家じゃないんだ。ええと、要《よう》するにね、本来《ほんらい》はこの娘……枯葉の家の別荘《べっそう》みたいなもんなんだけど、代々《だいだい》あたしの一家が管理してたの。うん、これが正しいか」

「ここ、どこだ？　同じ町内なのか？」

「うん、一応《いちおう》ね。高校の裏山《うらやま》……になる、のかな」

何故《なぜ》か歯《は》切れが悪い木陰野。

「わかった。……それで？」

景介は続きを促《うなが》す。

「ええと、……あのさ、霧沢《きりさわ》」

と、木陰野はそこで逡巡《しゅんじゅん》するように、こちらへ視線《しせん》を向けた。

さっきまでとは打って変わって妙《みょう》に真剣《しんけん》な、深刻《しんこく》な顔で。

「今からする話はね、もうまったく意味不明だと思うんだけど」

「いや、そんなこと言われても困《こま》るんだが」

「とにかく、聞いてもらわないことには始まらないの。だから、聞くだけ聞いて」

「あー、わかったよ。黙《だま》って聞こう。で？」

促《うなが》した景介《けいすけ》に、応《こた》えたのは木陰野《こかげの》の隣《となり》に座《すわ》った少女——枯葉《かれは》だった。

「お前、覚えておらんのか。いや……それとも、夢《ゆめ》だと思っているのか」

「何のことだ」

「妾《わたし》の喪《も》着《ぎ》に立ち会ったであろう」

「もぎ……？　お前、何を言って」

ぞくり、と。

その単語《たんご》に聞き覚えがあることに、景介の背筋《せすじ》を冷《ひ》や汗《あせ》が伝《つた》った。

この居間《いま》に入って、枯葉と名乗《なの》る少女と出会ってからずっと考えないようにしていた。

そうだ。

自分はこいつの顔に、見覚えがある。

それも、夢の中で。

尊大《そんだい》な口調《くちょう》も、その割《わり》にはやけに幼《おさな》い声も、冷たそうな顔立ちも。

でも、あれは……そうだ。夢のはずだ。だったら……、

——そんな思考《しこう》は、木陰野の言葉《ことば》によって遮《さえぎ》られた。

「喪着、っていうのはね、あたしたち一族の、成人《せいじん》の儀式《ぎしき》よ」

「一族《いちぞく》？」

「鈴鹿《すずか》。始祖《しそ》の名をとり、妾らはそう呼んでいる」

「なんだよ、それ。お前ら、まるで自分たちが少数民族《みんぞく》か何かみたいな……」

「そうだよ、霧沢《きりさわ》」

無理矢理《むりやり》ふざけてみたのに、返ってきたのは首肯《しゅこう》だった。

「少数民族……そう言っても間違《まちが》いじゃない。でも、もっと適当《てきとう》な言葉がある」

その顔はさっきと同じく、やけに真面目《まじめ》なもので、同時にどこか悲しげで、

「あたしたちは人間じゃない」

「……は？」

「妖魅《ようみ》、あやかし。言ってみれば……化け物、だよ」

「……え？」

冗談《じょうだん》を言っているようには、とても見えなかった。

「棗《なつめ》。化け物《ばもの》とはなんだ。妾たちとて立派《りっぱ》な……」

「ごめん枯葉、少し黙ってて。こいつは……あたしの友達なんだ。あたしは一年間、こいつと同じクラスにいたんだ。だったらあたしの口から、あたしの言葉で話さなきゃいけないよ」

「……木陰野？」

「化け物、妖怪《ようかい》、あたしたちの一族は、人間たちにそう呼ばれてきた」

「ちょっと待《ま》て、それはどこの少年マンガだ」

　慌《あわ》てて景介《けいすけ》は笑い、手を振《ふ》る。馬鹿《ばか》馬鹿しい、と思いながら。

　――自身《じしん》の背《せ》に鳥肌《とりはだ》が立っていることからは、目を背《そむ》けて。

「クラスメイトが実《じつ》は妖怪《ようかい》でしたなんて、陳腐《ちんぷ》過《す》ぎて十週打ち切りだぞ？　なんだ、お前ら、狐《きつね》が化《ば》けてでもいるのか？　耳とか尻尾《しっぽ》とか出てくるのか？」

　冗談《じょうだん》めかすが、ふたりとも笑わない。

「失礼《しつれい》な。妾《わたし》たちは玉藻《たまも》ではない」

　枯葉《かれは》は大真面目《おおまじめ》に頬《ほお》を膨《ふく》らませ、木陰野《こかげの》はやはり深刻《しんこく》な顔を崩《くず》そうとしない。

　常識的《じょうしきてき》に考えれば冗句《じょうく》としか思えない説明は、続く。

「霧沢《きりさわ》は、土蜘蛛《つちぐも》って言葉《ことば》、知ってる？　日本史《にほんし》で習ったと思うんだけど」

「……つちぐも？」

　あいにく、日本史も世界史も大の苦手《にがて》だ。

「いや、覚えてねえ」

「時《とき》の朝廷《ちょうてい》に従《したが》わなかった、まつろわぬ民《たみ》のことだよ」

「ああ」

　言われてなんとなく思い出した。教科書の最初の方に載《の》っていた気がする。

「源《みなもとの》頼光《よりみつ》……金太郎さんで有名《ゆうめい》なあれね。彼らと戦《たたか》ったのも、土蜘蛛」

「金太郎は鬼退治《おにたいじ》じゃないのか？」

問《と》うた景介に、

「だから、そう」

木陰野は——頷《うなず》いた。

「別に土蜘蛛は、ただ朝廷に従わなかった民というだけじゃない。……つまり、鬼よ。人とは違《ちが》う、人の形をした化け物だから、打ち倒《たお》された」

「……だったら角《つの》はどこにあるんだよ」

「冗談を言ってる訳《わけ》じゃないよ」

お前らが変なことを言って俺をたばかろうとするからだろ。

そう口にしかけ、景介は不意に自覚《じかく》する。

背中の鳥肌。

そして、自分の指先が細《こま》かく震《ふる》えていることを。

——ああ、そうだ。

この震えの理由を、自分は知っている。

木陰野の言葉を冗談にして一笑《いっしょう》に付《ふ》してしまいたいのは何故《なぜ》かも、ちゃんとわかっている。

恐いのだ。

あの夢《ゆめ》。枯葉と名乗《なの》る目の前の少女が出てきた、夢。

そこで彼女は、どんな姿《すがた》をしていた？

あれは夢《ゆめ》のはずだ。

夢でなければ、あんな——。

「妾《わたし》たちの一族《いちぞく》は、かつてもっと西の方に里《さと》を持っていた」

再度《さいど》会話に入ってきた枯葉《かれは》の声が、夢の中のあの生首の発した声とだぶって聞こえる。

「しかし人との戦《いくさ》に負け、里を追われ、東のこの地へと逃げた。妾たちは山へ入り、人とできるだけ関わらず、一族の者だけでひっそりと生きることにした。千年以上も昔のことだ。……まあ、他の異なものどもとの戦は度々《たびたび》あったから、順風満帆《じゅんぷうまんぱん》という訳《わけ》にはいかんが……とにかく、鈴鹿《すずか》は生き延《の》びた。人から隠《かく》れ、一部は人に溶《と》け込み、他の種族《しゅぞく》を滅《ほろ》ぼしつつ、だ。お前がさっき言った玉藻《たまも》との戦も、三百年前にあったそうだ。妾たちが勝ったがな」

たまらず景介《けいすけ》は口を開く。

「待《ま》て。ちょっと待ってくれ。……じゃあお前ら、どこがどう人間と違《ちが》うっていうんだよ」

「いろいろあるよ」

応《こた》える木陰野《こかげの》の声が心臓《しんぞう》を跳《は》ねさせる。

「でもその中で一番違ってるのは、生命力《せいめいりょく》。あたしたちは、あなたたち人間よりもずっとずっと、生命力が強い。……人が、鬼《おに》と呼ぶのも自然なほどにね」

「……よせよ」

否定《ひてい》するも、声は弱い。

尋《き》かなければよかったと思った。今の質問《しつもん》は確実《かくじつ》に、彼女たちの話を自分の恐《おそ》れる結論《けつろん》へと近付けるものだ。その結論が近付くほどに彼女たちを否定《ひてい》できなくなっていくのに。

何故《なぜ》なら、自分の見た夢が、証拠《しょうこ》。

木陰野の言葉《ことば》がくだらない莫迦《ばか》な妄想《もうそう》でないことを、示《しめ》している――。

「頼《たの》む、意味のわからないことを言うのは……」

そして、ついに、木陰野は、口にした。

「霧沢は、見たでしょう？」

「やめろって、言って……」

――ああ、畜生《ちくしょう》め。

唇《くちびる》を咬《か》んだ。

あれは――、

「鬼はね……首だけになっても、死なないのよ」

あれは――夢じゃ、なかったのか？

「鬼退治《たいじ》の伝説《でんせつ》には、落とした鬼の首が食らいついてきたなんて話は山ほどあるよね？　それは別に伝説なんかじゃない。ただの事実よ。……少なくとも、あたしたち一族にとっては」

脳裏《のうり》に焼き付いた光景《こうけい》を思い出す。

鳥籠《とりかご》に閉《と》じ込められた、枯葉《かれは》の首。

――首だけなのに、普通《ふつう》に喋《しゃべ》っていた。

「ただ、生命力《せいめいりょく》が強いのが災《わざわ》いしたのか、それとも千年以上も身内だけで血《ち》を濃《こ》くし過《す》ぎたせいか、一族《いちぞく》はだんだん種《しゅ》としてはおかしなことになっていった。あたしたち『鈴鹿《すずか》』はね、霧沢《きりさわ》。……生まれたままの身体《からだ》では、妊娠《にんしん》する可能性《かのうせい》がとても低いの」

「そもそも、男が生まれん。一族の男が最後に生まれたのは二百年前と聞く」

「だからそれを解決するために……一族の間で、喪着《もぎ》という儀式《ぎしき》ができたの」

もぎ。

それは少女が、枯葉が口にした単語《たんご》。

――妾《わたし》はこれより、喪着を執《と》り行《おこ》なう。

「あたしたちは子供を産《う》むために、人間の身体を手に入れる。……そうして人間の身体と自分たちの血を混《ま》じらせ、人間の男を夫《おっと》にして、赤ちゃんを産むんだよ」

妊娠だの赤ちゃんだの、普通《ふつう》はクラスメイトから聞いたら「生々しいこと言うな」と笑うべきなのかもしれない。でも、おぞましすぎてちっとも笑えない。

まるで寄生虫《きせいちゅう》だ。

子供を産むために人の身体を乗っ取って、首をすげ替えて？

目の前、炬燵《こたつ》の対面《たいめん》に座《すわ》っている枯葉を見た。

顎《あご》の下、細い首筋《くびすじ》――そこには傷痕《きずあと》ひとつない。

い、い、い、い、い、い。

もう、傷痕ひとつない。

そのことが逆《ぎゃく》に、妙《みょう》な実感《じっかん》となって景介《けいすけ》を襲《おそ》う。

――自分の、あの、眠《ねむ》ってしまう前の記憶《きおく》からはもう逃げられない。

「なあ、木陰野《こかげの》。ひとつ……ひとつ、答えてくれ」

恐怖《きょうふ》とともに、震《ふる》える喉《のど》を振《ふ》り絞《しぼ》った。

「ひとつだけでいい。それでお前の言ってることを信じるか信じないか決める」

「……言って」

息《いき》を吸《す》い、それから吐《は》き、もう一度吸《す》い込んで、

「灰原《はいはら》は……どうなった？」

木陰野の表情が曇《くも》る。

「……それは」

言いにくそうに口を噤《つぐ》んだのを見て、代わりに答えたのは枯葉だった。

「お前も見たであろう」

真《ま》っ直《す》ぐに景介を見据《みす》え、

「吉乃《よしの》は死んだ。そして、身体はここにある」

自《みずか》らの胸《むね》に手を当てて。

その態度《たいど》はあまりに正々堂々としていて、真摯《しんし》ですらあった。

「っ……じゃあ、俺の見た、あれは」

「現実《げんじつ》だよ。……あたしはその少し後に来たから、枯葉《かれは》から話しか聞いていないけど」

首だけになっても死なない、鬼《おに》。

人間の首をすげ替えて、身体《からだ》を手に入れる化《ば》け物《もの》——。

——あれは、夢《ゆめ》じゃない？

それを認《みと》めた景介《けいすけ》の胸に、不意にある感情が満ちた。

自分でも不思議《ふしぎ》だった。何故《なぜ》なら、湧《わ》き起こってきたのは恐《おそ》れでも困惑《こんわく》でもなく、もっと別種の、酷《ひど》く即物的《そくぶつてき》で現実的なもの、つまり、

「お前、か？」

怒《いか》り——だったからだ。

ああ、そうだ。

こっちだって、はいそうですかと納得《なっとく》する訳《わけ》にはいかない。

「じゃあ、お前が……灰原《はいはら》を？」

「妾《わたし》ではない」

「……ふざけんなよ」

夢だと思い込もうとしていたけれど、実際《じっさい》ははっきり覚えている。

電話がかかってきた。スピーカーから不穏《ふおん》な声と悲鳴《ひめい》が洩《も》れてきた。だから景介は自転車を飛ばした。学校に駆《か》け付けた。美術室《びじゅつしつ》に飛び込んだ。

そこで見たのは倒《たお》れた灰原と、首だけの枯葉。それから、着物にエプロンの女。

「そうだ……あいつか？　あの気味《きみ》の悪い、死体みたいな……」

「棺奈《かんな》でもない。それと、棺奈のことを悪く言うな。お前でも許《ゆる》さぬぞ」

鋭《するど》い視線《しせん》で睨《にら》まれる。景介は怯《ひる》まなかった。

「だったら、誰《だれ》だっていうんだよ!?」怒鳴《どな》り、

「少なくともあの女は、灰原の、……っ」

首を刎《は》ねた。

そう叫《さけ》びかけて口籠《くちごも》る。灰原が死んだことを認《みと》めてしまうようで言葉《ことば》にできなかったのだ。

「霧沢《きりさわ》、落ち着いて？」

「落ち着いていられるかっ！　だって、灰原は……」

「灰原さんを殺したのは枯葉じゃないよ。あたしは一族から少し距離《きょり》を置いて生きてきた身《み》だけど……枯葉はそんなことを絶対にしないのは保証《ほしょう》できる」

「莫迦《ばか》言うな！　百歩譲《ひゃっぽゆず》って殺してないとしても、でも、あんな！」

「首を刎ねたことに対しての言い訳はせん。早晩《そうばん》、喪着《もぎ》を行なわなければ妾は死んでいた。首

だけになっても死なないのと、首だけになってもずっと生きていられるのとは違《ちが》う」

じゃあ、お前の元《もと》の身体《からだ》はどこに行ったんだ。

微《かす》かに疑問《ぎもん》を覚えるが、相手《あいて》の事情なんか知ったことではない。

「そんなの関係あるか！　だいたい、」

なおも怒鳴《どな》ろうとした景介《けいすけ》を、枯葉《かれは》が強い口調《くちょう》で遮《さえぎ》った。

「……景介。それ以上、吉乃の死を冒瀆するものではないぞ」

「冒瀆《ぼうとく》!?　ふざけるな！　どの口で……」

「妾《わたし》は詳《くわ》しいことは知らん。しかし、吉乃《よしの》が今のお前を見てどう考えるかはわかる。吉乃はな……お前にそのように混乱《こんらん》して欲《ほ》しくもないし、自分を憐《あわ》れんで欲しいとも思っておらぬ」

「っ、てめえになんでそんな……」

怒声《どせい》に近い景介の疑問《ぎもん》に答えたのは木陰野《こかげの》。

「首をすげ替えた一族《いちぞく》は、その人間が生前《せいぜん》に持っていた記憶《きおく》の一部や感情を受け継《つ》ぐんだよ。あたしはまだ生まれたままの身体だから実際《じっさい》にどんなものかはわからないんだけど」

それを枯葉が補足《ほそく》する。

「言葉《ことば》にできるほどはっきりしたものではない。だが妾は、吉乃の気持ちがわかる」

「信じられるかよ、そんなもん……」

否定《ひてい》するも口調は弱い。

怒《いか》りはある。確証《かくしょう》もないことを口にするこいつは理不尽《りふじん》だとも思う。

ただ、自分の言うべき言葉が思い付かなかった。こんな——現実にはあり得《え》ない事態《じたい》はもちろん、クラスメイトが目の前で死んだのだって生まれて初めてなのだ。経験則《けいけんそく》がまったく働《はたら》かない事態《じたい》に感情も思考《しこう》も追い付かず、どう対処《たいしょ》していいのかもわからない。

「……ちくしょう」

やりきれずに吐《は》き捨《す》て、文字通《もじどお》り頭を抱《かか》える。

「なんなんだよ、まったく……」

あまりに一度にいろいろなことが起き、いろいろなことを聞き過《す》ぎた。

すっかり混乱してしまった景介の様子《ようす》を見た木陰野が言う。

「夜も遅《おそ》いから、今晩《こんばん》は泊《と》まっていきなよ」

「今、何時だ？　てか……今日は何日なんだ？」

尋《き》き忘れていた基本的《きほんてき》な情報《じょうほう》を問《と》うと、彼女は笑う。

「今は十時過ぎ。まだ今日だよ。霧沢《きりさわ》が寝《ね》てたのは、四時間くらい」

「そうか。せっかくだが俺は帰る」

「なに、遠慮《えんりょ》することはない。泊まっていけ」

まったく空気を読まない枯葉を無視《むし》しつつ、

「いや、帰る。無断外泊《むだんがいはく》なんかできねえし」

取って付けたようなことを口にした。が、

「大丈夫《だいじょうぶ》だ。さっき『今日は友達の家に泊《と》まる』とお前の母君《ははぎみ》に連絡しておいた」

枯葉《かれは》は袖《そで》の下に手を入れると、景介《けいすけ》の携帯《けいたい》電話を取り出した。

「はあ!?」

「誤解《ごかい》するな。妾《わたし》はこれの使い方がよくわからん。やったのは棗《なつめ》だ」

「いや、やれって言ったのは枯葉でしょ」

「ちょっと待《ま》て、お前ら、何を勝手《かって》に……！」

「まあそう言うな」

「ふざけんなっ」

悪戯《いたずら》っぽく笑って携帯電話をこっちに渡《わた》してくる枯葉と、目だけで謝《あやま》ってくる木陰野《こかげの》に、怒《いか》りを通り越《こ》して呆《あき》れのような感情が湧《わ》く。景介は立ち上がった。

「とにかく俺は帰るっ！」

「ひとりでか？」

「学校の裏山《うらやま》なんだろ？　お前らに送ってもらう必要《ひつよう》はねえよ」

何故《なぜ》かにやにやする枯葉を睨《にら》み付けるも、動じる様子《ようす》がない。

その表情に不審《ふしん》なものを覚えていると、木陰野が諦念《ていねん》を浮かべる。

「ごめん、霧沢《きりさわ》。あんたひとりじゃ、帰れない」

「……なんでだよ」

「ここね、ちょっと特殊《とくしゅ》なところなんだ。『迷《まよ》い家《が》』っていってさ」

「まよいが？」

聞き慣《な》れない単語《たんご》に眉《まゆ》を寄《よ》せる。

「特別な道順《みちじゅん》を踏《ふ》まないと、辿《たど》り着くことも出ることもできないの」

「……、またそんな意味不明なことを……」

口にしてはみたが嘘《うそ》だと断《だん》じられる自信はない。首だけで生きて喋《しゃべ》っていた枯葉の姿《すがた》が記憶《きおく》にある以上、常識《じょうしき》から外《はず》れたことが起きてもおかしくないと思った。

「あたしとしては帰りたいなら送ってあげてもいいんだけど……その」

「いいから泊まっていけ」

ちらりと木陰野に視線《しせん》を送られた枯葉は意見を曲《ま》げず、得意《とくい》げにそう主張《しゅちょう》する。

受け取った携帯電話を確認《かくにん》すると、見事に覚えのないメールがあった。

『今日は友達の家に泊まって勉強しようと思うんだけど』

受信《じゅしん》ボックスには母からの返信。

『わかった。迷惑《めいわく》をかけないように』

——なんでこういう時に限《かぎ》って物わかりがいいんだ、うちの親は。

肩《かた》を落とす。なんだか気力が尽《つ》き、一気《いっき》に疲《つか》れが出た。

木陰野《こかげの》の言うことを信じずに帰ってもいいが、もし『出ることができない』というのが本当なら、雪の積《つ》もる冬山《ふゆやま》で迷《まよ》うことになる。

「……わかったよ」

そうしてなし崩《くず》しに景介《けいすけ》は、この日本家屋《にほんかおく》で夜を過《す》ごすことになった。

2

とはいえ、見知らぬ家でゆっくりくつろげるほど景介の肝《きも》は太くない。

それから二時間。風呂《ふろ》だの食事だのをすべて固辞《こじ》した景介は、与《あた》えられた部屋《へや》の中でまんじりともせずに寝転がっていた。眠くはなかったから、頭の中で思考《しこう》だけがぐるぐる廻《まわ》る。

なんだか感情が蓋《ふた》をしているようだ、と思う。

クラスメイトが死んで、友人が化《ば》け物《もの》で、しかも自分はその化け物の家に囚《とら》われているというのに、自分の胸《むね》には焦《あせ》りも悲しみもない。

未《いま》だに信じられずにいるのだろうか。それとも実感《じっかん》がないのだろうか。

頭ははっきりしているのに心がついてこない、そんな感じだ。

灰原《はいはら》のことを考える。

遊びに行く約束《やくそく》をして、返事を聞いていなかった。あいつは結局《けっきょく》、どうするつもりだったのだろう。断《ことわ》る気でいたのか、行く気になっていたのか、それとも迷《まよ》ったままだったのか。

何故《なぜ》灰原が死んだのかは、あの後、枯葉《かれは》から聞いた。

複数の誰《だれ》かと諍《いさか》いを起こしていたらしい。

その最中、転ばされた弾《はず》みか何かで、彼女は頭を打った。それで——打ち所が悪く、死んだ。

単純明快《たんじゅんめいかい》で辻褄《つじつま》も合う話だった。灰原からかかってきた電話から漏《も》れ聞こえてきた、からかうような声やバケツがひっくり返るような物音とも一致《いっち》する。

でも、そのストーリーを、景介はどうしても受け入れることができなかった。

理由はわかりきっている。

認《みと》めたくないのだ。

もし枯葉の言ったことが事実なら、灰原はいじめを受けていたことになる。

しかも陰湿《いんしつ》なもの。想像《そうぞう》しただけで気分が悪くなる。

確《たし》かに灰原はあまり他人と喋《しゃべ》らなくて、内気《うちき》で、ひょっとしたら女子の中には嫌《きら》っている奴《やつ》もいたかもしれない。でも、だからといって——はいそうですかと納得《なっとく》できるものか。

それに、もうひとつ。

あの時、景介に電話がかかってきたのは偶然《ぐうぜん》だったのか。

そんなはずはない。たぶんあいつは、他ならない自分に助けを求めてきたのだ。ポケットの中で、手探《てさぐ》りで着信履歴《ちゃくしんりれき》を呼び出して、通話ボタンを押したのだろう。

――メモリーに入れるの、家族以外では、ふたりめです。

別れ際《ぎわ》にそう笑っていた灰原《はいはら》の顔を思い出す。

あいつが助けを求める人間は、自分以外にいなかった、それなのに。

「……俺は、間《ま》に合わなかった……のかな」

口に出すと、呼吸《こきゅう》が不意に苦しくなる。感情はぽっかりと死んだように消えてしまっているのに、心臓《しんぞう》の鼓動《こどう》が煩《うるさ》いほどに大きく、速《はや》くなる。

枯葉《かれは》が灰原を殺して身体《からだ》を乗っ取っていたのであれば、まだよかった。

実際《じっさい》、話を聞いた時反射的《はんしゃてき》にそう考えたのは、楽《らく》だったからだ。首だけで生きている化《ば》け物《もの》の少女。彼女を原因《げんいん》にしてしまえば少なくとも「自分が何もできなかったのは仕方《しかた》ない」と思うことができる。なにせ化け物だ。一介《いっかい》の高校生がどうこうできる存在《そんざい》じゃない。

けれど景介《けいすけ》は、その思い込みを続けることができなかった。

木陰野《こかげの》がいたせいだろうか。それとも彼女の――枯葉の目がやけに真《ま》っ直《す》ぐだったからか。

灰原の死の経緯《けいい》を話し終えた後、枯葉は景介に謝《あやま》ってきた。

自分は首だけで身《み》を隠《かく》していて、だから止めることができなかった、すまなかった、と。

後悔《こうかい》と自責《じせき》が入り混《ま》じった複雑《ふくざつ》な表情だった。

それを見て景介は、枯葉のことを責《せ》める気力《きりょく》がなくなってしまったのだった――。

考えているとどうにもやりきれない。景介は布団《ふとん》から身を起こし、立ち上がった。

外の景色《けしき》でも見ようかと思い、障子《しょうじ》を開け、廊下《ろうか》に出る。

雪が積《つ》もっているというのに雨戸《あまど》は開け放たれていて、外気《がいき》は容赦《ようしゃ》なく突《つ》き刺《さ》さってくる。

それでも布団の中で踞《うずくま》っていたせいで身体は熱く、寒さが心地《ここち》いい。

と――廊下の角《かど》、庭に面《めん》した縁側《えんがわ》に人影《ひとかげ》があった。

座《すわ》って庭を眺《なが》めていた彼女は、景介の気配《けはい》を察《さつ》し、振《ふ》り返る。

「なんだ、眠れんのか？」

尊大《そんだい》な口《く》調《ちょう》に似合《にあ》わない幼い声。

枯葉だった。

「……別に」

自然、声が硬《かた》くなった。しかし彼女は、そんな景介の態度《たいど》に頓着《とんちゃく》しない。

微《かす》かに笑《え》み、どこか自嘲気味《じちょうぎみ》に呟《つぶや》く。

「無理《むり》もないか。妾《わたし》も同じだ」

「え」

「座れ」

ぽんぽん、と、自分の隣《となり》、縁側の木板を軽く叩《たた》いてくる。

「いや、俺は」

首を振ろうとしたが、枯葉の視線《しせん》には妙《みょう》に有無《うむ》を言わせないものがあった。景介は溜息《ためいき》を吐《つ》

く と観念《かんねん》し、言われた通りに腰《こし》を降ろす。ただし、少し距離《きょり》を開けて。

まあいい。どうせ眠れないし、尋《き》きたいことだって山ほどあるのだ。

枯葉《かれは》を横目《よこめ》に、雪が積《つ》もった庭へ視線《しせん》を遣《や》る。石造《いしづく》りの灯籠《とうろう》も椿《つばき》の木もすべてが白い。ふと、そんな風景《ふうけい》をいつかどこかで見たような気がした。妙《みょう》な既視感《きしかん》が頭の中に浮かぶが、

「まだ、妾《わたし》のことを話しておらなんだな」

その既視感は、隣《となり》の少女がぽつりと発した言葉《ことば》によって遮《さえぎ》られる。

枯葉は視線を庭へ向けたまま、言った。

「妾は……鈴鹿《すずか》、頭首《とうしゅ》の娘《むすめ》なのだ」

「頭首？」

景介《けいすけ》の鸚鵡《おうむ》返《がえ》しには応《こた》えず、問《と》うてくる。

「一昨日《おととい》、鳶喰山《とびくいやま》が燃えたのは知っておるか？」

「ああ」

学校でも話題《わだい》になっていたニュースだ。

鳶喰山は学校から五キロほど離《はな》れたところにある、周囲《しゅうい》を森で囲《かこ》まれた、山道も整備されていない、人の滅多《めった》に立ち入らない場所だ。

けれど、景介のそんな知識《ちしき》とは違《ちが》うことを、枯葉は言う。

「鳶喰山には……妾たちの里があった」

「え？」

「里といっても住んでいたのは五十人ほどだがな」

「それって、どれくらいなんだ？　その……お前らの一族《いちぞく》の全体の割合《わりあい》からして」

「殆《ほとん》どだ。人間と違《ちが》い、われらの数は多くない。『こかげ』……棗《なつめ》の一家のように村を出た者たちを合わせても、百を下回る」

「そんなに少ないのか」

微《かす》かな驚《おどろ》きとともに呟《つぶや》くと、枯葉はどこか寂《さび》しそうに薄《うす》く笑った。

「元来《がんらい》、それほど数が多かった訳《わけ》でもないらしいが……加《くわ》えて、妾たちは滅びかけの一族なのだよ。人間たちに鬼《おに》と呼ばれ、追われるままに山中へ閉じ籠《こも》り、長い年月の間に血筋《ちすじ》は減《へ》っていった。同じく山へ逃げ込んだ『異《い》なもの』と縄張《なわば》りを巡《めぐ》っての戦《いくさ》もあったから尚更《なおさら》だったろうな。今ではたったひとつの本家《ほんけ》に加《くわ》え、分家《ぶんけ》が幾《いく》つか残るのみだ」

「さっきも言ってたな。その……『異なもの』ってなんだ？」

「妾たちと同じ、人ではなく、人が恐《おそ》れるが故《ゆえ》に人によって『妖怪《ようかい》』だの『あやかし』だの呼ばれてきた奴《やつ》らだ。お前が口にした化《ば》け狐《ぎつね》……玉藻《たまも》とも戦《たたか》った。他にも海の向こうに始祖《しそ》を持つ血吸《ちす》い人やら、小山ほどもある大蜘蛛《おおぐも》やら、昔《むかし》は数えきれぬほどいたらしい。どれも妾たちと同じく、数が少ない種族《しゅぞく》だったということだ」

「……なんだそりゃ」

信じられるとか信じられないとか以前に、途方《とほう》もない。

化《ば》け狐《ぎつね》やら大蜘蛛《おおぐも》やら果《は》ては吸血鬼《きゅうけつき》？　それらの単語《たんご》をさらりと枯葉《かれは》は口にする。

まるで、御伽話《おとぎばなし》を史実《しじつ》として語《かた》られているようだった。

「そんな複雑《ふくざつ》な顔をするな。妾《わたし》とて見たことはないのだ。ただ、そういうことがあった、と」

言われて、ああそうか、と思う。

たぶん彼女たちの一族《いちぞく》は『あり得ないこと』の境目《さかいめ》が人間よりも遙《はる》かに薄《うす》いのだろう。考えてみれば当たり前だ。そもそも首だけでも生きているなんてこと自体が普通《ふつう》の人間にとってはあり得なくて、でもそれはこいつらにとっては常識《じょうしき》。だったら化け狐とか大蜘蛛とかの存在《そんざい》も『あり得た』歴史的認識《れきしてきにんしき》なのかもしれない。――事実かどうかは置いておいて。

ともあれ、景介《けいすけ》の興味《きょうみ》はそんな、いたかどうかもわからなかった化け物には注《そそ》がれなかった。

それよりも気になったことがあったので、再《ふた》び話を戻す。

「ニュースには出てなかったぞ、人が住んでたなんて」

焼《や》け跡《あと》から燃えた家屋《かおく》が見付かったなどという報道《ほうどう》は聞いていない。

「隠《かく》れ里《ざと》だ。たとえ焼けたとしても人に見付かるようなことにはならん」

「そういうもんなのか？　……で、なんでまた火事《かじ》に？」

何気《なにげ》なく発した問《と》いだった。

が――それを聞いた瞬間《しゅんかん》、彼女の表情が目に見えて強張《こわば》る。

笑っているような怒《おこ》っているような、そんな顔で、

「くだらん内輪もめだ」

語気《ごき》は荒《あら》いが、気配《けはい》は鋭《するど》い。

景介は訳《わけ》がわからないまま、思わず圧倒《あっとう》される。

「われら一族は、生まれたままの身体《からだ》では子を成《な》す確率《かくりつ》があまりに低い。そのために代々、人と首をすげ替えて人の身体を手に入れてきた。棗《なつめ》がお前に説明した通りだ。妾も今日、吉乃《よしの》の身体を自《みずか》らのものとした。……でもな、そんなあさましい妾たちとて、矜持《きょうじ》があるのだよ」

矜持——誇《ほこ》り。

「……どういう」ことだ？

意味がわからず問う。枯葉は景介の疑問《ぎもん》に答えない。

まるで独白《どくはく》のように、一気《いっき》に吐《は》き捨《す》てる。

「その矜持を捨てたくせにいけしゃあしゃあと自らを『繁栄派《はんえいは》』などと名乗るあの莫迦《ばか》ものどもは、本家に楯突《たてつ》いた。頭首《とうしゅ》である妾の母さまを父さまもろとも殺し、次期頭首である姉さままでもその手にかけ、挙《あ》げ句《く》、村に火を放った——生き延《の》びたのは、本家では妾だけだ」

「……え」

景介は怪訝《けげん》な顔をする。一瞬《いっしゅん》、言葉《ことば》の意味が理解できず、眉《まゆ》を寄《よ》せた。

母親と父親と——それから——姉？

目の前にいるこいつは、家族をいっぺんに、つい一昨日《おととい》喪《うしな》ったばかりだっていうのか。

知るかよ、と思おうとした。そんなことを聞かされても同情や憐憫《れんびん》など起きやしない。なにせこいつは会ったばかりな上に、灰原《はいはら》の身体《からだ》を奪《うば》った化《ば》け物《もの》の女だ。

けれど。

景介《けいすけ》の胸《むね》に湧《わ》いてきたのは、思考《しこう》とは裏腹《うらはら》に、痛《いた》みだった。

姉――その単語《たんご》に対して、発作的《ほっさてき》に。

「妾《わたし》も戦《たたか》いの中で、元々《もともと》の身体を喪った。お前と会った時に首だけだったのは、そういう理由だ。本来《ほんらい》ならば次女の妾は喪着《もぎ》を行《おこ》なうはずではなかった。跡継《あとつ》ぎである姉さまが……いや、すまぬ。それはお前にとって関係ないことだ」

枯葉は窺《うかが》うようにこちらを見たが、景介はそれに対応《たいおう》する余裕《よゆう》がない。自分の心の弱さに呆《あき》れてしまって、口の中で小さく舌打《したう》ちする。

――もう克服《こくふく》できたつもりだったのに、結局引き摺《ず》ってるじゃないか。

枯葉に対しての胸の痛みは、灰原に対して抱《いだ》いていた共感《きょうかん》と同一のものだ。

姉の死。友人の失踪《しっそう》。近しい人がいなくなってしまうこと。

似《に》た痛みを抱《かか》えている者が他にもいるという安堵《あんど》のようなもの。

下卑《げび》た感情だ。けれど結局自分は、なんだかんだ言ってそれを求めているのかもしれない。

自己嫌悪《じこけんお》が全身《ぜんしん》を包《つつ》んでたまらなくなる。

景介の舌打ちを誤解《ごかい》したのだろうか。枯葉が不意に表情を変え、

「……吉乃《よしの》の身体を使ったこと、赦《ゆる》せんか？」

どこか申《もう》し訳《わけ》なさそうに言ってきた。

今のは違《ちが》う、と言おうとしたが、声は出てこない。

確《たし》かに、彼女が灰原を殺した訳《わけ》ではない、というのは景介もなんとなく信じつつあった。でも、それとこれとは別問題だ。枯葉のしたことを赦す理由はない。

少なくともこいつは、灰原の死体を使った——まともに考えて、納得《なっとく》できるものか。

枯葉の着物の袖《そで》から出ている手、指先を見る。

この手は灰原のものだ。つい今日の朝、この指から景介は地理《ちり》のノートを受け取った。それが今はこうして、まったく別人のものとなってしまっているという事実。

「……わかんねえよ」

頭が混乱《こんらん》しそうになって、景介は吐《は》き捨《す》てた。

「わかんねえ。赦せるとか赦せないとかじゃない。なんで……なんで、こうなったんだ？」

漠然《ばくぜん》としていて要領《ようりょう》を得ない質問《しつもん》だと自分でも思う。けれど考えるべきことが多過《おおす》ぎた。

クラスメイトの突然《とつぜん》な死。彼女がいじめを受けていたらしいということ。

目の前にいる化け物の少女。首を切り落とし身体を繋《つな》ぎ合わせるという異常《いじょう》。

どれひとつとっても大事件《だいじけん》で、それらすべてが一度に起きている。どこから手をつければい

いのかさっぱりだ。悲しいとか悔《くや》しいとか、そんな気持ちさえも整理《せいり》がつかない。

俯《うつむ》いた景介《けいすけ》の隣《となり》で、枯葉《かれは》が決心したように口を開いた。

「お前が納得《なっとく》できる答えではないかもしれんが」

「なんだよ」

「妾《わたし》たち『鈴鹿《すずか》』にとって、喪着《もぎ》とはとても重要な儀式《ぎしき》なのだ」

喪着。

首をすげ替え、人間の身体《からだ》を手に入れることをこいつらはそう呼んでいるらしい。

「考えてもみろ。生まれ持った身体を捨てて、首から下をまるごと新しくする……しかも、もとの人間の記憶《きおく》や思考《しこう》を僅《わず》かなりとも受け継《つ》いでしまう。これほど恐《こわ》いことはない」

そんなもんはお前たちの身勝手《みがって》な言い分だと枯葉を睨《にら》むが、彼女が続けた言葉《ことば》は、妙《みよう》に重く、同時に——やけに真摯《しんし》だった。

「だから、どこの誰とも知らぬ馬の骨などの身体をもらいはせん。それが妾たちの矜持《きようじ》だ」

「え……？」

「この先一生、自《みずか》らと添《そ》い遂《と》げる身体なのだからな。くだらん人間のものなどこっちから願い下げだ。だから妾たちは、いや……少なくとも妾は、その身体の元《もと》の持ち主《ぬし》を誇《ほこ》りに思えるような者としか首を繋ごうとは思わん。妾が記憶と感情を受け継ぐに相応《ふさわ》しい、そんな人間こそを妾は喪着の贄《にえ》として選《えら》ぶ。そして、吉乃《よしの》はそうだった」

「ちょっと待《ま》て」

思わず景介は割って入る。

「お前、灰原《はいはら》のこと、前から知ってたのか？」

さもそうであるかのような口調《くちょう》だった。けれど枯葉はきょとんとし、

「いや。会ったのは今宵《こよい》が初めてだ」

あっけらかんとそう言った。

「正確には会ってもおらん。妾は棺奈《かんな》と一緒《いっしょ》に隠《かく》れていたからな。あの『びじつしつ』とかいうところでの、吉乃が死んでしまうまでの遣《や》り取りを扉越《とびらご》しに聞いていただけだ」

「はあ？　でも、お前……」

「相応しいかどうか判断するのは、それで充分《じゅうぶん》ではないか」

眉《まゆ》をひそめる景介とは対照的《たいしょうてき》に『当然だろう』みたいな顔だった。

「数人に暴行《ぼうこう》を受けていたようだった。陰湿《いんしつ》なものだ。恐くてたまらない、厭《いや》でたまらない、そんな気配《けはい》を発していた。でも、決してそれだけではない」

まるで自慢《じまん》するかのように、枯葉は胸《むね》を張る。

「喪着を行《おこ》なって、妾のその見立ては間違《まちが》ってなどいなかったことがわかった。いい娘《こ》だ。強く、誇《ほこ》り高く、高潔《こうけつ》で、そうだな……まるでこの雪のように美《うつく》しい」

景介は唖然《あぜん》とした。

強い。誇《ほこ》り高い。高潔《こうけつ》。美《うつく》しい。それらの単語《たんご》のことごとくが、景介《けいすけ》の持っている灰原吉乃《はいはらよしの》という少女のイメージとかけ離《はな》れている。自分が知る限り、彼女はそんな言葉《ことば》とはあまり縁《えん》のない娘《こ》だった。弱気《よわき》で、控《ひか》えめで、なんだかおどおどしていて、外見《がいけん》もどこか地味《じみ》な――。でたらめなことを言うな、と思った。けれど一方で何故《なぜ》か、自分は本当の灰原をことを何も知らなかったのだなという気持ちもある。枯葉《かれは》が自信に満ちていたせいだ。

「だから景介、お前は誇《ほこ》ってもいいのだぞ」

「は？　どうして俺が？」

嬉《うれ》しそうに口にした枯葉に、景介は首を傾《かし》げる。

ところが枯葉は逆《ぎゃく》に、きょとんとした顔で顔を覗《のぞ》き込んできた。

「なんだ。お前、知らなかったのか」

「だから何をだ」

問《と》い返すと、不意に枯葉はにやにやと、底意地《そこいじ》の悪そうな笑《え》みを浮かべ、

「ああ、そうか、そうなのか。……この朴念仁《ぼくねんじん》め」

続いて、

「まあよい。気付いておらなんだのは問題だが、吉乃の見立ては間違《まちが》ってなどいまい」

訳《わけ》のわからないひとりごとで勝手にうんうんと納得《なっとく》すると――、

突拍子《とっぴょうし》もなく、とんでもないことを、言い放った。

「景介。お前、妾《わたし》の夫《おっと》になれ」

「…………、え？」

思考《しこう》が止まる。

単語の意味を理解するのに、十秒ほどを費《つい》やした。

おっと？

おっと、って、夫のことか？

「一族《いちぞく》の本家《ほんけ》、跡取《あとと》りに婿入《むこい》りするのだ。悪い話ではあるまい」

むこいり？

——ええと、それ……、

「あー……日本語《にほんご》だよな？」

こいつら独自《どくじ》の単語なのかと思ったが、

「当たり前だ。要《よう》するに結婚《けっこん》だ」

どうもそうではないらしい。

夫。婿入り。結婚。

どうやら、プロポーズされたみたいだ。

自分が。目の前のこいつに？

意味が呑《の》み込めても、反応《はんのう》ができなかった。

頭と心にクエスチョンマークが乱舞《らんぶ》する。一応景介《いちおうけいすけ》は常識人《じょうしきじん》で、おまけに高校生で、彼女だっていたこともなくて、それなのにいきなり夫《おっと》だの婿《むこ》だの現実離《ばな》れしたことを聞かされたのだ。しどろもどろにならない方がどうかしている。

それなのに枯葉《かれは》の言葉《ことば》は、どんどんエスカレートしてきた。

「妾《わたし》はお前の子を産《う》みたい」

「は？　え？　子、って？　……子？」

「喪着《もぎ》を済《す》ませたのだ。本家《ほんけ》の跡取《あとと》りとしても産まぬ訳《わけ》にはいくまい。もちろん今日明日にという訳ではないが、なに、このくだらん内輪《うちわ》もめが片付けばいずれは初夜《しょや》を……」

「お、おい!?」

景介を置いてけぼりにして変に生々《なまなま》しい内容に進展《しんてん》していくのを慌《あわ》てて止め、怒鳴《どな》る。

「お前、いきなり何を言ってんだよ！」

夜で暗いから、顔が真《ま》っ赤《か》になってしまっていたのを見られなくてよかったと思った。

なんというか、クラスメイトの死体を介《かい》してという最悪の出会い方をして、しかも相手《あいて》は人間ではない化《ば》け物《もの》というのはわかっている。でも、それでも——外見《がいけん》だけを見ると、枯葉はどこからどう見ても非《ひ》の打《う》ち所がないほどに可愛《かわい》いし、妙《みょう》な愛嬌《あいきょう》もある。そんな美少女に突然《とつぜん》求婚《きゅうこん》されて、反射的《はんしやてき》に頬《ほお》を熱くしない高校生男子などこの世《よ》には存在《そんざい》しない。

「そんな顔をするな。妾とて恥《は》ずかしいのだ」

こちらの顔を覗《のぞ》き込んでくる枯葉《かれは》はやけに嬉《うれ》しそうで、しかもほんのり頬《ほお》まで染《そ》めている。

——待《ま》て。

こいつの顔色がわかるということは、自分の顔色も向こうに——？

「待て、違《ちが》う！　これは違うっ」

顔を手で覆《おお》い目を背《そむ》けながら必死《ひっし》になって否定《ひてい》した。別につっこまれてもいないのに。

「まあ、確《たし》かに子づくりは性急過《せいきゅうす》ぎるな。里から外に出たことのない妾《わたし》だが、お前たちの常《じょう》識《しき》くらいは知っている。あれだろう、確かこういう時は、まず記者会見とやらを」

「誰《だれ》に対してだよ！　どこから仕入れたその常識⁉」

「テレビでやっていたぞ」

どうやらこいつは人間界の情報《じょうほう》をテレビでしか知らないらしい。

「……、とにかく、俺はそんなつもりは……」

調子外《ちょうしはず》れな枯葉に対して少し余裕《よゆう》が生まれた。景介《けいすけ》は枯葉の妄言《もうげん》を拒絶《きょぜつ》する。

だいたい、冷静《れいせい》に考えれば——というか最初からわかっていたけど、冗談《じょうだん》ではない。クラスメイトの身体《からだ》を乗っ取った奴《やつ》と結婚《けっこん》？　どこの変態《へんたい》だよ。そんな思いで溜息混《ためいきま》じりに肩《かた》を落として枯葉を睨《にら》もうとした時、背後《はいご》の気配《けはい》に振《ふ》り返ったら、そこに木陰野棗《こかげのなつめ》がいた。

「……って、え」

廊下《ろうか》の奥《おく》。盆《ぼん》を持ち、それにお茶《ちゃ》を載《の》せて持っている。

「霧沢《きりさわ》、あんた……」

「お前、聞いてたのか？　ってか、待て、なんだその顔は」

眉根《まゆね》を寄《よ》せているのに目を見開いて、棒立《ぼうだ》ちだった。

「子づくりって、枯葉が？　あんたと？」

「おお、棗。丁度《ちょうど》いいところに来た。妾は景介を夫《おっと》にするぞ」

空気のまるで読めない枯葉が立ち上がり、気《き》が利くな、寒かったところだなどと言いながら木陰野の持った盆から湯呑《ゆの》みをふたつ、ひょいと取り上げる。

「ほら景介、お前も飲め。温《あたた》まるぞ」

条件反射的《じようけんはんしやてき》に受け取りつつ、木陰野を見た。

彼女は用済《ようず》みになった盆を胸《むね》に抱《だ》き締《し》め、唇《くちびる》をひくひくと動かし、

「…………霧沢？」

「なんだよ、俺は……」

「枯葉はね、世間《せけん》知らずなの。箱入《はこい》りなの。本家《ほんけ》の娘だからって山から出たことあんまなくて、世の中のこと殆《ほとん》ど知らないの。あんた、幾《いく》ら可愛《かわい》いからって……」

「待て、なんだその口振《くちぶ》りは？　まるで俺が……」

「ほいほい誑《たぶら》かしてんじゃないわよこの野獣《やじゆう》っ！」

「ちげえよ！」

木陰野《こかげの》は血相《けっそう》を変えて絶叫《ぜっきょう》した。景介《けいすけ》も血相を変えて絶叫した。

「お前、どこから聞いてた？　っていうか大事《だいじ》なところちゃんと聞いてたか!?」

「聞いてたわよ！　聞こえたわよ！　なによ子づくりって、すっかり枯葉《かれは》をその気にさせちゃって！　性悪《しょうわる》なのは知ってたけどまさかその上に軽薄《けいはく》だったとはね！　初めて会った娘《こ》をだまくらかしてどうこうしようとするなんて、バカじゃないのこのアホ！」

「俺じゃねえよ、こいつがいきなり言い始めたんだよ！　だいたいバカなのかアホなのかどっちかにしろ、いやどっちでもねえけど。つーか性悪でもねえよ！」

「はあ？　いきなり？　枯葉が？　……そんなこと言うはずないじゃない！」

「言ったんだよ！　いきなり！　こいつがっ」

盛大《せいだい》な勘違《かんちが》いを始めた木陰野に食って掛《か》かる景介だが、当《とう》の枯葉は涼《すず》しい顔をしてふたりの遣《や》り取りを見ている。思わず景介は矛先《ほこさき》をそっちに向けた。

「お前が元凶《げんきょう》だろうが、何か言えよ」

「お前たち、口が悪いぞ。もう少し上品《じょうひん》な言葉遣《ことばづか》いができんのか」

「そっちじゃねえー！」「そっちじゃないっ！」

つっこみが見事にユニゾンする。

呆《あき》れ果《は》てて何も言えなくなった景介を後目《しりめ》に、木陰野が枯葉の肩《かた》を掴《つか》んで自分の方に向かせた。いったいどういうこと、とか、何があったのか話しなさい、とか問《と》い詰《つ》めている。

——面倒見《めんどうみ》がいいというか。

「……お前、女にモテるタイプだよな」

「霧沢《きりさわ》は黙《だま》ってなさい！」

茶化《ちゃか》したら怒《おこ》られてしまった。が、待《ま》て。ひょっとしてこれはチャンスか？

「なあ、俺は……」

わざと窺《うかが》うように問うと、案《あん》の定《じょう》、木陰野は片手《かたて》をひらひらとさせ、

「あー……あんたはもういいわ。あたしが枯葉にちゃんと本当のところを聞いとくから」

景介を追い払《はら》う仕草《しぐさ》をする。

「待て、棗《なつめ》。妾《わたし》が景介と話をしていたのだぞ」

「いいから！」

我《わ》が意《い》を得《え》たり。木陰野は説教《せっきょう》モードに入り、自分から視線《しせん》を逸《そ》らす。

この機《き》を逃《のが》す手はない。

「ああ、じゃあ俺、部屋《へや》に戻るわ」

「妾の話は終わっておらんぞ、景介」

「枯葉は今からちょっとあたしと話をするの！」

「そういう訳《わけ》だ。さっきのことはまた今度な」

今度と言いつつ、二度と聞く気はない。不満そうにこっちと木陰野を交互《こうご》に見てくる枯葉に

ひらひらと手を振《ふ》りつつ、景介《けいすけ》は足早《あしばや》に廊下《ろうか》を去《さ》った。ふと自分の手を見ると湯呑《ゆの》みを持ったままだということに気付くが、明日にでも返せばいいだろう。

中に入っていた茶《ちゃ》は温《あたた》かかった。障子《しょうじ》を後ろ手に閉《で》めてひと口啜《くちすす》り、大きく溜息《ためいき》を吐《つ》く。

「……なんて日だよ、ったく」

訳《わけ》がわからないことに訳がわからないことの塗《ぬ》り重《かさ》ねだ。どっと疲《つか》れた。

廊下の向こうでは、枯葉《かれは》と木陰野《こかげの》が何事かを話す声が聞こえてくるが、その内《うち》遠のいていく。大方《おおかた》、別の部屋《へや》にでも場所を移したのだろう。ややもすると再《ふた》び、しんとした、周囲《しゅうい》の無音《むおん》が耳に痛《いた》くなるような静《しず》けさが戻ってくる。

「……やれやれ」

村上春樹《むらかみはるき》の小説《しょうせつ》かよと思いつつ呟《つぶや》き、景介は再《ふた》び布団《ふとん》に入った。

眠《ねむ》れないかな、と半《なか》ば諦《あきら》めていたが、覚醒《かくせい》していた時間は十分もあっただろうか。疲労《ひろう》がピークを越《こ》えてしまったのか、それとも脳《のう》が覚醒を拒《こば》んだのか、あっさりと意識《いしき》は遠のき——寝《ね》慣《な》れない枕《まくら》に預《あず》けた頭は、深い闇《やみ》の中へと沈《しず》んでいく。

夢《ゆめ》は、見なかった。

見ていたらきっと魘《うな》されたのだろうなと、朝になって景介は自分の呑気《のんき》さに感謝《かんしゃ》した。

3

確《たし》かに枯葉や木陰野の言った通り、あの家は不可思議《ふかしぎ》なものだったらしい。

木陰野棗《なつめ》に案内され公道《こうどう》へ出てから、景介はそのことを実感した。

昨夜《ゆうべ》の雪から一点、空は晴《は》れている。それなのに山を下りる際《さい》の道ともいえない獣道《けものみち》は、雪での薄化粧《うすげしょう》とは別に――深い霧で覆われていたのだ。右に曲《ま》がり左に曲がりぐるぐると回って、霧が晴れたと思った瞬間《しゅんかん》、目の前の地面はもうアスファルトだった。

「……狐《きつね》にでもつままれた気分ってのはこういうのなのかね、まったく」

呆《あき》れて呟くと、先導《せんどう》していた木陰野が、はは、と笑う。

「もう一回来る時はあたしか枯葉の案内がないと辿《たど》り着けないよ」

とはいえ、二度と行くこともないだろう。

公道を山沿《ぞ》いに五分ほど歩くと、バス停があった。

山の降り口は学校側ではなく、その裏《うら》。家からはけっこう遠い。

屋根《やね》つきのベンチは木製《もくせい》で古びている。時《じ》刻表《こくひょう》を確認《かくにん》した。バスの到着《とうちゃく》まではあと三十分ほどもある。朝早いし休日だからとはいえ、田舎《いなか》はこれだから困《こま》る。

「あたしも一緒《いっしょ》に待《ま》っててあげるよ」

ベンチに腰掛《こしか》けた木陰野《こかげの》に、景介《けいすけ》は意地悪《いじわる》く言った。

「枯葉《かれは》はいいのか？」

「別にあたしはあの娘《こ》の子守役《こもりやく》じゃないよ」

「昨日《きのう》の夜はそう見えたけどな」

茶化《ちゃか》すと、苦笑《くしょう》が返ってくる。

「悪かったよ。誤解《ごかい》だった」

が、直後、木陰野の顔は微妙《びみょう》に曇《くも》った。

「でもさ。枯葉があんなこと言う娘じゃない、ってのはホントだよ。ううん、言う娘じゃなかった、っていうのが正しいのかな、この場合……。少なくとも色恋沙汰《いろこいざた》なんて『くだらん』とかなんとか言って一蹴《いっしゅう》するような性格《せいかく》だったのは確《たし》か」

「は？　どういうことだ？」

昨夜の唐突過《とうとつす》ぎる告白《こくはく》を思い出しつつ、景介は問《と》う。

「……これ」

答えの代わりに返ってきたのは、ひとつの携帯《けいたい》電話だった。

目を見開く。何故《なぜ》なら、

「あんたが持ってた方がいいと思ってさ」

それは——灰原吉乃《はいはらよしの》のものだったからだ。

「俺が？　どっちかというと、親に渡《わた》した方が……」

言いかけ、口籠《くちごも》った。

灰原の両親は、彼女が死んだことなど知らない。遺体《いたい》すらないのなら言ったって信じやしないだろう。失踪と同じだ。だったら、こんなものを渡してどうする？

景介は知っている。

失踪するのだったら、痕跡《こんせき》など残してくれない方が気が楽《らく》だ。遺品《いひん》、縋《すが》るもの、微《かす》かな希望《きぼう》、そんなものはなんの救《すく》いにもならない。逆《ぎゃく》に悲しみを助長《じょちょう》する。

「親御《おやご》さんに渡すのも考えたんだけど、着信履歴《ちゃくしんりれき》とかから霧沢《きりさわ》が警察にいろいろ尋《き》かれちゃうよ。まあ、どのみちそうなるかもしれないけど……その時、これをどっちが持ってるかで話は違《ちが》ってくるし。霧沢が隠《かく》しとけば、とぼけられる」

木陰野の言葉《ことば》はどこか空々《そらぞら》しい。それも事実ではあるかもしれないが、もっと別の理由がある、そんな感じだった。眉《まゆ》をひそめた景介に、彼女は続けた。

「電源《でんげん》を入れるんだったら深夜《しんや》にして。親御さんから着信があるかもしれないし、警察が絡《から》んだら電波《でんぱ》から場所が知れちゃうから。それとさ……」

俯《うつむ》き、薄《うす》く溜息《ためいき》を吐《つ》いて、

「中を見るかどうかは、あんたに任《まか》せる」

「どういう……ことだよ」

「それと、あと、これも」

携帯電話《けいたい》を手にとった景介《けいすけ》に、今度は一枚の紙切れが差し出される。

「うちの学校にいる『鈴鹿《すずか》』の名前とクラス。青で書いてるのは人間に友好的《ゆうこうてき》な人たちだから普通《ふつう》に接《せつ》してれば大丈夫《だいじょうぶ》。でも、赤字は注意して。極力《きょくりょく》近寄らないようにね」

「繁栄派《はんえいは》、って奴《やつ》か？」

「そう。昨日枯葉《きのうかれは》からちょっと聞いたかもしれないけど。三日前の山火事《やまかじ》、あれ、一族《いちぞく》の内紛《ないふん》が原因《げんいん》なの。それで……里を焼いた奴らは、つまり——人間に対して、友好的じゃない」

言葉《ことば》の内容や枯葉たちの態度《たいど》から、だいたい想像《そうぞう》はついた。

つまりもともと鈴鹿の一族は、人間を殺すことに対してあまり積極的《せっきょくてき》ではなかったのではないかと思う。枯葉のように相手《あいて》を選び、或《ある》いは直接手を下さずに、その相手が死体になってからようやく首をすげ替える儀式《ぎしき》——喪着《もぎ》を行なってきたのかもしれない。

そう考えると、一族が滅《ほろ》びかけているのも、こんな異常《いじょう》な生き物が今まで誰《だれ》にも知られることもなくひっそりと存在《そんざい》していたことにも得心《とくしん》がいく。

しかし、そんな一族の風潮《ふうちょう》に異《い》を唱《とな》えるものたちが現《あらわ》れたのだろう。

繁栄派。つまり、はばかることなく数を殖やせばいいという主義《しゅぎ》を持つ一派《いっぱ》か。

奴らは矜持《きょうじ》を捨てた、と枯葉は言っていた。矜持というのが喪着の相手を選ぶことだとすれば、それを捨てるというのは、気の赴《おもむ》くままに人を殺して身体《からだ》を奪《うば》うことを意味する。

相手の事情も、人格も、見境なく遠慮《えんりょ》なく。

それは人にとって脅威《きょうい》だ。

「自分が男だから直接被害《ひがい》を受けたりしないなんて考えないで。あいつらの中には、種《たね》を植《う》えたら用済《ようず》みの雄《おす》は殺してしまえ、なんて考えてるのもいるみたいだから」

「なんだそりゃ……カマキリかよ」

溜息混《ためいきま》じりに紙を受け取る。すぐに中を確認《かくにん》する気にはならなかった。ただでさえいろんなことがあり過《す》ぎて整理しきれていないのに、紙に知り合いの名前でも発見した日には更《さら》にまたどうすればいいのかわからなくなってしまう。

「どっちみち、霧沢《きりさわ》にできるだけ迷惑《めいわく》がかからないようにはするから。……枯葉の言ったことも忘れて。本家《ほんけ》の婿候補《むここうほ》だなんて、繁栄派にしてみれば即《そく》、敵認定《てきにんてい》だし」

溜息混じりに頷《うなず》き、紙と携帯電話をコートのポケットに突《つ》っ込んでから、

「なあ、木陰野《こかげの》」

景介はふと、疑問《ぎもん》に思っていたことを口にする。

「お前さ、昨日の昼休み、俺に言ってたこと……」

「うん、そう」

木陰野は頷いた。

「うちの母親はね、里にいて一族の慣習《かんしゅう》に縛《しば》られるのはよくないから、って、あたしを極力、

人間の中で育ててたの。だから、山が焼かれたのを聞いた時はびっくりしてさ。……距離《きょり》を置いてたとはいえ、枯葉《かれは》を始めとして一族《いちぞく》の娘《むすめ》たちのことはよく知ってるから、どうしたらいいのかわかんなくなっちゃって。ぶっちゃけ、今でもわかんないわ。そりゃ繁栄派《はんえいは》の考えなんて納得《なっとく》できる訳《わけ》もないけど……じゃあ枯葉たちについて戦《たたか》うのかって言われても困《こま》るし」

「高校入学と一緒《いっしょ》に引《ひ》っ越《こ》してきたってのは、嘘《うそ》か」

「ごめんね。ホントは、中学には通ってなかったの。家で勉強しながらたまに里に行ったり」

こいつはこいつでいろいろと複雑《ふくざつ》な事情があるらしい。正直《しょうじき》、一年間クラスメイトだったから、木陰野《こかげの》が化《ば》け物《もの》だなんて実感はあまりない。

だから、

「なんか困《こま》ったことあったら言えよ」

思わずいつものように、そんな言葉《ことば》が口を突《つ》いて出る。

「ありがと。なんだ、優《やさ》しいことも言えるんじゃん、霧沢《きりさわ》」

「バカ。俺にとばっちりがかからないようにだよ」

「ははっ」木陰野は笑った。

「前言撤回《ぜんげんてっかい》。この性悪《しょうわる》メガネめ」

そして藪睨《やぶにら》みにこっちを見てくると、視線《しせん》を道路へ向け、ぽつりと呟《つぶや》く。

「変な奴《やつ》だね、あんたは」

「何がだ。俺は至《いた》って普通《ふつう》だ」

口の悪さをからかわれたのかと思ったが、木陰野の表情はそういうふうでもない。

「……枯葉が気を許《ゆる》すのも、わかるかもしれない」

「え？」

続いたのは、意外な言葉だった。

「ま、うちの父さんも大概《たいがい》変な人だから、そんなもんなのかな」

「お前、何のことを言ってんだ？」

「たまにいるのよ。一族に対して……ううん、異質なものに対してあまり抵抗感《ていこうかん》を抱《いだ》かない人って。あたしたちみたいな化け物が実際に存在《そんざい》するなんてことがわかったら、普通は怖《こわ》がったり、信じられなかったり、拒絶《きよぜつ》したりするよね？　でも、あんたみたいなのはそういう感情が少ない。呑気《のんき》なのか、よくわかってないのか。一族の女と結婚《けっこん》する人間の男は大概《たいがい》そう」

「俺が呑気だって？　つーかそもそも俺は結婚とかしねぇよ。……だいたい、こう言っちゃ悪いが、恐くない訳《わけ》でも信じられない訳でも拒否感《きよひかん》がない訳でもない」

「うん。わかってる。そういう意味で霧沢は安心かな。うちの父さんは、母さんが意を決して本当のことを言ったら『それで？』で済ませたみたい。あたしが生まれた時に里から離れるのを提案したのはむしろ母さんの方だってさ」

「そりゃ剛胆《ごうたん》だ」

「危機感が薄《うす》いだけだよ。人間としてはむしろまずいんじゃないかな」

あっけらかんと実の父親をそう評《ひょう》する木陰野《こかげの》は、はにかんだように笑った。

「悪いけど、俺はそっち側《がわ》に行く気はねえぞ」

だから景介《けいすけ》も同じく笑ってみせる。

「賢明《けんめい》だね。ま、来てもらっても困《こま》るよ」

話題《わだい》が異常《いじょう》とはいえ、教室での軽口《かるくち》と何ら変わらない調子《ちょうし》に少し安心した。

それから景介は、木陰野と他愛《たあい》ない会話を交《か》わした。

学校を休むことが多くなるのか？　とか、お前の演歌《えんか》好《ず》きは父親と母親のどっち譲《ゆず》りなんだ、とか。木陰野も普段《ふだん》通りに、女からも男からも好感《こうかん》を持たれる、あのいつもの人なつこい笑《え》みと態度《たいど》で景介の質問《しつもん》に答え、時には冗談《じょうだん》めかして混《ま》ぜ返す。

やがて、バスの時間が迫《せま》ってきた。

「じゃあ、あたしはそろそろ戻るよ」

「ああ。お姫《ひめ》さまの子守《こも》り、大変だな」

「まったくだよ」

木陰野は立ち上がった。冬の朝の静寂《せいじゃく》に、道路の向こうから車のエンジンらしき低い音が聞こえてくる。どうやらバスが来たらしい。

正直《しょうじき》なところ、疲《つか》れた。

帰ったらもう一度寝《ね》なおして、その後で今後のことを考えよう。

そう思い大きく溜息《ためいき》を吐《つ》いた景介《けいすけ》だったが、

「ねえ、霧沢《きりさわ》」

「ん？」

背後《はいご》で自分を呼び掛《か》けた木陰野《こかげの》が、不意に。

「言った方がいいのかどうか、わかんないけどさ」

やけに真面目《まじめ》な、いや——深刻《しんこく》な声で、そう言ってきた。

「なんだ、どうした」

振り返った横目《よこめ》にバスの姿《すがた》が見える。あと十秒ほどで着くだろう。

木陰野は逡巡《しゅんじゅん》したように唇《くちびる》を咬《か》んでいる。目で急かすが俯《うつむ》いたままだ。

バスが景介たちの背後で止まり、ドアが開く。

「来ちまったよ。乗らなきゃ」

次の便《びん》はまた三十分後だ。用事ならまた改《あらた》めて聞けばいいだろう、そう軽く考えた景介は、じゃあな、と手を挙《あ》げてタラップに足を掛け、車中へ入る。

そして——いや、けれど。

木陰野は意《い》を決《けっ》したように、ひとつの文章を口にした。

それを景介の耳は、はっきりと捉《とら》え、

「え……？」

思わず聞き返すと同時、ドアが空気圧《くうきあつ》の音を立てて閉じられる。

ガラス越《ご》しに木陰野の顔が、再《ふたた》び下を向く。

バスが動きだす。

景介は呆然《がくぜん》とする。

流れ始める田舎《いなか》の風景《ふうけい》と、数人の老人しか乗っていないバスの中で、景介はがらがらの座席《ざせき》に座《すわ》ることもできず、入り口のドアの前から動けなかった。

「おい、……待《ま》て」

冗談《じょうだん》かと思ったけれど、たぶん冗談なんかではない。

「ふざけん……な、よ？」

確《たし》かに納得《なっとく》がいく話だ。

……昨夜《ゆうべ》、いきなり枯葉《かれは》が「夫《おっと》になれ」などと言い始めたのも。

木陰野はそれを最初は信じようとしなかった。当然だろう。木陰野の知っている枯葉は、そんなことを言う娘《むすめ》ではなかったのだろうから。

何故《なぜ》なら首をすげ替えた鈴鹿の一族は、、、、、、、、、、、、、、、、、、元の人間の身体に影響を受ける——。

景介は耐《た》えきれず、その場に踞《うずくま》った。

本当に、冗談じゃない。ただでさえ昨日から、ふざけたことが起きたり突拍子《とっぴょうし》もないことを聞かされたりと混乱《こんらん》していたのに。

脳《のう》がパンクしそうなのに。

もう充分《じゅうぶん》だと思っていたのに。

だから木陰野《こかげの》から受け取った紙も中身《なかみ》を見るのは後にしたのに。

どうして――どうして締《し》めくくりが、一番きついのだろう。

「……ひでえよ」

木陰野の最後の言葉《ことば》が景介《けいすけ》の頭を、バスの振動《しんどう》なんか気にならないほどに揺《ゆ》さぶる。

聞き間違《まちが》いであって欲《ほ》しい。

けれど、彼女は、確《たし》かに口にしたのだ。

「灰原《はいはら》さんね、霧沢《きりさわ》のこと、好《す》きだったみたい」

トコヨマドイ

第三幕　常世惑い

1

たいして親しくはないクラスメイトがいた。

でも彼女は奇遇《きぐう》なことに、自分と似《に》た痛《いた》みを抱《かか》えていた。だからその内《うち》、もっと仲良《なかよ》くなって、その似た境遇《きょうぐう》について話せたらいいかもしれないと何となく思っていた。

景介《けいすけ》にとっては、ただそれだけのことだった。

異性《いせい》として意識《いしき》したこともなく、できるならあいつはもっと笑っていた方がいいのになと思う程度《ていど》の、単《たん》なるクラスメイトのひとりだった。

でも彼女はある日突然《とつぜん》、前触《まえぶ》れもなく死んでしまう。

それだけでもどうしたらいいのかわからないのに——おまけにその後で、実は彼女はあなたのことを好《す》きでいました、なんて聞かされるなんて。

まったく最悪で最低だ。

土日にかけて、いろいろな考えが頭を巡《めぐ》った。

ノートを借《か》りる度《たび》に、私、字が汚《きたな》いからと申《もう》し訳《わけ》なさそうにしていたのを思い出す。

決してそんなことはなかった。そりゃあ惚《ほ》れ惚《ぼ》れするほど上手《うま》い字という訳でもなかったにせよ、見やすくて丁寧《ていねい》だ。けれど彼女はいつも同じように言っていた。きっと恥《は》ずかしかったのだろう。自分の何気《なにげ》ない頼《たの》みも、彼女にとっては一大事《いちだいじ》だったのだ。

普段《ふだん》の授業でも、ひょっとしたら景介が借りにくるかもしれないと思いながらノートをとっていたに違《ちが》いない。いつもなら自惚《うぬぼ》れが過《す》ぎると一笑《いっしょう》に付すような思考《しこう》だったが、相手《あいて》が死んでしまった今、もしそうだったらという申し訳なさが勝つ。

金曜日に遊びに誘《さそ》ったこと。

景介は単《たん》に、余計《よけい》なお世話《せわ》を焼いただけ。けれどたぶん彼女にとっては天地《てんち》がひっくり返るほどの騒《さわ》ぎだっただろう。内気《うちき》で人見知《ひとみし》りする性格《せいかく》だから本来《ほんらい》なら断《ことわ》っていたかもしれない。でも、灰原《はいはら》は「返事は月曜日まで待《ま》ってください」と言った。迷《まよ》っていたのだ。

なにせ他ならない、好きな人からの誘いだったのだから。

電話番号を交換《こうかん》した時、彼女はどこか恥ずかしそうに笑っていた。

どうして気付かなかったのか。家族以外で番号を登録《とうろく》するのは尾ノ上《おのうえ》に続いてふたりめだと嬉しそうに口にしたのは、別にあいつに友達がいなかったからじゃない。彼女にとっては霧沢《きりさわ》景介は、あの尾ノ上梨々子《りりこ》に——失踪《しっそう》からこっち、友人を作らなくなってしまうほど塞《ふさ》ぎ込んでしまうほどの親友に——並《なら》ぶほど大きな存在《そんざい》だったからだ。

でもまさか直後に、その相手に助けを求めることになるとは予想《よそう》もしなかっただろう。

電話をかける時も迷ったかもしれない。灰原に対するいじめがいつから始まってどんなふうに続いていたのかはわからないが、ひょっとしたらその日は、ただ黙《だま》って耐《た》えることができない仕打《しう》ちを受けそうになったのかもしれない。だからポケットの中でリダイヤルした。つい数分前に登録《とうろく》したばかりの、とっておきの番号に。

それに、何より。

もし灰原《はいはら》が生きていたら、そして何かの切っ掛《か》けで想《おも》いを告《つ》げてきたらというあり得《え》なかった未来を想像《そうぞう》すると、どうしようもない気分になる。

恐《おそ》らく、嬉《うれ》しく思いつつも断《ことわ》っただろうからだ。

彼女のことは嫌《きら》いではなかったにせよ、恋愛《れんあい》感情も持っていなかった。似《に》た境遇《きょうぐう》による共感《きょう》や親近感《しんきんかん》はあったが、それだけだ。告白《こくはく》されたしとりあえず付き合ってみるか、なんてことも自分にはできそうにない。そういうのは気が軽い奴《やつ》か、もっと恋愛《れんあい》に慣《な》れた大人の仕事だ。

土曜と日曜の二日間、ずっとそんなことばかりを考え続けていた。

涙《なみだ》は出なかった。

代わりに、木陰野《こかげの》から受け取った灰原の携帯電話《けいたいでんわ》を見る勇気が出なかった。

きっと留守番《るすばん》電話サービスには、親からの伝言《でんごん》が何件《なんけん》も入っているだろう。景介の姉が失踪《しっそう》した時と同じように。帰ってこない娘《むすめ》を心配《しんぱい》して、何度も電話しているに違《ちが》いない。

いなくなってしまってから、灰原の存在《そんざい》が景介の中でどんどん大きくなる。

――いつだってそうだ。

姉の時も、尾ノ上の時も。いる時はまったく気付かなかったことが、不在《ふざい》によって露《あらわ》になる。

過去《かこ》に自分が彼女たちに言ったことやしたこと、彼女たちが自分に言ったことやしたこと、すべてを思い出し、あれはああだったのではないか、こうだったのではないか、ああしていればよかった、こうしていればよかったと、愚《ぐ》にもつかない、今更《いまさら》どうしようもないことを——今更どうしようもないからこそ、考えてしまう。

とはいえ、景介がどんなに悩《なや》んでいようと時間は流れる。

週末はあっさりと終わり、月曜日は容赦《ようしゃ》なく到来《とうらい》した。

とても学校に行く気分ではなかった。

いろいろと理由はあるが、何よりも灰原の席《せき》に誰《だれ》も座《すわ》っていないのを見るのがつらい。

ひょっとしたら灰原がいなくなってしまったことをもう学校側《がわ》は知っている可能性《かのうせい》もある。だったら朝のホームルームで担任《たんにん》が周知《しゅうち》するだろう。クラスではそのことでもちきりになるに違いない。いた時は目立ちもしない奴だったのに、いなくなってから、死んでから話題の中心になるなんて皮肉《ひにく》過《す》ぎて反吐《へど》が出る。その場にいたくなかった。

それでも景介は、学校へ行くことに決めた。

理由は浅《あさ》ましくも、保身《ほしん》だ。灰原が行方《ゆくえ》知れずになる直前に電話をかけた相手が自分であることを警察《けいさつ》はいずれ知るだろう。ただでさえあれこれ詮索《せんさく》されるのは目に見えている。そうなった時、同時期《どうじき》に学校を休んだという後ろめたい事実はない方がいい。

果《は》たして月曜日、景介は、いつものように起き、いつものように制服《せいふく》に着替え、いつものようにコートを羽織《はお》り、気分だけはいつも通りでないまま、家を出た。

部屋《へや》の机《つくえ》、引き出しの奥《おく》深くに仕舞《しま》った灰原《はいはら》の携帯《けいたい》電話に、変な申《もう》し訳《わけ》なさを覚えながら。

2

案《あん》の定《じょう》朝のホームルームで、灰原が金曜日の夜から帰宅《きたく》していない旨《むね》、行方《ゆくえ》を知っている者がいたら連絡して欲《ほ》しい旨が担任《たんにん》から告《つ》げられ、クラスはその話題で持ちきりになった。景《けい》介《すけ》にとっては想定《そうてい》していたこととはいえやはり暗澹《あんたん》とした気分になる。

憂鬱《ゆううつ》の種《たね》は灰原のことだけではない。

土曜日、家に帰ってから景介は、木陰野《こかげの》から渡《わた》された紙を確認《かくにん》した。この学校に通っている鈴鹿《すずか》の一族《いちぞく》の所属《しょぞく》クラスと名前の一覧《いちらん》だ。繁栄派《はんえいは》とかいう危険な、注意すべき連中の名前がどれもまったく知らないものだったのには一応《いちおう》安心したのだが――。

『人間に対して友好的《ゆうこうてき》な者』の一覧に、クラスメイトの名があった。

「……けーくん、あのさ」

ホームルームが終わった後、日崎歩摘《ひざきほづみ》が景介の席《せき》までやってくる。

「棗《なつめ》ちゃんから聞いたよ」

「ああ」

領《うなず》くと、彼女はいつもの何も考えていなさそうな表情をやや暗くして、声を小さくした。

「灰原さん……なんて言ったらいいか」

——そう。こいつだ。

ただの天然《てんねん》な子かと思っていたら、人間ではなかったという訳《わけ》だ。

「それでさ、私……」

「似合《にあ》わない顔すんな、バカ」

隠《かく》していてごめんなさい、そんな表情の日崎に、景介は薄《うす》く笑う。

「まあ確《たし》かに、どう接していいのかよくわからん部分はあるけどな」

とはいえ取り繕《つくろ》っても仕方《しかた》ないので、正直《しょうじき》に応《こた》える。

事実を知って、木陰野や日崎に対する印象《いんしょう》が変わったかと問《と》われれば確かにそうだ。けれど一方で、態度《たいど》を変えてどうするんだという思いもある。仮《かり》にも同じクラスで一年間を過ごし、それなりに仲良《なかよ》くしてきたのだ。あっさり拒絶《きょぜつ》などできるはずもない。

「ありがと。優《やさ》しいね、けーくんは」

日崎はそう言って、本当に嬉《うれ》しそうにした。真《ま》正面からの笑顔《えがお》に照《て》れたので、

「呑気《のんき》なだけだよ。木陰野にも言われた」

「えー、そんなことないよー。優しいよ」

「これからどうすんだ？　学校は？」

　土曜日の夜に木陰野《こかげの》にも尋《き》いたのと同じ質問《しつもん》をする。その彼女は今日は来ていない。枯葉《かれは》と一緒《いっしょ》に用事があるとかなんとか、昨日《きのう》メールが来ていた。

　日崎《ひざき》は首を振《ふ》り、少し悪戯《いたずら》っぽい表情を浮かべた。

「ううん。私はね、けーくんを見てろって、棗《なつめ》ちゃんと枯葉ちゃんが」

「俺を？」

「もちろん、けーくんだけじゃなくて、学校の様子《ようす》も。繁栄派《はんえいは》の人たちが何をするかわかんないからね。……今日学校に来てる人は少ないと思うけど」

　昼休みに顔だけでも確認《かくにん》しておくつもりだったが、だとすると無駄足《むだあし》になるかもしれない。

「……でも、本当は私、気が乗らないんだ。親戚同士《しんせきどうし》が喧嘩《けんか》するのって、イヤだよね」

　憂鬱《ゆううつ》な顔をする日崎に、景介《けいすけ》は少し安心する。

　――ああ、やっぱりこいつは日崎だ。

　のほほんと毎日を送るのが好《す》きで、険悪《けんあく》な雰囲気《ふんいき》や争《あらそ》いごとは嫌《きら》い。そんな彼女のイメージは、人間でなかったからといって崩《くず》れたりしない。

「今までは争ったりとかなかったのか？」

「私たちが生まれる前に、一回だけ似《に》たようなことがあったみたい。頭首《とうしゅ》さまのお姉さん……枯葉ちゃんの伯母《おば》さんが、人間なんて滅《ほろ》ぼしてしまえばいい、って。でも、当時の人たちはみんな反対して、その人は追放《ついほう》されて殺されちゃったんだって」

「そうなのか」

頭首の姉というからには本家《ほんけ》の者だろう。しかも、本来《ほんらい》なら跡取《あととり》だったはずだ。下手をすれば一族自体が分裂《ぶんれつ》していたのだろう。思ったよりも根《ね》は深いんだなと景介は思う。

「でも、それから時間が経《た》って、やっぱり子供の数がどんどん少なくなって。同じことを言う人たちが出てきたんだ。もっと遠慮《えんりょ》なく数を殖《ふ》やせばいい、って。頭首さま――枯葉ちゃんのお母さんは強く反対して、抑《おさ》え込んでたんだけど……」

過激《かげき》な意見が再燃《さいねん》したのも当然かもしれない。

山奥《やまおく》の隠《かく》れ里《ざと》、狭《せま》い人間関係の中で暮《く》らし続けていれば、軋轢《あつれき》は時間とともに深まっていく。

そういう意味ではこの田舎《いなか》の町とたいした違《ちが》いはない。

「前々からそう主張《しゅちょう》してた人はともかく、あの火事《かじ》を切《き》っ掛《か》けに繁栄派につくのを決めた家もあるんだよね。親とか婚約者《こんやくしゃ》が繁栄派についたから自分も、って娘も。私たちと仲良《なかよ》しさんだった娘だっているのに……なんで、こうなっちゃったんだろ」

つらそうに唇《くちびる》を咬《か》む日崎。

が、景介はそれとは別の単語《たんご》に疑問を覚える。

「待《ま》て。婚約者、って……人間じゃないのか？」

確《たし》かこいつらの一族は、長いこと女しか生まれていないと聞いた。

「うん、そう」

頷《うなず》いた日崎《ひざき》は寂《さび》しげな顔で笑った。

「人間の中にも、人間が嫌《きら》いな人はいるよ。だからこそ私たちと結婚《けっこん》したのかもね」

結婚。

異種族《いしゅぞく》――人とは違《ちが》う存在《そんざい》の伴侶《はんりょ》になるというのは、どういうことなのだろう。

『うちの父さんは変な人』と木陰野《こかげの》は言った。種族の違いなど気にもしない、と。でも逆《ぎゃく》に、人間が嫌いで、社会に溶《と》け込めなかったから向こう側を選《えら》んだ奴《やつ》だっているのだ。

たぶん他にも事情はいろいろあるだろう。考えに考え抜いて愛情が勝《まさ》ったとか、或《あ》るいは何らかの打算《ださん》を持って向こうに潜《もぐ》り込んだとか。

そういう意味では、人間同士《どうし》が結婚するのとたいした違いはない。

「でも、けーくんも気を付けてね」

と――不意に日崎が、心配《しんぱい》するような、同時に申《もう》し訳《わけ》なさそうな顔になる。

「は？　何がだ？」

「あのね、今こんなこと言うの不謹慎《ふきんしん》なのはわかってるけど」

少し迷《まよ》う仕草《しぐさ》を見せて、怖《お》ず怖ずと、

「私たちとの結婚で一番多いのって、元《もと》の身体《からだ》の関係者、なの」

「……え」

「友達とか、親戚《しんせき》とか、恋人とか……。私のお父さんもそう。お母さんの元の身体の従弟《いとこ》なんだ。その人が病気で死んじゃって、その時に出会ったって」

　思い付きもしなかった理由だった。同時に少なからずショックを受ける。

「あ……ごめんなさい！　こんなこと、やっぱり今言っちゃいけなかった……」

「いや、いいよ。俺は大丈夫《だいじょうぶ》」

　確《たし》かに灰原《はいはら》が死んでしまったばかりだというのがあって、嫌《いや》な気分にもなった。けれど日崎は景介《けいすけ》のことを考えて言ってくれたのだ。つまり、自分たちに深入りするな、と。

　いくらクラスメイトだからといって、相手側に首をつっこみ過《す》ぎると戻れなくなる。ややもすれば一族内《いちぞくない》の争《あらそ》いにも巻き込まれかねない。

「そういえばお前さ、喪着《もぎ》は……」

　ふと気になったので、尋《き》いてみた。

「ううん、まだ。それに私も棗《なつめ》ちゃんと一緒《いっしょ》。そのつもりもないよ」

　その答えに安心し、ふと、安心するのも失礼な話だと思う。

　が、やはりわきまえることは必要《ひつよう》だ。向こうにしてみれば種《しゅ》の保存《ほぞん》に関わる問題だが、こっちにとってはそれが安堵《あんど》となる。それを忘れてはいけない。

　そういう意味で自分たちとこいつらとは、根《ね》っこの部分で違っているのだ。

「あら、どうしたの？　ふたりきりで」

　席《せき》に戻ってきた秋津《あきつ》依紗子《いさこ》が、景介と日崎を見て声を掛《か》けてきた。

　少し意味ありげな、含《ふく》みを持たせた口調《くちょう》だったが、

「うん。お話ししてたのー」

　あっけらかんと応《こた》える日崎《ひざき》に、拍子抜《ひょうしぬ》けしたように「あ、そうなの？」と微笑《わら》う。

「秘密《ひみつ》の話？」

「灰原《はいはら》のことだよ」

　努めて表情を出さないように応えた。

　秋津《あきつ》は景介《けいすけ》の言葉《ことば》に眉《まゆ》をひそめる。灰原が死んだことなど知る由《よし》もないから当然だろう。

「……どうしちゃったんだろうね、灰原さん」

　不安げな表情に、何故《なぜ》か景介は罪悪感《ざいあくかん》を覚えた。

　灰原はもう死んでしまっていて、どこにもいない。心配したってどうしようもないのだ。それなのに秋津は現在進行形で彼女の安否《あんぴ》を気遣《きづか》ってくれている。

　それはたぶん景介が、姉がいなくなってしまった時に感じていたのと同じ気持ち――。

「週末の約束《やくそく》、先に延《の》ばそうか」

　秋津がぎこちない笑顔《えがお》を作って言った。

「ほら、灰原さんを放って私たちだけで遊びに行ったら申《もう》し訳《わけ》ないしね」

「ああ……そうだな」

　胸《むね》が押し潰《つぶ》されそうになり、やっとのことで景介は応えた。

「灰原が帰ってきてからにするか。英《えい》たちにもそう言っとく」

――帰ってくる？　そんなことあるはずはない。決して来ない未来に何の希望を持たせるっていうんだ、ふざけるな。そう自分を叱咤《しった》しながら。

「棗《なつめ》ちゃんには私から連絡しとくよ」

日崎のフォローに目だけで感謝《かんしゃ》を告げた。

と、一限《いちげん》の開始を告げるチャイムが鳴《な》る。教師が入ってきて、あちこちで好《す》き勝手《かって》に談笑《だんしょう》していた生徒たちが慌《あわ》てて自分の席《せき》へと戻っていく。

灰原のいない教室は普段《ふだん》とあまり変わらないように見えて、やはりどこか浮わついているように思えた。たぶんこれが気になって今日一日、授業を聞く気など起きないんだろう。

そして、昼休み。

表向《おもてむ》きはいつもと変わらないながらも、景介は友人たちとの会話にまったく身《み》が入らない。

とはいえ休み時間を通して宮川《みやかわ》や荒木《あらき》たちが言葉少なにそっとしておいてくれたのはありがたかった。もちろん彼らは、景介が塞《ふさ》ぎ込んでいる本当の理由を知らない。遊びに誘《さそ》ったクラスメイトがその矢先《やさき》に失踪《しっそう》、というタイミングの悪さのせいで自分がショックを受けているのではないかと思ってくれたのだろう。

ただやはりどうにも悶々《もんもん》としてしまうのでひとりで机《つくえ》に突《つ》っ伏《ぷ》し寝《ね》た振《ふ》りをしていると、秋《あき》津依紗子《ついさこ》がひとり、景介《けいすけ》のところへ歩《あゆ》み寄ってきた。

「霧沢《きりさわ》くん、ちょっといいかな？」

顔を上げ、秋津の顔の次に壁《かべ》時計を見る。五限開始まであと十分ほどだった。

「ん、どうした？」

問《と》い返すと秋津は周囲《しゅうい》を窺《うかが》いつつ、

「えっと、廊下《ろうか》かどこかで」

何か秘密《ひみつ》の話だろうか、そう思い立ち上がった。秋津についていく景介に遠くから視線《しせん》が投げ掛《か》けられる。荒木《あらき》だ。目が合うと、「今日だけは特別に依紗子さんに慰《なぐさ》めてもらうのを許《ゆる》してやる」とでも言いたげな、笑っているような睨《にら》んでいるような顔をされた。

――いや、お前別に秋津の彼氏《かれし》じゃねえだろ。

苦笑《くしょう》しつつ軽く手を挙《あ》げてやる。悪いけれど景介は荒木と違《ちが》って、秋津に慰められることに『友人からの善意《ぜんい》が嬉《うれ》しい』というもの以上の意味を見出せない。

普段《ふだん》ならそれでも、美人に優《やさ》しくされるのも悪くないか、などと考えるところだが今日はさすがに無理《むり》だ。……灰原《はいはら》に悪いような気がして。

それに、秋津の顔はどうも、慰めるとかそんな雰囲気《ふんいき》ではない。

廊下に出ると、また周囲を見渡《みわた》し、

「ね、霧沢くん」

教室からやや離《はな》れ人気《ひとけ》のないところまで行き、少し景介に近付いて声をひそめた。

顔を寄せられ、少し焦《あせ》る。この前も思ったけど、こいつ意識《いしき》せずにやっているのだろうか。男としてはちょっと困《こま》るのだけど。

「どうしたんだ」

とはいえ照《て》れてなどいられない。秘密というなら景介にも後ろめたいことがあるのだ。

灰原さんのことで隠《かく》していることない？　などと問《と》われると動揺《どうよう》してしまうかもしれない。

実際《じっさい》、金曜の夜、景介が美術室《びじゅつしつ》に大慌《おおあわ》てで走っていくところや灰原が美術室に連れ込まれるところだって、目撃者《もくげきしゃ》がいないとも限らなかった。

「あのね……ちょっとさっき、噂《うわさ》に聞いたんだけど」

続いた秋津の話は、懸念《けねん》していたものとそう外《はず》れてはいなかった。

「灰原さん、他のクラスの人たちにいじめられてたかもしれないんだって」

ああ、と言いかけて咄嗟《とっさ》に口を噤《つぐ》んだ。自分はこの情報《じょうほう》を初めて聞いたのでなければならない。とはいえ驚《おどろ》いた演技《えんぎ》もできそうにないから、黙《だま》って続きを促《うなが》す。

「ひょっとしたらいなくなっちゃったのって、それと関係あるかもしれないわ」

「……、誰《だれ》がやってたか、わかるか？」

ずっと気になっていたことだ。

金曜日の夜、灰原に電話をもらった時に聞こえてきた声。

嘲《あざけ》るような、楽しむような——思い出すだけで虫酸《むしず》が走る。あいつらに関する情報《じょうほう》というなら、景介《けいすけ》にとっては鈴鹿《すずか》の一族《いちぞく》のことなんかよりも重要《じゅうよう》だった。

「でも、ただの噂《うわさ》でしかないから……誰《だれ》にも言わないでね」

どうやら女子の、しかもごく一部にだけ回ってきた話らしい。

それだけに信憑性《しんぴょうせい》はある。もちろんガセである可能性《かのうせい》も高いけれど。

「言わねえよ。誰かに言ったって、灰原《はいはら》がどこに行ったかわかる訳《わけ》じゃないしな」

咄嗟《とっさ》に嘘《うそ》を吐《つ》いた。

実際《じっさい》は、わかる。——そいつらが灰原を殺した犯人《はんにん》だということが。

もちろんわかったからといって、復讐《ふくしゅう》なんてのは現実的でない。ただ、少なくとも警察《けいさつ》に突《つ》き出して、罪《つみ》を認《みと》めさせるくらいのことはしたい。

跳《は》ねる心臓《しんぞう》を抑《おさ》え、ひと呼吸《こきゅう》置く。冷静《れいせい》になれと自分に言い聞かせ、景介は問《と》うた。

「名前と学年、クラス……教えてくれ」

「一年D組の、字森雛子《あざもりひなこ》さん。知ってる？」

「いや」

取り敢《あ》えず知り合いではなかったことにほっとする。『一族』のリストにもなかった。

が、しかし。

秋津《あきつ》は、暗い顔に惑《まど》いの見える唇《くちびる》から、更《さら》に——、

「あのね、その人……」

景介の安堵《あんど》を突き崩《くず》すような言葉《ことば》を、紡《つむ》いだ。

「茶道部《さどうぶ》、なんだって」

「……え？」

茶道部。

人数の少ない文化系《ぶんかけい》の部活《ぶかつ》で、部員同士《どうし》は皆仲《みななか》がいいことで知られている。

そのうちのひとりが、景介のクラスにいた。

他ならない、

「彼女、このこと、知ってるのかしら」

木陰野棗《こかげのなつめ》――だ。

「いや、まさか……」

咄嗟に否定《ひてい》するも、喉《のど》は震《ふる》えていた。

恐《おそ》らく秋津は、木陰野がいじめに加担《かたん》していたかどうかが気になるというだけだろう。だが
他にも情報を知っている景介にとっては、木陰野棗の名が別の意味を持ってくる。

あの夜に起きたことと、糸が繋がるのだ。

鈴鹿の一族。

枯葉《かれは》が灰原の身体《からだ》と自身《じしん》の首を繋《つな》げる光景《こうけい》に景介は気を失《うしな》ってしまった。再《ふた》び目が覚めた時

は『迷《まよ》い家《が》』で、着物姿《きものすがた》の木陰野《こかげの》を見て再《ふたた》び驚《おどろ》くことになる。

でも、どうして木陰野がいたのか。

枯葉《かれは》から連絡を受けた、そう考えるのが自然だ。でも、枯葉が携帯《けいたい》電話を持っていると思えない。もちろんあの和服《わふく》エプロンの女も同様《どうよう》だ。それに連絡を受けたのなら、日崎《ひざき》を始めとして他にも誰《だれ》かいてよかったのではないか。

迷い家の管理をしていたから単《たん》に呼び出された？　それとも——いや、もしも。

枯葉が喪着《もぎ》を行《おこ》なって自分が失神《しっしん》した後、

い、い、い、い、い、い、

木陰野が美術室に戻ってきたのだとしたら——。

それに、彼女は言っていた。

金曜の昼休み、景介《けいすけ》がトイレに行こうとした最中《さいちゅう》に出くわした時だ。

——正直《しょうじき》ね、ちょっと苛々《いらいら》するのは本当なんだよ。

——友達くらい自分で作ればいいのに、って。

根拠《こんきょ》になるようなものではないと思う。ただの偶然《ぐうぜん》だと思う気持ちもある。だが一方で、秋《あき》津《つ》の話を聞いてしまった今、もしかして、という不安もあった。

どうすればいいだろう。

日崎に尋《き》いてみるか。ただ、朝に話した時の口振《くちぶ》りからは何も知らなさそうだった。

枯葉に問い質《ただ》すか。もう一度あの夜のことを詳《くわ》しく話してもらえば何か見えてくるかもしれない。それに、確《たし》か喪着を行なった一族の者は、元《もと》の人間の身体《からだ》の記憶《きおく》や感情を多少《たしょう》受け継《つ》ぐとかなんとか言っていた。或《ある》いは灰原《はいはら》をいじめていた奴《やつ》の顔がわかるかもしれない。茶道部《さどうぶ》の連中の顔写真《かおじゃしん》を全部見せてひとりでも該当《がいとう》すれば。

「霧沢《きりさわ》くん、大丈夫《だいじょうぶ》？」

秋津の心配《しんぱい》げな声で我《われ》に返る。

「あ、ああ。悪ぃ」

「……どうしようか。私、それとなく探《さぐ》りを入れてみる？」

「いや、いいよ」

景介は首を振る。秋津を巻《ま》き込む訳《わけ》にはいかない。ただの失踪事件《しっそうじけん》ならともかく、非常識《ひじょうしき》で非現実的《ひげんじつてき》な奴らが関わっているかもしれないのだ。

「少しの間、様子《ようす》を見てみよう。灰原だってひょっこり帰ってくるかもしれないし、もしいじめが本当にあったんなら、その後本人に尋けば済《す》む。今どうこう言って波風《なみかぜ》立たせるのもよくないと思うしな。……だから、このこと誰にも言わないでくれ」

「ええ、大丈夫よ」

念《ねん》を押すと、秋津は頷《うなず》き、

「私だって、女の子同士《どうし》の内緒話《ないしょばなし》を人に話すの、気が引けるもの」

「悪いな、なんかスパイみたいな真似《まね》させちまって」

「ううん」

景介《けいすけ》に向かって、少しはにかんだような微笑《ほほえ》みを向ける。

「普通《ふつう》なら黙《だま》っておくわ。……霧沢《きりさわ》くんだから話したのよ」

その言葉《ことば》に思わずどきりとしつつ、

「ありがとな。もしいろいろわかったら報告《ほうこく》する」

まあ、秋津《あきつ》のことだから深い意味はないに違《ちが》いない。

「ちゃんと解決したら、改《あらた》めて何か礼《れい》でもするな」

しかし、秋津は景介の何気《なにげ》ない言葉に、不意《ふい》打《う》ちを食らわせてきた。

「そう？　じゃあ、デートでもしてもらおうかしら？」

「……は？」

「私、まだデートとかってしたことないの。ちょっと憧《あこが》れてるんだ」

「い、いや、そういうのは彼氏《かれし》とか作ってやれよ」

秋津なら選《えら》び放題だろ、と冗談《じょうだん》で誤魔化《ごまか》そうとしたのだが、

「……もう、だからずっと作ろうと思ってるのになぁ。一年間アプローチしても袖《そで》にされ続けてきたんじゃ、さすがに私もへこんじゃうよ」

驚《おどろ》いたことに相手《あいて》は、更《さら》にとんでもないことを口にする。

「え。…………は？」

「ま、いいわ。私だってこんな時にそんなこと考えるのはどうかと思うし。とにかく……何かわかったら連絡してね。私だって灰原《はいはら》さんのこと、心配《しんぱい》なんだから」

「あ、いや……ああ」

生返事《なまへんじ》に対して、じゃあ私教室に戻ってるから、と会話を打ち切って踵《きびす》を返す秋津。景介は反応《はんのう》できない。呆気《あっけ》に取られて立ち尽《つ》くし、後ろ姿《すがた》を茫《ぼう》と見送る。

——おいおい、なんだそれは。

生まれて十六年、異性《いせい》にもてたことなんてついこの間まで皆無《かいむ》だったのに。

死んでしまった娘《むすめ》の好意《こうい》を聞かされ、その身体《からだ》を受け継《つ》いだ少女からは求婚《きゅうこん》され、挙《あ》げ句《く》学年屈指《くっし》の美人才媛《さいえん》からデートにまで誘《さそ》われるなんて、隕石《いんせき》が頭部に激突《げきとつ》した方がまだ現実味《げんじつみ》がある。……こんな状況《じょうきょう》じゃなければ、大喜《よろこ》びで誰彼構《だれかれかま》わず抱《だ》きついてるところだ。

さすがに今は、そんな気分にはとてもなれない。

景介は溜息《ためいき》をひとつ大きく吐《つ》くと、秋津の去《さ》っていった後を追うようにとぼとぼと歩く。

週末からいろいろなことが起き過ぎている。幸《こう》も不幸《ふこう》もなんでもう少し小分《こわ》けにして来てくれないのだろうと神様《かみさま》を呪《のろ》った。

3

日崎《ひざき》に相談《そうだん》しようかと迷《まよ》っていたが、彼女は内紛《ないふん》の件《けん》で他の一族《いちぞく》の娘《むすめ》といろいろあるらしく、休み時間の度《たび》に教室を出て行ってしまう。そうしてタイミングの合わないままあっという間に放課後になってしまった。結局《けっきょく》、景介《けいすけ》は何も聞けずにひとり帰路《きろ》につく。

——そういえば、リストの奴《やつ》の顔も確認《かくにん》してなかったな。

どうにも、やらなければならないことを何ひとつこなしていない。

リストに関しては、木陰野《こかげの》に対しての疑念《ぎねん》が拭《ぬぐ》えなければあまり意味はないかもしれないが、やはり後回《あとまわ》しにしてしまったことに対しての言い訳《わけ》に過《す》ぎないだろう。

「なにやってんだろうね、俺。……ん？」

とぼとぼと歩きながらひとりごちていると、携帯《けいたい》が鳴った。

メールの着信音《ちゃくしんおん》だったので、取り出して開く。確認《かくにん》すると、母親から。

『卵一パック、鶏胸肉《とりむねにく》五百グラム、牛乳一リットル二本』

「なんだよ……」

買い物の指令だった。帰りにスーパーに寄《よ》れという訳だ。

それにしても買ってきてというひと言もなければ文章ですらなく、ただの品目の羅列《られつ》なのはどうにかならないものか。溜息《ためいき》を吐《つ》いて、仮《かり》に自分が家族に同じ用件《ようけん》のメールを送るとするとまったく同じものになり兼《か》ねないと気付き苦笑する。血《ち》は争《あらそ》えない。

——姉さんはこんなんじゃなかったな。

今となっては顔もよく思い出せないけど、性格《せいかく》ははっきりと覚えている。両親どちらにもあまり似《に》ず、温和《おんわ》で、何をするにしてもおっとりしていて、気が優《やさ》しくて、

「……ち」

舌打《したう》ちする。姉のことを考えるなんて相当《そうとう》に参《まい》ってしまっている証拠《しょうこ》だ。

昔から決まって、きついことがあると『姉さんならどうしただろう』とか『もし姉さんがまだいたら』などとどうしようもない仮定《かてい》をしてしまう。

金、あったかな。頭を掻《か》き気持ちを切り替えると、財布《さいふ》を確認する。

買い物には足《た》りそうだったのでその足で近所のスーパーへと向かった。帰り道からは多少離れているが、一度戻って自転車を使うほどではない。

——そういえば自転車、どうしたっけ。

金曜日の夜、学校へ戻るのに使って——校門前だか校庭だかに乗り捨てて、そのままだ。

今日登校《とうこう》した時に、放置されている自分の自転車を見た覚えはなかった。かといって枯葉《かれは》や木陰野が自転車まで面倒《めんどう》を見てくれたなんてはずはない。

恐《おそ》らく土日のうちに、誰《だれ》かが乗って行ってしまったのだろう。

親には盗まれたと言い訳《わけ》しておこうと決める。嘘《うそ》は吐《つ》いていない。たぶん。

スーパーへと辿《たど》り着いた。

昔《むかし》からある古ぼけた店は相変《あいか》わらず微妙《びみょう》に寂《さび》れている。田舎特有《いなかとくゆう》のだだ広い駐車場《ちゅうしゃじょう》には停まっている車もまばらで、経営状況《けいえいじょうきょう》を心配《しんぱい》したくなるほどだ。

店内の自動ドアを潜《くぐ》って、買い物籠《かご》を手に取った。買い物の品目をもう一度確認《かくにん》するために携帯《けいたい》電話のメールボックスを開こうとした景介《けいすけ》の視界《しかい》を、不意に妙なものが横切る。

「ん?」

顔を上げて、違和感《いわかん》のした方に視線《しせん》を遣《や》った。

「……って、待《ま》て、おい」

枯《か》れ尾花《おばな》の正体《しょうたい》に、唖然《あぜん》とする。

和風《わふう》メイドだった。

紺色《こんいろ》の無地《むじ》の着物に上からエプロンを纏《まと》い、色素《しきそ》の薄《うす》い髪《かみ》は結《ゆ》わえられて肩口《かたぐち》に。容姿《ようし》は整《ととの》っているが顔色がやけに青く、生気《せいき》を感じさせない異相《いそう》。

それが肉売り場の前で買い物籠を抱《かか》え合挽肉《あいびきにく》を手に取って矯《た》めつ眇《すが》めつしているという、自分の頭の具合《ぐあい》を疑ってしまいそうな光景《こうけい》が目の前にある。

通りすがりのおばさんが彼女の背中を不審者《ふしんしゃ》でも見るかのような目で凝視《ぎょうし》していた。というか『でも』じゃない。百パーセント不審者だ。

「おい」

一瞬躊躇《いっしゅんちゅうちょ》したが意《い》を決《けっ》して、景介はその女性――確《たし》か棺奈《かんな》とかいった――に声を掛《か》けた。

彼女は振り向く。呼吸《こきゅう》とか気配《けはい》とかの窺《うかが》えない、まるでCGのような動作《どうさ》だった。

こっちと目が合うと、ほんの僅《わず》か首を傾《かし》げて、

「景介さま」

「どうして敬称《けいしょう》ついてんだよ……」

和装《わそう》エプロンの女性が高校生に向かって『さま』呼ばわりに、他の客《きゃく》の視線が痛《いた》い。

「お嬢《じょう》さまが、あなたには、一族《いちぞく》と、同じように、接しろと」

「枯葉《かれは》が？」

こくりと頷《うなず》く。

「で、いったい何やってんだ？」

「ハンバーグで、ございます」

「は？」

「今日の、夕食は、ハンバーグで、ございます」

反応《はんのう》に困《こま》ることを言い始めた。

「いや、俺は別にそんなこと尋《き》いて……」

「パイナップルも、載《の》せます」

「いや、肉にパインは邪道《じゃどう》だろう。……って、そんなことじゃなくてだな」

思わず他所様《よそさま》の夕食メニューに口を出す。

「景介《けいすけ》さま。こちらの、三百九十八円のものと、四百五十九円のものは、どのように、違《ちが》うのでしょうか？　差異《さい》が、棺奈《かんな》には、わかりません」

両手にパックを持ち表情のない顔で問《と》うてくるその様《さま》に、景介は思わず吹《ふ》き出した。

「見せてみろよ」

「はい」

「ああ、産地《さんち》が違う。高い方がいい肉《にく》だ」

「味が、変わるのですか？」

「まあ、ぶっちゃけそんなに変わらないと思うけど。……ハンバーグって、枯葉《かれは》が食うのか」

「お嬢《じょう》さまは、ハンバーグが、好物《こうぶつ》で、ございます」

あいつ、そんなガキっぽいものが好《す》きなのかよ。

安い方を指差して「こっちでいいだろ」とアドバイスする。

「では、こちらに、致《いた》します」

「安い方で充分だ。贅沢《ぜいたく》してても碌《ろく》なことがない」

「お嬢さまには、そう、申《もう》し伝《つた》えて、おきます」

「……余計《よけい》なこと言うな」

「では、景介《けいすけ》さまが、選《えら》んだ、と。そう申《もう》し上げれば、お嬢《じょう》さまは、きっと、喜《よろこ》びます」

「……恥《は》ずかしいことも言うな」

というか、こんな微笑《ほほえ》ましい会話をしている場合ではない。

こんな場所ではあったが、彼女に出会えたのは景介にとって好都合《こうつごう》だ。

「ああ、ええと……棺奈《かんな》さん」

「棺奈で、結構《けっこう》です」

「じゃあ、棺奈。頼《たの》みがあるんだけど」

「はい」

彼女が肉を買い物籠《かご》に入れ終わるのを待《ま》って、景介は問《と》うた。

「枯葉《かれは》に会わせてくれないか」

「はい。いつに、致《いた》しましょう」

断《ことわ》られるかもしれないと思ったがあっさりと頷《うなず》かれ少し拍子抜《ひょうしぬ》けする。

「いいのか？　だったら、できれば今日」

「夕食を、ご一緒《いっしょ》なさいますか？　ハンバーグは、お好《す》きでしょうか」

「いや、そこまでしなくていいよ」苦笑《くしょう》する。

無表情で何を考えているのかわからないが、意外に世話焼きなのかもしれない。

灰原《はいはら》の首を切り落とした張本人《ちょうほんにん》だ。正直《しょうじき》なところ、姿《すがた》を見た瞬間《しゅんかん》にその記憶《きおく》が甦《よみがえ》って声を掛《か》けるのをやめようかと思った。憎《にく》くないかといえば嘘《うそ》になる。別にこいつが灰原を殺した訳《わけ》ではないと理屈《りくつ》ではわかっていても、感情が付いていかない。

だが——やけに家庭的なことを口にされたからか、妙《みよう》に気が緩《ゆる》んでしまった。

灰原の首を切り落としたのだって、主人《しゆじん》である枯葉を助けるためだ。悪意《あくい》はなかったのだろう、そう思おう。この場では少なくともわだかまりを持っても仕方《しかた》ない。

「ちょっとあいつに尋《き》きたいことがあるんだ。電話でもいい」

「迷《まよ》い家《が》に、電話は、ございません」

「だったら……悪いけど、そうだな。夜九時頃《ころ》に待ち合わせしよう。俺が行ってもいい」

「承《たまわ》りました。では、如何《いかが》、致しましょう」

「このスーパーの駐車場《ちゆうしやじよう》はどうだ？」

「構いません」

約束《やくそく》を取り付けることができて安堵《あんど》する。

取り敢《あ》えず、枯葉からあの夜の詳《くわ》しい話を聞かないことには何も始まらない。木陰野《こかげの》が実際《じつさい》にあの事件《じけん》に関わっていたのかどうかも含《ふく》めて、できるだけ早く知りたかった。

「九時に、迎《むか》えに参《まい》りますので、ここの駐車場に、お越《こ》し下さい」

直立不動《ちよくりつふどう》に無表情でそう言った棺奈に、景介は少し笑った。

「ありがとう。……でも、あんたも大変だな」

「大変、とは？」

「いやその、枯葉《かれは》の世話とか。本家《ほんけ》に対して使用人みたいなことしなくちゃいけない分家《ぶんけ》ってのも前時代的《ぜんじだいてき》だ。……あ、でも、木陰野《こかげの》や日崎《ひざき》はあいつに対してそんなでもなかったな」

世間話《せけんばなし》のように、何気《なにげ》なく口にしたことだった。

しかし——棺奈《かんな》の返事は、景介《けいすけ》の首を傾《かし》げさせる。

「本家と、分家の、間には、主従《しゅじゅう》関係は、ありません」

「え？」

「分家の、方々は、本家を立てます。敬意《けいい》も、払《はら》います。一族《いちぞく》の決めごとに、関しても、最終的な、決定権は、本家が、持ちます。ですが、それは、分家の、総意《そうい》を、得《え》てからのこと」

「でも、あんたは……」

「棺奈は、一族の者では、ありません」

彼女は言った。

「棺奈は、くさりめです」

耳慣《な》れない単語《たんご》に景介は眉《まゆ》をひそめる。

「なんだそりゃ」

「本当は、一族の方々以外に、話しては、ならないのですが」

言葉と裏腹《うらはら》に躊躇《とまど》う仕草《しぐさ》も見せず、棺奈が続ける。

「お嬢《じょう》さまより、あなたに、聞かれたことは偽《いつわ》りなく話せ、と、仰《おう》せつかって、おりますので。

……棺奈は、くさりめ。『蔵物《ぞうぶつ》』を、埋《う》め込まれた、生き死人に、ございます」

「ぞうぶつ？」

いや、それより。

――生き死人、だって？

生きている死体、そういう意味なのか。それとも別の字を当てる、一族独自《どくじ》の言葉《ことば》なのか。

急に不安混《ま》じりの疑問《ぎもん》が鎌首《かまくび》をもたげてくる。

「蔵物とは、一族に伝《つた》わる、秘伝《ひでん》の道具。呪《ノロイ》と病《ヤマイ》、汚《ヨゴレ》と穢《ケガレ》により、造《つく》り出された、忌《い》むべき宝《たから》」

棺奈の表情は変わらない。

いや、無い。

表情そのものが欠如《けつじょ》している。……まるで死人のように。

「棺奈は、死人です。胸《むね》に『ぐるの槍《やり》』を、埋め込まれて、います。これを、埋め込まれた、死体は、一族のため、本家のため、働《はたら》く、くさりめに、なります」

くさりめ。

鎖女《くさりめ》。――腐《くさ》り女《め》？

「じゃあ、あんた……まさか」

恐《おそ》れに震《ふる》える景介《けいすけ》の問《と》いに、

「元《もと》は、景介さまと、同じ。ただの、人間に、ございます」

まるでコンピュータボイスにも似《に》た、途《と》切《ぎ》れ途切れの無機質《むきしつ》な声。

――そういえば。

あの夜、灰原《はいはら》の死体をこいつが奪《うば》った時。触《ふ》れた手から体温が感じられなかった。陶磁器《とうじき》にでも触れられているような気さえした。一族《いちぞく》は体温が低い？　そんなはずはない。枯葉《かれは》の吐息《といき》や掌《てのひら》は、人間とまったく変わらない温《あたた》かみを持っていたのに。

「本当……に？」

声は消え入るようだった。

それほどまでに、ショックだった。

どうしてだろう。自分はもっと頭のおかしくなるような、非常識《ひじょうしき》なことをこの目で見たではないか。クラスメイトの首が切り落とされ別の少女の首とすげ替わる様《さま》を。

それなのに、たかが死体が動いて喋《しゃべ》っているだけで――。

「……ああ」

理由に気付いたのは、胸《むね》の奥《おく》にある感情が湧《わ》いてきたからだ。

「なんだよ。そうか……畜生《ちくしょう》め」

感情。それは、

痛《いた》みにも似《に》た、怒りだった。

枯葉が灰原と首をすげ替えたのは、生きるためだ。あいつは死にかかっていた。灰原の身体《からだ》を使わなければ自分の命が危なかった。それに、鈴鹿《すずか》の一族は喪着《もぎ》を行《おこ》なわないと子を産《う》めず、種《しゅ》として絶《た》えてしまう。それならあんな行為《こうい》も仕方《しかた》ないことだと諦《あきら》めもつく。自分たち人間が生物を食わないと生きていけないのと同じだと。

それに景介には、枯葉が灰原のことをちゃんと大事《だいじ》に思っているように見えたのだ。彼女を選《えら》び、身体を使わせてもらったことは自《みずか》らの誇《ほこ》りだと、堂々《どうどう》と胸《むね》を張っていたから。だからまだ許《ゆる》せた。いや——責《せ》められなかった。

でも、違《ちが》う。

い、い、これは違う。

「人間の……死体を？　生き返らせて、召使《めしつか》いにだって？」

ふざけるな。馬鹿《ばか》にするな。

ひとりの人間をただの道具にして都合《つごう》よく使う。

そこに何の誇りがある？　繁栄派《はんえいは》とやらとどう違う？

それを聞いてしまっては、棺奈《かんな》がこうなった経緯《けいい》だって怪《あや》しいものだ。灰原の時のように死体を見付けたのか、或《ある》いは死体を作ったのか。後者《こうしゃ》であったって不思議《ふしぎ》はない。

「あんたは……いいのかよ。死んでまでそんな、訳《わけ》のわからないものにされて……」

たまらず棺奈《かんな》に詰《つ》め寄《よ》るが、彼女は何の反応《はんのう》も示《しめ》さない。

「棺奈には、生前《せいぜん》の記憶《きおく》など、ありません」

「なんとも思わないのか！」

「自《みず》らの、意思《いし》も、存在《そんざい》しません。棺奈は『ぐるの槍《やり》』に、封《ふう》じられた、一族《いちぞく》の皆様《みなさま》に、対する、忠誠規範《ちゅうせいきはん》のみに、従《したが》って、行動して、おります」

「感情は？　嬉《うれ》しいとか、悲しいとか……」

「ありません」

「痛《いた》みは？　殴《なぐ》られたり転《ころ》んだりしたら、血《ち》くらいは出るんじゃないのか」

「痛覚《つうかく》も、ありません。血流《けつりゅう》も、止まっております」

まるで淡々《たんたん》と、尋《き》かれたことを答えているだけのような。

その様子《ようす》に胸《むね》が痛《いた》い。

元《もと》はこの人だって、泣いたり笑ったり怒《おこ》ったり、普通《ふつう》の人生を送っていたはずだ。

家族もいただろう。もしかしたら恋人も。

幸《しあわ》せだったかもしれない。不幸せだったかもしれない。でも、そういう積《つ》み重ねを、人生を——こんなふうに使われるなんてこと、同じ人間である自分に、許《ゆる》せるはずがない。

運《うん》が悪ければ灰原《はいはら》だってこうなっていたかもしれないのだ。死体を道具のようにこき使われて、知り合いに再会《さいかい》しても能面《のうめん》のような表情で、なんの感情も宿《やど》さずに。

考えただけで気分が悪い。

そもそも枯葉《かれは》の話は、果《は》たして本当なのだろうか。

矜持《きょうじ》がどうのとか灰原に対する敬意《けいい》だとかもちろんだけれど、こんなものを見せられてしまうとすべてが疑《うたが》わしくなる。そう——あの美術室《びじゅつしつ》での一件《いっけん》に関わるすべてに関しても。

枯葉は話していた。

繁栄派《はんえいは》の連中から追われ、学校、美術室の横の用具室に姿《すがた》を隠《かく》していた。その時偶然、数人が灰原を連れてそこにやってきた。いじめの最中《さいちゅう》に勢《いきお》いあまって偶然灰原が死んでしまい、加《か》害者《がいしゃ》たちは逃げ出し、枯葉が美術室に出てきたところで偶然景介《けいすけ》が来た、と。

よくよく考えてみれば、偶然が多過《おおす》ぎる。

もしかして、偶然は最後のものだけだったのではないか？

最初から枯葉は灰原に目を付けていて、殺すつもりだった。そうして木陰野《こかげの》を使い美術室に連れ込んだ。灰原が景介に電話を掛《か》けて助けを求めたのだけが予定外で、見られたからには仕《し》方《かた》ないとばかりに仲間《なかま》に引き込もうとした——秋津《あきつ》に教えられた、木陰野の友人が灰原のいじめに加担《かたん》していたらしいという話とも辻褄《つじつま》が合う。

つまり木陰野だけではなく、一族の奴《やつ》らすべてが共犯《きょうはん》関係だったとしたら。

そもそも繁栄派が里《さと》を襲《おそ》ったなんていう話だって本当なのかどうか。

あいつらは全員、人間のことを餌《えさ》か道具くらいにしか思っていなくて、争《あらそ》いなんていうのもただの仲間割《なかまわ》れで、その余波《よは》でこちら側《がわ》に害悪《がいあく》をまき散《ち》らしているだけなんじゃないか。

「……おい、待《ま》てよ？」

と――。

景介《けいすけ》の中で、ふと思考回路《しこうかいろ》が繋《つな》がる。

人間を殺し、利用する化《ば》け物《もの》の一族《いちぞく》のことと――利用された人間の末路《まつろ》のことが。

一族に身体《からだ》を奪《うば》われた人間は死ぬ。

けれど死体は見付からない。

だったら、まさか。

「……あ」

そうだ。

どうして今まで気付かなかったのか不思議《ふしぎ》なほど、当たり前のことだった。

きっと心の奥《おく》で拒絶《きょぜつ》しようとしていたのだろう。それは考えたくもない結果だったから。景介がずっと、微《かす》かに縋《すが》っていた希望を打ち砕《くだ》く、最悪のものだったから。

「……気が変わった」

怒《いか》り。悲しみ。衝撃《しょうげき》。

すべてを通り越《こ》して、自分でもぞっとするほど冷たい声が出た。

「さっきの話、時間を早めてくれ。七時頃《ころ》でいい」

「よろしいの、ですか」

何故《なぜ》、と理由を問《と》うこともない棺奈《かんな》。

恐《おそ》らく疑問《ぎもん》に思ってすらいないのだろう。死体は考えない。

「いい。ただ、条件《じょうけん》がある」

「なんでしょう」

「場所は学校にしてくれ」

迷《まよ》い家《が》に、相手《あいて》のテリトリーにわざわざ踏《ふ》み込む愚《ぐ》はない。

「それから……来るのは枯葉《かれは》ひとりだ。木陰野《こかげの》も日崎《ひざき》も呼ばなくていい」

余計《よけい》な邪魔《じゃま》が入っても困《こま》る。

「はい。承《たまわ》りました」

景介の表情と気配《けはい》が豹変《ひょうへん》したにも拘《かかわ》らず、棺奈は素直《すなお》に頷《うなず》く。

じゃあ頼《たの》む、とひと言《こと》だけ発し、景介は彼女に背《せ》を向けた。

自分はどうかしていた。

こんな簡単《かんたん》なことに思《おも》い至《いた》らなかった理由は他にもある。あいつらのことを信じかけていたのだ。木陰野や日崎がクラスメイトだったから。枯葉の態度《たいど》が真摯《しんし》に見えたから。どちらにせよ、馬鹿《ばか》だった。呑気《のんき》にもほどがある。ふざけるな。

買い物のことなどすっかり忘れ、そのままスーパーから出て駐車場《ちゅうしゃじょう》を横切る。しばらく足早に進み、人気《ひとけ》のない路地《ろじ》に入ったところで立ち止まった。

周囲《しゅうい》を見渡《みわた》す。

つまらない町だ。高度経済成長《こうどけいざいせいちょう》の時にそれなりの発展《はってん》を遂《と》げ、けれど高層《こうそう》ビルが立ち並《なら》ぶほどではない。生活に不便《ふべん》はない代わりに生活に必要《ひつよう》ない娯楽《ごらく》に欠《か》けた、中途半端《ちゅうとはんぱ》な田舎《いなか》。新興《しんこう》住宅地《じゅうたくち》と古くからの建物《たてもの》、商店街《しょうてんがい》と田園《でんえん》が入り混《ま》じり、ちょっと山の方に入れば『となりのトトロ』でもいそうな日本《にほん》の風景《ふうけい》が広がっている。

彼女たちは、そんな町に嫌気《いやけ》が差して、出て行ったのだと思いたかった。

東京かどこか、ここよりももっと刺激的《しげきてき》な場所で、今も楽しく暮《く》らしているんだ、と。

「ふざけんな……よ」

どうして地続《じつづ》きのはずの東京ではなくて、非常識《ひじょうしき》な化《ば》け物《もの》の世界《せかい》なんだろう。

「姉さん」

俯《うつむ》き、久《ひさ》しぶりに――八年ぶりにその単語《たんご》を口にした。

他人に説明《せつめい》する時の『姉貴《あねき》』ではなく、その人に呼び掛《か》けていたあの頃《ころ》のように。

姉だけではない。

尾ノ上《おのうえ》も、灰原《はいはら》も。

みんな、どこかに行ったのではない。
い、い、い、い、い、い、
どこにも行けなかったのだ。
「……畜生《ちくしょう》」
耐《た》えきれなくなって踞《うずくま》り、景介《けいすけ》はその場で声を殺して泣いた。
誰《だれ》も通りがかる者はいない。
市役所《しやくしょ》の流す、五時を告《つ》げる『夕焼け小焼け』のメロディーが遠くから聞こえてくる。

4

『今日は遅《おそ》くなるから買い物は無理《むり》』とだけメールを送り、家には帰らなかった。

本音《ほんね》を言えば一度自宅《じたく》で気を落ち着けたくはあったが、今は母親の顔を見るのがつらい。

それに、落ち着いて冷静《れいせい》になってしまえば、恐怖心《きょうふしん》が出てくるかもしれなかった。

首を切っても死なない。人間の死体を操《あやつ》る。普通《ふつう》に歩いては辿《たど》り着けないような家を持っている。他にもまだ何かあるかもしれない。というより、ない方がおかしい。そんな化け物に対して、武道《ぶどう》や格闘技《かくとうぎ》に興味《きょうみ》すらない一介《いっかい》の高校生である自分はあまりに無力《むりょく》だ。

もちろん、戦《たたか》うだの殺すだのは考えていない。

姉の、灰原の、尾ノ上の仇《かたき》を取ってやりたいという気持ちはあるが、だからといって返り討《う》ちに遭《あ》うのはごめんだ。誰《だれ》かがいなくなるというのがどういうことか、景介《けいすけ》はよく知っている。それは自分の身《み》に起きたとしても同じことだった。姉がいなくなったばかりの頃《ころ》、事情がよくわからなかった景介は一度「僕も姉さんのところに行く」と母に言ってしまったことがあった。母は幼《おさな》い息子《むすこ》の前で取り乱《みだ》し、景介を抱《だ》き締《し》めて泣いた。そんなこと言わないで。お願《ねが》いだからあなたまでいなくなってしまわないで、と。

ただ、友人を殺し、姉を殺したかもしれない相手《あいて》を前に泣き寝入《ねい》りするほど人間ができてもいない。文句《もんく》でも言わないと、自分の感情を相手にぶつけないと気が済《す》まなかった。

少なくとも真実《しんじつ》を知りたいと思う。

灰原《はいはら》がどういうふうに死んだのか。尾ノ上《おのうえ》や姉さんを殺したのはいったい誰なのか。それがわからないと自分は先に進めない。悲しみや痛《いた》みを抱《かか》えたまま、それらが自分の一部になってしまうまでただじっとやり過《す》ごすのは——時間に解決《かいけつ》を委《ゆだ》ねるのは、もうごめんだ。

コンビニで読むつもりもない雑誌《ざっし》の文字だけを目で追って七時を待《ま》ち、景介は学校へと再《ふたた》び戻った。金曜日の夜と同じように人はまだ残っているようだが、多少の騒《さわ》ぎが目立つほどでもない。校内もそこそこ広いから大丈夫《だいじょうぶ》だろう。

そこで気付く。……場所を指定していなかったことに。

「あ……しまった」

うっかりしていた。というよりも、頭に血《ち》が上《のぼ》ってしまって思《おも》い至《いた》らなかった。

自分の間抜《まぬ》けさに呆《あき》れる。これでは会えるかどうかわからないではないか。

それに、枯葉《かれは》に景介を捜《さが》して校内をうろつき回られても困《こま》る。あいつはたぶん、学校がどういう場所かもよくわかっていない。私服《しふく》どころか着物姿《きものすがた》で来る可能性《かのうせい》も高い。

「どうすっかな」

頭を掻《か》きながら、取り敢《あ》えず美術室《びじゅつしつ》に行ってみようと思った。

初めて会った場所だ、きっと立ち寄《よ》るだろう。

あの日のことを思い出して苦《にが》い気分になりながら、景介は校舎《こうしゃ》に向かって足を進めた。

目の前に体育館と校舎を繋《つな》ぐ渡《わた》り廊下《ろうか》が見える。そこから中に入れるかと思ったが鍵《かぎ》がかかっていたので、正面《しょうめん》の玄関口《げんかんぐち》へ行こうとした。

その時だった。

「あれ、けーくん？」

薄闇《うすやみ》の向こうから、知った声がこっちに向かって投げ掛《か》けられる。

「どうしたのー？　こんな時間に」

おっとりした、呑気《のんき》ともとれる柔《やわ》らかい喋《しゃべ》り方。

歩いてきたのは、

「……日崎《ひざき》」

日崎歩摘《ほづみ》だった。

「お前こそ、何してるんだ」

枯葉《かれは》が喋《しゃべ》ったのか、と警戒《けいかい》しつつ問《と》う。

「バレー部、今終わったところなんだ」

彼女はひとりだった。友人が近くにいるふうでもない。

「そうか」

「どうしたの？　雰囲気《ふんいき》、暗いけど……」

「尋《き》きたいことがある」

枯葉に会えるかどうかわからないのであれば、こいつでもいい。

「え、何……？」

緊張《きんちょう》と同時に身体《からだ》が冷たくなっていくのを自覚《じかく》しつつ、景介《けいすけ》は息《いき》を吸《す》い——言った。

「尾ノ上梨々子《おのうえりりこ》。それから、霧沢雅《きりさわみやび》。このふたりの名前に、覚えはないか？」

「けー……くん？」

「答えろ」

「え、待《ま》ってよ、何言ってるのか、わからないよ？　それに、けーくん、顔が怖《こわ》……」

「いいから答えろ！　知ってるのか、知らないのか！」

思わず声を荒げる。

日崎《ひざき》は怯《おび》えたように後じさった。その態度《たいど》に苛立《いらだ》つ。

どうしてこいつは、俺程度《ていど》にそんな態度をとるんだ？

人間なんてお前たちにとってはただの道具、餌《えさ》のはずだ。いつでも捻《ひね》り潰《つぶ》せる虫みたいなもののはずだ。それなのに——どうして人間の振《ふ》りをする？

「尾ノ上ってのは灰原《はいはら》の親友だ。あいつがいなくなってから灰原はすっかり塞《ふさ》ぎ込んで、新しい友達も作らなくなっちまった。それに霧沢雅は俺の姉さんだ。ふたりとも……失踪《しっそう》したと思ってた。でも、違《ちが》うんじゃないのか？　本当はお前たちと……関係あるんじゃないのか？」

俯《うつむ》いた日崎に、なおも。

「お前の知ってる範囲《はんい》でいい、言えよ！」

糾弾《きゅうだん》するように、叫《さけ》ぶ。

ややあって。

顔を上げないままにゆっくりと、酷《ひど》く弱々しい声で、彼女は呟《つぶや》いた。

「……もし関係あったとしたら、けーくんは……どうするの？　私たちを殺すの……かな」

「どうもしないさ」

吐《は》き捨《す》てた。相手《あいて》の感情を慮《おもんぱか》っている余裕《よゆう》はなかった。

「お前たちが化《ば》け物《もの》だってことがわかっただけで……それでいい。俺はお前らとは違う。人間なんだ。友達や姉さんが殺されてたからって殺し返したりすれば、化け物と同じだからな」

自分でもわかっていた。そんな科白《せりふ》は自己防衛《じこぼうえい》と欺瞞《ぎまん》に過《す》ぎないことに。

　本当は許《ゆる》せないし、殺してやりたい。

　でも、できない。自分にはその力も、度胸《どきょう》もないから。

　ああ、そうだ——だから性悪《しょうわる》らしく、精一杯《せいいっぱい》の皮肉《ひにく》と厭味《いやみ》を言ってやる。

「けーくん……なんで？」

「お前は悪くないかもしれない。まだ喪着《もぎ》も行《おこ》なってないって言ってたもんな。……それでもやっぱり、お前たち一族《いちぞく》は人間を殺して数を殖《ふ》やす、人間にとっては化《ば》け物《もの》なんだよ。だったら、灰原《はいはら》が尾ノ上《おのうえ》を喪《うしな》ったのは、俺が姉さんや灰原を喪ったのは……お前たちのせいだ」

　少しの沈黙《ちんもく》。

「……そっか」

　先に口を開いたのは、日崎《ひざき》だった。

「やっぱりけーくんも、同じなんだ」

　今にも泣きそうなクラスメイトの顔。

　それに罪悪感《ざいあくかん》がある。胸《むね》が痛《いた》んだ。

「私を、化け物って言うんだね。私……好《す》きなのに。人間が好きなんだよ？　友達だっていっぱいいるのに。それでも……駄目《だめ》、なのかなあ」

「知るかよ、そんなこと！」

　同情と怒《いか》りが鬩《せめ》ぎあい、自棄《やけ》になって叫《さけ》んだ。

「俺だってお前のこと友達だと思うし、気に入ってるさ！　けど……どうしていいのかわからないんだ。俺には大事《だいじ》な人たちがいて、でもそいつらはお前らのせいで死んじまったかもしれなくて！　だから……だから俺はただ、質問《しつもん》に答えて欲《ほ》しいだけだ！　姉さんと尾ノ上がどうなったか……それがわからないと、俺は……」

ああ——そうだ。そうなのだ。

景介《けいすけ》だって、できるならこいつらを信じたい。

天然《てんねん》でアホっぽいけど優《やさ》しい日崎を、さばさばとしていて男友達のように付き合える木陰野《こかげの》を、灰原のことを誇《ほこ》らしげにしていた枯葉《かれは》を。

決して悪い奴《やつ》らじゃない、自分の持ったそんな印象《いんしょう》を裏切《うらぎ》っていて欲しくはない。

「この身体《からだ》に生まれたことが恨《うら》めしいよ」

日崎は震《ふる》える声で口にした。

「みんなと学校でお喋《しゃべ》りしたり遊びに行ったりしても、ずっと後ろめたかった。私は隠《かく》し事《ごと》をしてるんだって、本当の自分を誰《だれ》も知らないんだって思うと、友達なんて誰もいないような気がして。だから……だからね、勇気を出して言ったんだよ？」

まるで独白《どくはく》のように。景介にではなく、別の誰かに話しているように。

「この人なら大丈夫《だいじょうぶ》だって思って、告白《こくはく》したんだ。私、本当は人間じゃないの、って。証拠《しょうこ》も見せた。でも、ダメだったよ。怖《こわ》がられて、化け物って言われて……」

「おい……待《ま》て」

そこまで聞いて、様子《ようす》がおかしいことに気付く。

――勇気を出して言った、だって？

景介《けいすけ》は確《たし》かにさっき日崎《ひざき》を拒絶《きよぜつ》してしまった。が、彼女が一族《いちぞく》であることを本人の口から聞いた訳《わけ》ではない。木陰野《こかげの》のリストを見て知ったのだ。それに『証拠《しようこ》』なんて知らない。

じゃあ、だったら……誰に？

日崎は言葉《ことば》を紡《つむ》ぎながら、手に持っていた鞄《かばん》をまさぐる。

「私、人間が好《す》きだよ」

顔を上げ、こっちを見てくる。

その目はいつもの日崎と、どこか違《ちが》う。

「でも、大嫌《きら》い。人間なんて大っ嫌い。私はみんなに好かれたくて頑張《がんば》ってるのに。明るく振る舞《ま》ってみんなを笑顔《えがお》にさせたいって思って無理《むり》してるのに……私が違うってわかった途端《とたん》、掌《てのひら》を返して拒絶《きよぜつ》するんだ。ねえ、どうして駄目《だめ》なの？　あんなに頑張ったのに、どうして？　そのくせにあんな……暗くて内気《うちき》で、周《まわ》りに打《と》ち解ける努力もしようとしないような娘《こ》の方が大事《だいじ》なの？　同じ人間だから？　許《ゆる》せない。許せないよね、そんなの」

「……日崎、まさか」

彼女が鞄から取り出したのは、棒状《ぼうじよう》の何か。

留《と》め金《がね》を中心に畳《たた》まれていたものが開かれる。鈍《にぶ》く黒い、金属製《きんぞくせい》の扇子《せんす》だった。

「お前、まさか」

「中学の時、塾《じゅく》で知り合ったんだ。すぐ仲良《なかよ》くなって、大好きになった。取り繕《つくろ》ってるだけの私と違って本当に明るくて元気で、一緒《いっしょ》にいるだけで楽しくなれた。けーくんも知ってるでしょ？　だってこの『けーくん』って呼び方、あの娘《こ》も使ってたもんね」

確かに高校に入って初めてそう呼ばれた時、既視感《きしかん》はあった。でも今までもそう呼んできた奴《やつ》がいなかった訳じゃないから気にも留《と》めなかった。

嘘《うそ》だ。そんなはずはない。

だってまさか、今までこんな近くにいたなんて――。

扇《おうぎ》を拡《ひろ》げた日崎は、凍《こお》り付いたような薄笑《うすわら》いで景介に一歩《いっぽ》近付く。

「ごめんね。ひとつだけ、嘘、ついてた。私……喪着、もう済ませてるんだ」

扇子を持った指、手は、やけに白い。

そうだ。あいつも色白《いろじろ》だった。

背格好《せかっこう》も似《に》ている。当時の、まだ背《せ》が伸《の》びきっていなかった景介と同じくらい。

そのことでたまにからかわれていた。

まだ伸びないの？　もしかしてこのまま止まっちゃったりして。ねえ吉乃《よしの》、どう思う？

思い出す。中学一年の二学期だ。

話を振《ふ》られて困《こま》った灰原《はいはら》が戸惑《とまど》うのを気にするふうもなく、でもそれはあいつなりの気遣《きづか》いで。まともに面識《めんしき》もなかったふたりに会話をさせようと思っていたのだろう。

ああ――当時《とうじ》から灰原は、俺のことを気にしていたのかもしれない。

あいつ暗いよな、と何気《なにげ》なく言った時、あの娘《こ》はいい娘だよ、とちょっと怒《おこ》られた。優《やさ》しくて、芯《しん》が強くて、私とは正反対でとっても可愛《かわい》いの。

吉乃《よしの》の魅力《みりょく》がわかんないけーくんはまだまだ子供だね――なんて。

「……尾ノ上《おのうえ》」

「そうだよ、けーくん」

日崎《ひざき》が笑った。

「りりちゃんは、ここだよ。拒絶《きょぜつ》されたから……奪《うば》うしかなかったの」

殺した、のか。

「もしかして、お前……灰原も？」

「私が中心になってた訳《わけ》じゃないよ」

違《ちが》うと言って欲《ほ》しかった景介《けいすけ》の希望《きぼう》を無視《むし》し、あっさりと肯定《こうてい》する。

「言い始めたのはバレー部の同級生《どうきゅうせい》。ムカつくから、って。よく知らないけど、彼女の好きな人が灰原さんに告白《こくはく》して、断《ことわ》られたのが原因《げんいん》みたい。くだらないよね、人間って最低。だから私、本当は加《くわ》わるつもりなんてなかったんだ。でも……その人が、りりちゃんがよく話してた『親友』だってわかって。証明《しようめい》したくなっちゃったの。本当に灰原さんがりりちゃんの言う通り、強くて優しい娘なのか。私よりも友達にする価値《かち》がある人なのか」

扇《おうぎ》が日崎の――元《もと》は尾ノ上のものだった手によって、軽く振られる。

同時に何か透明《とうめい》な鋭《するど》いものが巻《ま》き起こり、景介の頬《ほお》を打った。反射的《はんしやてき》に触《ふ》れると温《あたた》かいぬめりがある。遅《おく》れて、痛《いた》み。頬が切れていた。

「『白銀《しろがね》りょうげ』っていうの」

蔵物《ぞうぶつ》とかいうもののひとつなのだろうか。

鉄扇《てつせん》は唸《うな》る。

「りりちゃんも、これで死んだよ。そして、けーくんも。……私を拒絶《きよぜつ》したけーくんも」

日崎は笑っていなかった。

いつものほほんとしていて笑顔《えがお》を絶《た》やさなかったクラスメイトは、もうどこにもいない。

「なんで……だよ」

怒《いか》りよりも悲しみ、恨《うら》みよりも痛みの方が大きかった。

尾ノ上を殺した犯人《はんにん》。灰原を殺したうちのひとり。

それが目の前にいるのに、景介の胸《むね》を包《つつ》むのは、空虚感《くうきよかん》でしかなかった。それは、姉や尾ノ上が失踪したと知った時と同じ――近しい人がいなくなってしまったという思い。

事実を求めていたはずなのに、聞かなければよかったとすら思う。

「さよなら、けーくん。期待《きたい》してた私がいけなかったんだよね」

裏切《うらぎ》られたと感じる景介《けいすけ》と同様《どうよう》に、恐《おそ》らく日崎《ひざき》もまた裏切られたと感じているのだろう。

感情のやり場がどこにもない。このまま死ぬのか俺は、とぼんやりと思い、

「……そこまでだ」


背後《はいご》から聞こえた、妙《みよう》に偉《えら》そうな、その癖《くせ》に幼《おさな》さの残る声で、我《われ》に返った。

「景介から離《はな》れろ。……歩摘《ほづみ》」

鉄扇《てつせん》を振りかざした日崎の手も止まる。

「まったく。何をしているのだ。お前たちは」

呆《あき》れたような口調《くちよう》。同時にどこか悲しみの色を孕《はら》んでいる。

愕然《がくぜん》とした様子《ようす》で日崎が、そいつの名を口にした。

「枯葉《かれは》……ちゃん」

真《ま》っ直《す》ぐに背《せ》まで伸《の》びた、黒い緑髪。紅い牡丹《ぼたん》の模様《もよう》が入った純白《じゆんぱく》の着物。

彼女はゆっくりと歩み、そして。

日崎の前、景介を護《まも》るようにして立ちはだかる。

「すまなかった、景介」

首だけで振り返り、横顔に寂《さび》しそうな笑顔を見せた。

「言い訳《わけ》はせん。確《たし》かに棺奈《かんな》は元々《もともと》人間だ。……お前にとっては気分が悪い話だろう」

「棺奈は、本来《ほんらい》、枯葉さまの姉君《あねぎみ》、木春《こはる》さまに、仕《つか》えていた、くさりめです」

後ろから途《と》切《ぎ》れ途切れに喋《しゃべ》る女性の声が聞こえた。棺奈だ。

「棺奈を、造《つく》ったのは、前頭首《ぜんとうしゅ》さまです。木春さまと、親しかった、生前《せいぜん》の私が、病死《びょうし》する前に、そうして欲《ほ》しいと、言い遺《のこ》した、そうです」

言葉《ことば》足《た》らずでした、と、景介に頭を下げる。

背負《せお》った大きな白木《しらき》の箱《はこ》が、それに合わせてひょこんと動いた。

「だがな、景介。これだけはわかって欲しい。棺奈はお前の言うような小間使《こまづか》いでも、道具などでもない。父さまも母さまも姉さまも殺されたあの日——傷付《きずつ》いた妾《わたし》を助けてくれた恩人《おんじん》であり、今やたったひとりの……家族だ」

景介は何も言えない。

信じるとか信じないとか以前に、圧倒《あっとう》されてしまう。

枯葉の目は、声は、それほどまでに真っ直ぐで、澄《す》んでいた。もしこれが——こんな目をして嘘《うそ》を吐《つ》いているのなら、こいつは希代《きたい》の詐欺師《さぎし》だろうと思えるほどに。

「身内《みうち》の恥《はじ》で迷惑《めいわく》を掛《か》けたな。傷《きず》は大丈夫《だいじょうぶ》か？」

「あ、ああ」

反射的《はんしゃてき》に頷《うなず》くと、よかった、と笑う。心の底から安堵《あんど》しているような、優《やさ》しい顔で。

「さて……歩摘《ほづみ》」

枯葉《かれは》は日崎《ひざき》へと向き直る。

「お前は一体、何をしている？」

一転。

今までとは打って変わって、苛烈《かれつ》と言ってもいいほどの気配《けはい》で。

「信じたくはなかったが……本当だったか」

「な……に。どういう……」

対してあからさまに狼狽《ろうばい》する日崎。

「私……ただ……けーくんと、喧嘩《けんか》、しちゃって……」

言《い》い訳《わけ》にもなっていない弁明《べんめい》を遮《さえぎ》って、枯葉の追及《ついきゅう》が始まる。

「尋《き》こう。妾《わたし》がここに身《み》を隠《かく》した日のことだ。妾は建物の中に何枚か貼《は》り紙をしていた。人間には通じない一族《いちぞく》の文字で、妾の居場所《いばしょ》を記《しる》したものをだ。それを見付けたのは棗《なつめ》で、読んですぐに剝《は》がしたらしい。繁栄派《はんえいは》に見られてはいけないとな」

あれもまったく世話焼《せわや》きだ、と少し笑い。

「で、お前は……棗からめーるとやらでそのことを知らされたというのに、何をしていた？」

「わた……し、は」

「お前は言ったな。着信《ちゃくしん》に気付かなかった、本当にごめんなさい、と。それは本当か？　本当なら、何故《なぜ》あの日……お前は美術室《びじゅつしつ》で行《おこ》なわれた吉乃《よしの》への暴行《ぼうこう》に参加しなかったのだ？」

「おい、どういうこと……だ？」

景介《けいすけ》は思わず問《と》う。枯葉が答える。

「さっき聞かせてもらった。お前は吉乃を日常的《にちじょうてき》に暴行していた者たちに加担《かたん》していたそうだな。だが少なくとも、あそこに隠《かく》れていた妾たちにはお前の声は聞こえなかった。……知っていたのではないか？　妾があそこにいたことを。だから、来なかった」

びくりと日崎が震《ふる》える。図星《ずぼし》だったのだろうか。

「それにお前はどうしてあの日、学校に行っていたのだ？　里《さと》が焼かれたばかりで、妾のみならず本家《ほんけ》の者はみな行方《ゆくえ》知れず。繁栄派の連中はもちろん本家に味方《みかた》する者も学校を休んで妾たちを捜《さが》しまわっていた。そうしなかったのはお前を除《のぞ》けば、里を出ていたが故《ゆえ》に一族の有事《ゆうじ》に対してどうするべきかを思い悩《なや》んでいた……棗だけだ」

確《たし》かに週末の金曜日、日崎はいつもと変わらない様子《ようす》だった。

考えてみれば変な話だ。どうして里が焼失《しょうしつ》したのに、平然《へいぜん》と登校《とうこう》してきているのだ。クラスの中で火事《かじ》の話題が出ても、特に表情も変えていた記憶《きおく》はない。

「棗は妾の居場所を夕刻《ゆうこく》になって知り、お前に連絡した。他の者たちにも知らせて欲《ほ》しい、と。その上でお前から返事がなかったので妾を救出《きゅうしゅつ》に向かった。来たのは妾が喪着《もぎ》を済《す》ませ、景《けい》介《すけ》がそれを見て卒倒《そっとう》した直後だったがな」

少しからかうように景介《けいすけ》を見て笑うが、すぐに表情と気配《けはい》は鋭《するど》いものに戻る。

「実はな、歩摘《ほづみ》。……今日、お前ひとりを学校に行かせたのは、型羽《かたは》の助言《じょげん》だ」

「型羽……ちゃん、が？」

景介の知らない名だったが、一族《いちぞく》の者だろう。

「もし歩摘が裏切《うらぎ》っていたら、繁栄派《はんえいは》に連絡を取るかもしれないから、と。妾《わたし》は反対したのだぞ？　お前がそんなことをするはずがないと思っていたからだ」

「おい、だったら木陰野《こかげの》は？」

「すまんな、景介。あやつにはお前と歩摘の監視《かんし》をさせていた。歩摘のことはともかく、お前には繁栄派の連中が累《るい》を及ぼすかもしれんと思ったのでな」

全然気付かなかった。蔵物《ぞうぶつ》とかいう妙《みょう》な道具でも使っていたのだろうか。

「まあ……結局、こちらの意図《いと》とはまったく別のところでこうなってしまったが」

ぽつりと呟《つぶや》き、枯葉《かれは》はしばらく沈黙《ちんもく》した。

景介の頭の中では、それと反比例するかのように情報《じょうほう》が氾濫《はんらん》する。

状況《じょうきょう》がよく呑《の》み込めない。つまり、どういうことだ？

灰原《はいはら》が死んだ日、日崎はその場にいなかった。

それは彼女が、枯葉を、本家《ほんけ》を裏切っていたから。そのことがばれないようにするのに手一《ていっ》杯《ぱい》で、クラスメイトをいじめる遊びなどに加《くわ》わっているどころではなかったということか。

日崎がそうだったのなら、木陰野は灰原のいじめとは無関係だということになる。自然、枯葉もまた同様《どうよう》で――すべては景介の思い込み違いによる誤解《ごかい》だった。

だけど、尾《お》ノ上《うえ》を殺したのは日崎《ひざき》、これは間違《まちが》いない。そして灰原のいじめは以前から継続《けいぞく》的《てき》に続いていて、そのメンバーの中に日崎もいたのも事実。

「何故《なぜ》だ、歩摘」

枯葉が静《しず》かに、日崎へ問《と》うた。

「お前は人間が好《す》きだったのだろう？　それなのに、どうして」

「私は……」

俯《うつむ》き、鉄扇《てっせん》を持った手もだらりと下げた日崎は、ややあって悲壮《ひそう》な声で答える。

「私は、その人間に拒絶《きょぜつ》されたんだよ？」

唇《くちびる》を咬《か》み、

「友達だと思ってたのに。わかってくれるって思ってたのに、裏切られた。かつて一族が、始《し》祖《そ》の鈴鹿《すずか》さまがそうされたみたいに……信じていた人に、化《ば》け物《もの》って呼ばれちゃったんだよ」

「だから殺したのか？　尾ノ上梨々子《りりこ》を」

「だって……そうすれば！」

感極《かんきわ》まったのだろう。叫《さけ》ぶ。

「そうすれば、りりちゃんとずっと一緒《いっしょ》にいられるから！　ううん……りりちゃんと私が一緒にいるためには、こうするしかなかったんだもん！　化《ば》け物《もの》の私がもう怖《こわ》がられないようにするには、りりちゃんに拒絶《きょぜつ》されないようにするには……こうするしかっ！」

「なんで……どうして、灰原《はいはら》をいじめたりなんかしたんだよ」

たまらずに景介《けいすけ》は口を挟《はさ》む。

あの日、放課後、灰原に呼び止められた時のことを思い出す。

彼女は戸惑《とまど》って「何故《なぜ》誘《さそ》ったのか」と尋《き》いてきた。それはメンバーの中に自分をいじめていた日崎《ひざき》がいたからだろう。だから不安に思ったのだ。いや――ひょっとしたら、景介もそのことを知って自分をからかっているのではないかと、そんな懸念《けねん》もあったのかもしれない。

知らず灰原に酷《こく》な提案《ていあん》をしてしまっていた自分に罪悪感《ざいあくかん》がある。

が、それ以上に。

灰原にとって、尾《お》ノ上《うえ》は親友だった。いなくなってしまってから何年も、携帯《けいたい》電話に入れたメモリーを消去《しょうきょ》できないほどに大事《だいじ》な存在《そんざい》だった。それなのに、どうして彼女が――かつての親友の身体《からだ》から、酷《ひど》いことをされなければならない？

不条理《ふじょうり》に過《す》ぎる。そんなこと、あっていいはずがない。

「一族《いちぞく》の奴《やつ》らは、元《もと》の身体の記憶《きおく》とか感情を受《う》け継《つ》ぐんだろ？　だったらお前だって、灰原と仲良《なかよ》くすることだって……できたはずだ」

「……った」

返事は小さく、呟《つぶや》くようだった。

「教科書をトイレに投げ込んだりしてた。お弁当《べんとう》も。あとはお腹《なか》を殴《なぐ》ったり、ホースで水を掛《か》けたり。あの娘《こ》がけーくんのこと好《す》きだっていうのも知ってた。知ってて、けーくんとあの娘が話をした日には、色目《いろめ》使ってるんじゃないよ、って、殴ったりしてた。私……バレー部の人たちがやってるそれを、黙《だま》って見てた。そうすれば気分が晴《は》れると思ったよ。あの娘の情《なさ》けない姿《すがた》をりりちゃんに見せれば、きっと失望《しつぼう》する。そうして……私を選《えら》んで、私の身体になってよかったって思ってくれるはずだ、って。……でも、なんでかなあ？」

やがてそれは涙声《なみだごえ》に震《ふる》え、

「見てても、つらいだけだったよ？　痛《いた》いだけ……だったよ」

言葉《ことば》に——ならなくなる。

その嗚咽《おえつ》は、

「ねえ、どうして？　どうして人間はあんな酷《ひど》いことができるの？　同じ人間に対して、見てるこっちが痛くなるようなことを！　私は嫌《いや》だよ、あんなのは嫌だ！　少なくとも、あんな光《こう》景《けい》を見てもあの人たちみたいに笑えない！　それなのに……それなのにっ！」

絶叫《ぜっきょう》へと、変わっていく。

「あの人たちが人間だっていうなら、その人間に化け物呼ばわりされる私は何なの!?　あんなことできるのが人間だっていうなら、私は人間なんか嫌《きら》いだよ！　私たちだってきっと、化《ば》け物《もの》って呼ばれて、あんなふうに笑いながら殺されちゃうに決まってるんだ！」

「……だから妾《わたし》たちを裏切《うらぎ》ったのか？」

「そうだよ！　私はもう、できない！　人間と仲良《なかよ》くすることなんてできない！　でも……一《いち》族《ぞく》だって嫌い！　首を切っても死なない化け物なんて存在《そんざい》しちゃいけないんだ！　枯葉《かれは》ちゃんも、棗《なつめ》ちゃんも、型羽《かたは》ちゃんも！　通夜子《つやこ》さんたちみたいな繁栄派《はんえいは》の人たちだってっ！」

息《いき》を荒《あら》げながらの慟哭《どうこく》に、景介《けいすけ》は言葉《ことば》がない。

――俺も、同じだから。

日崎《ひざき》のことを化け物と言った。

木陰野《こかげの》と枯葉を疑《うたが》い、あいつらは根本的《こんぽんてき》なところで違《ちが》ってるからと恐《おそ》れを抱《いだ》いた。

尾ノ上《おのうえ》も――あの人なつこくて優《やさ》しかった尾ノ上ですらも、日崎を拒絶《きょぜつ》したのだ。

「日崎……」

思わず近寄ろうとした景介の歩《あゆ》みを、着物の袖《そで》が遮《さえぎ》る。

枯葉だった。

「違《ちが》うな、歩摘《ほづみ》」

彼女は、静《しず》かに言葉を発する。

「自分を誤魔化《ごまか》すな、愚《おろ》か者め。お前は人間のことが好きで、一族のことも好きなはずだ」

相手《あいて》を、見据《みす》え、

「お前が嫌いなのは……彼女らを裏切った、自分自身だろう？」

それは、冷たいほどに厳《きび》しく。

同時に、優《やさ》しいほどにつらそうだった。

「自分を憎《にく》むのはやめろ。周囲《しゅうい》を憎むのもだ。お前も妾も、人間も……そう生まれてきた、そういうものなのだ。確《たし》かにわれらの身体《からだ》は浅《あさ》ましく醜《みにく》いところがある。人の心も同様《どうよう》に、われらから見れば浅ましく醜いところがある。だが、お前が人間に惹かれたのは何故《なぜ》だ？　人間に惹《ひ》かれながらも棗のように里を離《はな》れず、妾たちと一緒《いっしょ》に暮《く》らしてきたのは何故だ？」

薄《うす》い笑《え》みすら浮かべ、自嘲気味《じちょうぎみ》に言う。

「一族も人も同じだ。同様に穢《けが》れ、同様に病《や》んでいる。同様に美《うつく》しく、同様に素晴《すば》らしい。だから過剰《かじょう》に美しさを求める必要《ひつよう》も、過剰に醜さを暴《あば》く必要もない」

それは、日崎の心に届《とど》いたのかどうか。

景介にはわからない。

が、日崎は、少しの沈黙《ちんもく》の後、顔を上げ――。

「もう遅《おそ》いよ、枯葉ちゃん」

覚悟《かくご》を決めたように、笑った。

「私、もう、どっちにも戻れないし、どっちにも行けないよ。だって、りりちゃんを殺しちゃったんだもん。灰原《はいはら》さんにも酷《ひど》いことした。枯葉《かれは》ちゃんも裏切《うらぎ》った。

知ってる？　あの日の夜……本家《ほんけ》と里《さと》が焼き討《う》ちされた時、私が何してたか。殺してたんだよ……私のお父さんと、お母さんを。そうして私は何食わぬ顔で、焼け出された振《ふ》りをして、枯葉ちゃんに生きててよかった、なんて泣きついたんだ」

笑顔《えがお》はどこまでも寂《さび》しく、同時に、

「もう戻れないよ。私は走るしかないの。このままどこまでも走って、磨《す》り減《へ》って消えちゃうしかないんだ。ごめんね、枯葉ちゃん。だから……」

泣き濡《ぬ》れた目は、夜の闇《やみ》に隠《かく》れてなお、赤かった。

そうして――。

日崎歩摘《ひざきほづみ》は、鉄扇《てっせん》を握《にぎ》った腕《うで》を再《ふた》び上げ、枯葉に対して身《み》を斜《なな》めに、構《かま》える。

「だから、枯葉ちゃんのことも、殺すよ」


「そうか」

枯葉は動かない。

そのままの姿勢《しせい》で、言い放つ。

「ならばお前を止めるのが、親友である妾《わたし》の役目だ」

5

ふたりの間に緊張《きんちょう》が満《み》ちるのが、景介《けいすけ》にもわかった。

格闘技《かくとうぎ》なんかテレビでたまにしか見ないが、たぶん試合《しあい》のリングを間近《まぢか》にしてもこんな空気は感じられないだろう。それは、熱気《ねっき》や闘志《とうし》などとはまるで無縁《むえん》な——ただ冬の雪のように冷たい、張《は》り詰《つ》めた殺意《さつい》。言うなれば戦《たたか》うのではなく殺し合うための、純粋《じゅんすい》な針《はり》の筵《むしろ》だった。

「棺奈《かんな》」

枯葉は眼前《がんぜん》の日崎を見据《みす》えたまま、背後《はいご》、景介の更《さら》に向こうへ呼び掛《か》けた。

「刀《かたな》を」

「畏《かしこ》まりました」

棺奈が背負《せお》っていた白木《しらき》の箱《はこ》を下ろす。直方体《ちょくほうたい》のそれは、まるで棺桶《かんおけ》に見えた。

蓋《ふた》を開け、中からひと振《ふ》りの白鞘《しらさや》を取り出す。

「遠慮《えんりょ》なんかしないでよ、枯葉ちゃん」

対し、日崎が呆《あき》れたように溜息《ためいき》を吐《つ》いた。

「そんな……蔵物《ぞうぶつ》でもないただの刀で『白銀《しろがね》りょうげ』を受け止めるつもり？」

鉄扇を振《ふ》る。景介の時と同じように、ひょう、と風切り音のようなものが聞こえ、直後に日崎の足許《あしもと》の地面が大きく抉《えぐ》れた。──まるで巨大《きょだい》な刃《やいば》に切り裂《さ》かれたように。

「使えばいいよ。……『つうれん』を」

──つうれん？

またしても出てきた景介《けいすけ》にとっては耳慣《な》れない単語《たんご》に、枯葉《かれは》が笑う。

「使うまでもない」

嘲《あざけ》るように、吐《は》き捨《す》てた。

「お前も知っているだろう？　あれは一族《いちぞく》の宝刀《ほうとう》……始祖《しそ》の遺《のこ》した一族殺し。お前のような、一族《いちぞく》の矜持《きょうじ》も人に対する畏敬《いけい》も忘れた外れものの血《ち》で汚《けが》すのは勿体《もったい》ない」

続き、

「それにだ。大方《おおかた》お前の目的は、その『つうれん』を繁栄派《はんえいは》の元《もと》へ持ち帰ることだろう。『つうれん』の所持《しょじ》は本家《ほんけ》頭首《とうしゅ》たるの証《あかし》。繁栄派が喉《のど》から手が出るほど欲《ほ》しがっているものだ。それこそ妾《わたし》の命などよりもな。それを軽々と、敵《てき》の目に晒《さら》す愚《ぐ》はない。いや……もしくはその『つうれん』を使い、われらと繁栄派、諸共《もろとも》を討《う》ち滅《ほろ》ぼす覚悟《かくご》か？」

「枯葉ちゃんこそ、私を殺す度胸《どきょう》がないんじゃないの？」

「試《ため》してみるか？」

互いが互いを挑発《ちょうはつ》する。

日崎《ひざき》は鉄扇《てっせん》を構《かま》え、刀《かたな》を受け取った枯葉はそれを鞘《さや》から抜《ぬ》き放《はな》つ。

始まる、そう思った景介《けいすけ》に、不意《ふい》の声が掛けられた。

「景介。……お前は帰るがいい」

発したのは枯葉《かれは》だった。

「ここから先はもはやお前には関係ない。関係していいことでもない。……妾《わたし》の失策《しっさく》だ。お前を巻《ま》き込んで、関わらせてしまった」

「そうした方がいいよ、けーくん」

次いで、日崎《ひざき》も。

「私、枯葉ちゃんを殺した後、けーくんも殺すつもりだから。……もしまだここにいたら、だけど。逃げるんなら追わないし、普通《ふつう》に暮《く》らすんなら危害《きがい》も加《くわ》えないよ」

急に傍観者《ぼうかんしゃ》から当事者《とうじしゃ》になってしまった景介は、言われて硬直《こうちょく》する。

自分はいったいどうすればいいのだろう。どうすべきなのか。

正直《しょうじき》なところ、このまま帰れ、関係ないから、と言われても納得《なっとく》できるものではない。

景介にとって枯葉と日崎の殺し合いは、別の意味を持つのだ。

つまり、灰原《はいはら》と尾ノ上《おのうえ》、かつての親友同士《どうし》の身体《からだ》が傷付《きずつ》け合うということ。それを見なかったことにして帰れ？　すべて忘れて楽しく暮らせ？　それでは今までと何も変わらない。

けれど、だからといって自分に何ができるだろう。

日崎は景介のことも標的《ひょうてき》にすると言った。だったら枯葉は景介を護《まも》りながら戦《たたか》わなければならない。武器もハンデがあるようなのに、そんなことが可能《かのう》なのだろうか。可能だとしても、足手纏《あしでまと》いになることに間違《まちが》いはない。

「……景介」

急《せ》かすように、また枯葉が言う。

「行け。そして忘れろ。お前はこっちに来るべきではない」

「俺……は」

鉄扇《てっせん》と刀《かたな》、ふたりが持つ刃物《はもの》を前に、自分の足が震《ふる》えているのに気付いた。

ふたつとも本物だ。正真正銘《しょうしんしょうめい》の凶器《きょうき》だ。しかも片方《かたほう》は、妙《みょう》な力を持った常識《じょうしき》はずれの。

──そうだ。

頭の中で、声がする。

迷《まよ》うことはない。死にたいのか？

ここから先は人外《じんがい》の領域《りょういき》。自分が足を踏《ふ》み入れるべきところではない。

足の震えが何よりの証拠《しょうこ》だ。

──刃傷沙汰《にんじょうざた》の殺陣騒《さつじんさわ》ぎだぞ？　一介《いっかい》の高校生が抗《あらが》える訳《わけ》がないだろう。あっさり死ぬのがオチだ。それも首を切られ、腹《はら》を裂《さ》かれ、見るも無様《ぶざま》に苦しみながら。

忘れろ。

すべて忘れてしまえ。尾ノ上も灰原も姉さんも、死んだんじゃない。ただ失踪《しっそう》して、東京《とうきょう》みたいなどこか遠くの都会《とかい》で華《はな》やかに暮《く》らしているんだ。

今まで通りそう思い込んでおけばいいじゃないか。それで何の不都合《ふつごう》がある——？

思考《しこう》を、恐怖《きょうふ》という名の言い訳《わけ》が塗《ぬ》り潰《つぶ》すのはあっという間だった。

「……わかっ、た」

掠《かす》れる喉《のど》で、そう呟《つぶや》く。心に決めた瞬間《しゅんかん》、足が勝手《かって》に後《あと》じさりを始める。

身体《からだ》は生存本能《せいぞんほんのう》に忠実《ちゅうじつ》だった。たっぷり五メートルほど離《はな》れると、そのまま踵《きびす》を返す。

景介《けいすけ》は走り出した。

枯葉《かれは》と日崎《ひざき》から背《せ》を向けて、闇《やみ》の向こう、校門の向こうへ。

今まで自分が生きてきた——何の変哲《へんてつ》もない、日常《にちじょう》へ。

走り始めるともう振《ふ》り返る余裕《よゆう》はない。

同時に剣戟《けんげき》の音が響《ひび》き始めたからだ。ドラマや映画《えいが》で聞く効果音《こうかおん》とは違《ちが》う、鈍《にぶ》く重い、刃《やいば》と刃のリアルな悲鳴《ひめい》。まるで背後《はいご》から迫《せま》ってくる嵐《あらし》のようだった。

そうだよ、冗談《じょうだん》じゃねえ。

恐怖をいつもの愚痴《ぐち》で誤魔化《ごまか》し、景介はその場から逃げる。

去《さ》り際《ぎわ》に枯葉《かれは》が発した「達者《たっしゃ》でいろよ」というひと言《こと》には、気付かなかった。

チヌレオイワケ

第四幕　血塗れ追分

1

袈裟《けさ》に振り下ろされた刃《やいば》は空《くう》を切った。

振り上げられた扇《おうぎ》から巻《ま》き起こる風の竜巻《たつまき》は着物の袖《そで》を掠《かす》ったに留《とど》まった。

何度かの斬《き》り結《むす》びが交《か》わされるも、互《たが》いに傷《きず》はない。

呼吸《こきゅう》を置くためにふたりが共《とも》に距離《きょり》を取り、間合《まあ》いを計《はか》る。

「さすがだね」

日崎歩摘《ひざきほづみ》──一族《いちぞく》の分家《ぶんけ》『かいら』の娘《むすめ》、歩摘が、酷薄《こくはく》な笑《え》みを浮かべた。

「面白《おもしろ》くない世辞《せじ》だ」

枯葉《かれは》──本家《ほんけ》の娘は、対して眉《まゆ》をひそめ、吐《は》き捨《す》てる。

「今まで稽古《けいこ》で妾《わたし》に負けたことのない者が何を言う」

「お稽古と実際《じっさい》の殺し合いは違《ちが》うよ」

会話は友人同士《どうし》のもの以外の何ものでもない。

しかしふたりが手にするのは、木刀《ぼくとう》でも竹刀《しない》でもなかった。

「そうだな。……お前は優《やさ》しい娘《こ》だ。真剣《しんけん》を手にしているからか？　稽古よりも弱いぞ」

「私の動きは鈍《にぶ》ってなんかないよ。枯葉ちゃんこそ、いつもより疾《はや》いんじゃないの？　私がそんなに憎《にく》いのかな？　殺したいのかな？」

「ふん。……集中力の差《さ》だ。そういえば、お前は書き物ではいつも余所見《よそみ》ばかりしていたな。窓《まど》の小鳥を眺《なが》めては、注意力散漫《さんまん》だと砂姫《さき》どのに叱《しか》られてばかりだったではないか」

「お勉強なんて、つまんなかったんだもん」

「じゃあ刃傷《にんじょう》ごとは好《す》きなのか？　争《あらそ》いを好まんと思っていたがな」

「嫌《きら》いだよ、今も。……でも、好き嫌いと得手《えて》不得手は別」

「そうか」

「そうだよ。だから、そろそろ……本気で行くよ」

歩摘は手の中の鉄扇《てっせん》──『白銀《しろがね》りょうげ』を、横向きにして前に突《つ》き出す。

まるで舞《まい》を始めるかのように、両膝《りょうひざ》を僅《わず》かに沈《しず》めた。

「望《のぞ》むところだ。稽古では負け続きだった身《み》としては、本気のお前に勝てるのは嬉《うれ》しいぞ」

「ふざけないで！」

一喝《いっかつ》。

歩摘はその場で低く跳躍《ちょうやく》すると、身体《からだ》を芯《しん》にくるりと一回転する。円《えん》を描《えが》いた鉄扇の軌跡《きせき》はそのまま間合いを越《こ》えた不可視《ふかし》の刃となり、枯葉の胴《どう》を両断《りょうだん》しようと襲《おそ》いかかってきた。

枯葉は身を沈め、頭上にそれをやり過《す》ごす。同時、低く飛び出して白刃《はくじん》で突く。

が、躱《かわ》される。廻《まわ》り終えた着地と同時、再《ふたた》び歩摘の足は地面を蹴《け》り、横へと。

即座《そくざ》に突《つ》きから薙《な》ぎへと繋《つな》げる枯葉《かれは》だったが、渾身《こんしん》の刃《やいば》は無造作《むぞうさ》に差し出された鉄扇《てっせん》によってあっさりと受け止められた。歩摘《ほづみ》の唇《くちびる》が動く。

「——弾《はじ》け」

鉄扇から突風《とっぷう》が吹《ふ》いた。

呷《あお》られて刀《かたな》を持つ手が大きく上に跳《は》ね上げられる。隙《すき》を逃《のが》さず歩摘の腕《うで》が返す扇《おうぎ》を枯葉の喉《のど》元《もと》へと。咄嗟《とっさ》に後ろへと跳躍《ちょうやく》し逃れるが、完全《かんぜん》ではない。扇が発した鎌鼬《かまいたち》の余《よ》波《は》が首筋《くびすじ》を掠《かす》め、黒髪《くろかみ》が幾筋《いくすじ》か切れて夜の闇《やみ》へと溶《と》けた。

つ——と、枯葉の白い喉に、赤い筋が伝《つた》う。

枯葉は無造作《むぞうさ》にその傷口《きずぐち》を拭《ぬぐ》った。指先が肌《はだ》から離《はな》れるともう、傷は消えている。

鈴鹿《すずか》の一族《いちぞく》が持つ強靭《きょうじん》な生命力《せいめいりょく》の為《な》せる所作《しょさ》だった。

「……たかがかすり傷をそんなほいほいと治《なお》しちゃっていいの？」

とはいえ歩摘の言う通り、その力も無尽蔵《むじんぞう》とはいかない。

傷を治せばそれだけ疲労《ひろう》も重なる。小さな傷程度《ていど》をいちいち治し続けていれば、いつか大怪《おおけ》我《が》を負《お》った時に治すだけの体力がなくなってしまう。

「構《かま》うものか」

が、枯葉はあっさりと首を振った。

「私のこの身体《からだ》は、吉乃《よしの》からもらったものだ。毛《け》ほどの傷も負わせたくはない」

「……そんなに大事《だいじ》なんだ、灰原《はいはら》さんが。でもね、枯葉ちゃん。その娘《こ》はあなたが思ってるほど、立派《りっぱ》な娘じゃないよ。私たちにいじめられて泣き喚《わめ》いてた、弱虫なんだから」

挑発《ちょうはつ》を込めた嘲《あざけ》りに対し、しかし――枯葉は応《こた》える。

「お前は何を言っているのだ？」

呆《あき》れというよりも、本当にわからない、といった調子《ちょうし》の表情で。

「妾《わたし》は人の世《よ》に詳《くわ》しいとは言えぬが、いじめくらいは知っている。いじめというのは……強い者が弱い者に対して陰湿《いんしつ》な暴力《ぼうりょく》を振るうことだろう？」

「そうだよ。だから……」

言いかけた歩摘を遮《さえぎ》り、

「だったら、弱い者が強い者に対して振るう陰湿な暴力は、いじめなどではない」

枯葉は、堂々と言った。

「吉乃がよく泣き喚いていた、か。確《たし》かに妾もそれは感じている。喪着《もぎ》を行《おこ》なって以来……ほんの些細《ささい》なことでつい涙腺《るいせん》が緩《ゆる》んでしまいそうになるからな。昨日、毎週見ていたテレビ番組が放映《ほうえい》されたのだが、以前ならじんとする程度《ていど》の場面で、恥《は》ずかしいことにぼろぼろと泣き崩《くず》れてしまったぞ。『凡才《ぼんさい》魔女ぐるるちゃん』の四十五話だ。お前も見たか？」

「いや、見てないけど……っていうか、あれ、まだ見てたの？　その歳《とし》にもなって」

「何を言う。幾《いく》つになろうがよいものはよいものだ」

少し剝《む》きになって口にし、直後、脱線《だっせん》に気付いたのか「まあともかく」と話を戻す。

「お前にはわからんのか？　歩摘《ほづみ》」

言い聞かせるように、静《しず》かに。

「吉乃《よしの》がよく泣く娘《むすめ》だったのは事実だろう。気の弱さも持っていたのは間違《まちが》いない。だが……すぐに泣いてしまうほど気の弱い娘が、お前たちの陰湿《いんしつ》な暴力《ぼうりょく》に耐《た》えてきた。普通《ふつう》の者が耐えるよりも遙《はる》かにつらかったろう。どんな気持ちだったのか妾《わたし》などには想像《そうぞう》もつかん。それなのに吉乃は、復讐《ふくしゅう》も逃避《とうひ》も服従《ふくじゅう》も選択《せんたく》しなかった。お前のように誰《だれ》かを憎《にく》むこともしなかった。ただじっと忍《しの》んできた。それが……それが、強さでなくて何だというのだ？」

弾《はじ》かれたように目を見開く歩摘。

「お前には何故《なぜ》それがわからなかった？　お前の身体《からだ》は何も言わなかったのか？」

それを見る枯葉《かれは》の顔は、憐《あわ》れみと悲しみを滲《にじ》ませていた。

「梨々子《りりこ》と吉乃は親友《しんゆう》だったのだろう。ならば、お前にだってわかったはずだ。身体の発する声なき声に耳を傾《かたむ》けていれば絶対に伝《つた》わっていた」

「うる……さい」

「それができなかったのは、お前が……贄《にえ》への畏敬《いけい》を捨《す》て、身体を使わせてもらっていることへの感謝《かんしゃ》を忘れ、強引《ごういん》に梨々子を自分のものにしようとしたからだ。われらの喪着《もぎ》は、言わば共生《きょうせい》。相手《あいて》の身体を受け入れる代わりに、こちらは相手の心を受け入れなければ成《な》り立たん。

それなのに、服従を強《し》いてどうする？　ふざけるのも大概《たいがい》にしろ」

「うるさい……」

「お前は人が好《す》きだったのではない。自分を受け入れてくれる人だけが好きだったに過《す》ぎん」

「うるさい、黙《だま》れぇ！」

歩摘がついに激高《げっこう》する。

我《われ》を忘れて枯葉に飛び掛《か》かり、狙《ねら》いも定まらずに鉄扇《てっせん》を振《ふ》り回す。巻《ま》き起こる風は凄《すさ》まじく、枯葉の着物の端々《はしばし》を次々に裂《さ》いていく。が、枯葉は動じない。鈍色《にびいろ》の扇《おうぎ》も見えない風も紙一重《かみひとえ》で躱《かわ》しながら大きく背後《はいご》へ飛び、そんな彼女を力強く睨《にら》み付けた。

「歩摘。……妾がお前に、強さというものを教えてやる」

2

全力で走っていた足をゆっくりと止めたのは、校門を出てからだった。

肩《かた》で息《いき》をしながら、景介《けいすけ》はその場で膝《ひざ》に手を添《そ》える。

息が切れていた。疲労《ひろう》よりも緊張《きんちょう》のせいだというのは自分でもわかっている。

もういいだろう。張《は》り詰《つ》めていた糸が切れて、景介は目を強く瞑《つむ》る。

冗談《じょうだん》ではない一日だった。

スーパーになど寄らずに真《ま》っ直《す》ぐ帰っていればこんなことにはならなかったのかもしれない。それとも、偶然《ぐうぜん》とはいえ日崎《ひざき》に出会ってしまったのがいけなかったのか。しかし尾《お》ノ上《うえ》のことにあいつが関係しているなんて思いもしなかった。まさに藪蛇《やぶへび》という奴《やつ》だ。

本来《ほんらい》なら、枯葉《かれは》と会って、彼女を問《と》い詰《つ》めてそれで無事《ぶじ》に終わり。それだけで用事は済《す》んだし、すっきりと日常《にちじょう》に戻れたはずなのに。

やれやれ、と溜息《ためいき》を吐《つ》いた後、額《ひたい》の汗《あせ》を拭《ぬぐ》う。冬の夜の寒空《さむぞら》だというのに、汗ばんでしまうほど全力で走ってしまった。滑稽極《こっけいきわ》まりない。

そんな自分を笑おうとして——景介《けいすけ》はふと、気付く。

上手《うま》く笑えない。

普段《ふだん》だったら何か失敗した時、まったく何やってんだ、と笑《え》みを浮かべることができる。自嘲《じちょう》と誤魔化《ごまか》しを足《た》して二で割《わ》ったそれは、景介の癖《くせ》だ。

でも今は、顔が引き攣《つ》ってしまっている。唇《くちびる》が弧《こ》を描《えが》いていないのが自分でもわかった。

どうして笑えないのか。いつもやっていることができないのか。

答えはわかりきっていた。

いつ、いつもと違うからだ。

笑って済まされるような失敗であれば笑えばいい。

——じゃあこれは、笑ってそれで済むようなことなのか？

そんな疑問が浮かんだので、即座《そくざ》に否定《ひてい》する。

「いや、失敗なんかしてねえし」

確《たし》かに今日の景介の一連《いちれん》の行動は褒《ほ》められたものではなかった。選択《せんたく》さえ間違《まちが》えなければ命を狙《ねら》われることもなく、円満《えんまん》無事に終わっただろう。でも……、

と、頭の中で自分に問う、自分の声がした。

――本当に？

思わず、確認《かくにん》するようにひとりごちた。

「ああ、あれは俺の責任《せきにん》じゃない。あいつら『一族《いちぞく》』のいざこざの余波《よは》であって……」

――本当に、円満無事に、終わったのか？

けれど疑問の声は止まない。

「俺には関係ない」

言う。

――関係ない、だって？

問われる。

「ああ、関係ないさ」

剝《む》きになって更《さら》に言う。

あいつらはそりゃあ人間にとっては危険な存在《そんざい》だ。尾ノ上も灰原《はいはら》も、ひょっとしたら姉さん

も、鈴鹿《すずか》の一族《いちぞく》を巡《めぐ》るトラブルに巻《ま》き込まれて死んでしまった。でも、

——それが関係ないっていうのか？

けれど頭の中の自問《じもん》は、口に出している言葉《ことば》よりも煩《うるさ》く、耳を越《こ》えて脳《のう》に直接響《ひび》いてくる。

——本当にお前は、それが関係ないっていうのか？

「……おい。待《ま》て」

景介《けいすけ》は、目を見開いた。

「なに考えてる、俺」

相手《あいて》は化《ば》け物《もの》。首を切っても死なないのみならず、何やら魔法《まほう》みたいな道具まで使う連中だ。

そんな奴《やつ》らに関わっていたら命《いのち》が幾《いく》つあっても足《た》りない。

対して自分は運命《うんめい》を持った超能力者《ちょうのうりょくしゃ》でも、王さまから使命《しめい》を授《さず》かった勇者《ゆうしゃ》でもない。ただの人間、ごく普通《ふつう》の高校生。そんな少年が不死身《ふじみ》の化け物に立ち向かってみろ。二秒で死ぬ。一秒かもしれない。とにかく死ぬ。死んではたまらない。だから、関係ない。

——関係あるけれど、関係ないと思い込みたい。

日崎歩摘《ひざきほづみ》は、クラスメイトだ。仲《なか》だってよかった。でも、尾ノ上《おのうえ》を殺した。

尾ノ上梨々子《りりこ》とは友達だった。彼女が失踪《しっそう》したと聞いた時、ショックだった。

灰原吉乃《はいはらよしの》は、尾ノ上の親友だった。そして同時に、景介のことを好《す》きでいてくれた。そんな彼女は日崎のグループにいじめられていて、挙《あ》げ句《く》に死んでしまった。

その身体《からだ》を乗っ取った、枯葉《かれは》。

あいつは言った。吉乃のことを、強くて美《うつく》しい、と。

まるで友達を誇《ほこ》るかのような口調《くちょう》で、嬉《うれ》しそうに。

今、枯葉は日崎と戦《たたか》っている。親友だったというふたりが殺し合っている。

灰原と尾ノ上——親友同士だった、身体を使って。

「なんだよ……俺」

やめておけ、と思う。行ってどうなるものでもない。枯葉の足手纏《あしでまと》いにしかならない。

「何……やってんだよ」

けれど足は勝手《かって》に、帰り道とは逆《ぎゃく》の、校門の方を向いていた。

夜の校門。

あの日景介は、自転車で一目散《いちもくさん》に駆《か》け付けた。

灰原からのただならない電話に焦《あせ》り、何も考えずに突《つ》っ走《ぱし》ったのに、間に合わなかった。好きな人に助けを求めていた灰原に、応《こた》えてもやれなかった。

今、枯葉は景介の助けなど求めていないだろう。でも、もしも彼女が日崎に殺されてしまったら、間《ま》に合わなくなる。また、間に合わなくなる。

——自分を好きでいてくれる奴が、また死んでしまう。

夫《おっと》になれ、などと言い方は滅茶苦茶《めちゃくちゃ》だったけれど、たぶんそれは景介《けいすけ》の思い上がりなんかではない。だってあいつは、灰原《はいはら》の感情を僅《わず》かなりとも受け継《つ》いでいるから。

枯葉《かれは》は、受け入れたのだろう。

吉乃《よしの》に対する敬意《けいい》から、景介に対する想《おも》いを、自分のものにしていこうと決めたのだろう。

それは、覚悟《かくご》だ。

再《ふたた》び自問《じもん》する。

灰原が好きでいてくれた霧沢《きりさわ》景介は、どんな奴《やつ》だ？

性悪《しょうわる》で、減《へ》らず口《ぐち》ばかりで、何に対しても適当《てきとう》なことしか言わない、くだらない奴か？

だったら灰原吉乃は——あの偉《えら》そうな喋《しゃべ》り方をする尊大《そんだい》な枯葉に『尊敬《そんけい》する』とまで言わしめた女の子は——そんなくだらない奴を好きになったっていうのか？

ふざけるな。灰原を貶《おとし》めるな。

あいつはそんなつまらない女じゃない。

あいつをそんな、つまらない男を好きになった女の子に、させてたまるものか。

「ああ……畜生《ちくしょう》」

本当に冗談《じょうだん》じゃない。

死ぬ。間違《まちが》いなく死ぬ。

二秒で死ぬ。一秒かもしれない。とにかく死ぬ。死んではたまらない。

でも、関係あるか。

「……ああもう、俺の馬鹿野郎《ばかやろう》！」

景介は叫《さけ》び、走り出した。

いや──引き返した。

もう、思考《しこう》は完全《かんぜん》に感情と衝動《しょうどう》によって塗《ぬ》り潰《つぶ》されていた。冷静《れいせい》な判断力など失《うしな》っていた。

それでも心の中はさっきまでと段違《だんちが》いだ。もはや自分に問《と》い掛《か》ける声もない。

校門を抜ける。グラウンドを横切る。

ついさっき日崎と出くわした、体育館の横手《よこて》、校舎《こうしゃ》と校舎の間のやや開けた空間を目指し、
そうして暗がりの中に三人の人影《ひとかげ》を発見する。

ふたりが何度も目まぐるしく交錯《こうさく》しており、それをひとりが見ている状況《じょうきょう》。

正直《しょうじき》なところ、行って何をするかなどまったく考えていなかった。

だから取り敢《あ》えずもう言葉《ことば》にならない声を張《は》り上げながら、刃物《はもの》を持って戦《たたか》っている枯葉と日崎の間に割《わ》って入るように、身体《からだ》ごと、

「うりゃあああっ！」

ドロップキックだかヘッドスライディングだかわからない体当たりをぶちかます。

見事《みごと》に外《はず》れた。

突然《とつぜん》の闖入者《ちんにゅうしゃ》の気配《けはい》を察《さっ》した枯葉《かれは》と日崎《ひざき》が斬《き》り合いを止めて飛び退《の》く方が、当然《とうぜん》ながら遙《はる》かに素早《すばや》かった。景介《けいすけ》はそのまま地面へ激突《げきとつ》。

間抜《まぬ》けな姿勢《しせい》で三回ほど転がると、体育館の壁《かべ》に当たって止まる。

「けーくん……？」

殺し合いを忘れたかのように、日崎が呆然《ぼうぜん》と、鉄扇《てっせん》を構《かま》えたままの姿勢《しせい》で呟《つぶや》く。

「……景介」

枯葉もまた刀《かたな》を青眼《せいがん》に、すっ転んだ間抜《まぬ》けな身体《からだ》を凝視《ぎょうし》する。

「痛《い》ってえ……」

起きあがった景介は、ふたりのそんな視線《しせん》に気付く。

今更《いまさら》ながら、ちょっとアホ過《す》ぎたんじゃないかと恥《は》ずかしくなった。

「大丈夫《だいじょうぶ》か？」

戦《たたか》いの最中《さいちゅう》にも拘《かかわ》らず、枯葉がこっちへ駆《か》け寄《よ》ってくる。

「莫迦《ばか》もの。慣《な》れぬことをするからだ」

枯葉に抱《だ》き起こされつつ、立ち上がる。

「……、何をしに来たの？　けーくん」

我《われ》に返ったのか、日崎が冷たい声をあげた。

「言ったよね？　殺す、って。その意味、わかんなかったのかな？」

——いや、正直《しょうじき》、何をしに来たのか自分でもちょっとわからなくなった。

戦《たたか》っている最中に絶叫《ぜっきょう》しながら飛び込んで、しかもすっ転んで、挙《あ》げ句間抜《くまぬ》け面《づら》を晒《さら》しに来た。そう言われても仕方《しかた》ない状況《じょうきょう》だ。さすがに言葉《ことば》に詰《つ》まっていると、

「歩摘《ほづみ》」

隣《となり》に立った枯葉《かれは》が、何故《なぜ》か——妙《みょう》に嬉《うれ》しそうな笑顔《えがお》で、

「わからんのか。……景介《けいすけ》は、妾《わたし》を助けに来てくれたのだ」

妙なことを、言った。

「え、いや……」

来ておいてなんだけど、足手纏《あしでまと》いにしかならないことはお前が一番よく知ってるんじゃないか。そう思うが、枯葉は意《い》に介《かい》したふうもない。

しかも妙《みょう》に感動した様子《ようす》で、

「こんな嬉しいことがあるか。……好《す》いた男が、妾のために来てくれたのだ。ああ……歩摘、妾の勝ちだ。妾にはもう、お前に負《ま》ける理由が見当たらん」

「いや、待て」

景介は反射的《はんしゃてき》につっこんだ。

「なんだその理屈《りくつ》は？　つーか、変な勘違《かんちが》いするな。俺は別にお前のために来た訳《わけ》じゃねえよ。俺はな、お前と日崎《ひざき》の……」

「おお、知っているぞ？　テレビで見た。それはあれだ、ツンデレとかいう奴《やつ》だろう」

「全然ちげえよ！　人の話聞けよ！」

なんてこんな時にこんなとぼけたことを言うのだこいつは。呆《あき》れ返ってよくよく見ると、枯葉の頬《ほお》がかなり緩《ゆる》んでいる。……ひょっとして浮かれているのだろうか？

どうやら本気《ほんき》で喜《よろこ》んでいるらしい。足手纏いがのこのこ戻ってきたのに。

い、い、い、い、景介が来てくれた——ただそれだけのために？

「まったく……なんて奴だよ、お前は」

溜息混《ためいきま》じりに、つられて景介も笑いかけた。同時。

「……っ！」

唐突《とうとつ》に突き飛ばされ、再《ふたた》び地面を転がる。驚《おどろ》いて起きあがると、さっきまで景介が立っていた場所の背後《はいご》、体育館の壁《かべ》に十文字《じゅうもんじ》の大きな亀裂《きれつ》ができていた。まるで刃物《はもの》で斬り付けたような鋭《するど》い爪痕《つめあと》。日崎が景介に向かって『白銀《しろがね》りょうげ』を振《ふ》ったのだ。

景介を助けてくれた枯葉は、既《すで》に刀を構《かま》えなおしている。

「戦いの最中《さいちゅう》にへらへらする者があるか、莫迦《ばか》もの」

大真面目《おおまじめ》な顔で言われた。

「てめえもだよ！」

「……どうするの？　枯葉ちゃん」

日崎《ひざき》は景介《けいすけ》に目もくれず、枯葉《かれは》を睨《にら》み付ける。

「まったく、恋《こい》する乙女《おとめ》はおめでたいね。今、自分が置かれている状況《じょうきょう》を理解してないのかな？ どっちから殺して欲《ほ》しい？ 枯葉ちゃんと、けーくんと」

その声音《こわね》は、さっき以上に冷酷《れいこく》だった。

「『妾《わたし》の勝ち』？ ……何、ふざけてるの。それとも本気でそう思ってるの？ 自分を信じてくれる人が来たから負けない、って」

「ああ、本気だ。妾は負けん。裏切《うらぎ》られたからといって人を信じず、一族《いちぞく》の矜持《きょうじ》を捨《す》ててしまったお前にはな。忘れたのか？ われら一族は……人外《じんがい》の身《み》であるが故《ゆえ》に、人と共《とも》に在《あ》る。在らねばならん。それは人を愛《あい》し人に嫁《とつ》いだ始祖《しそ》——鈴鹿《すずか》さまから始まり、今に至《いた》るまで続くわれらの理《ことわり》だ。ならば景介と共に在る妾が、人を拒《こば》んだお前に負けるはずがなかろう」

言い聞かせているような枯葉の言葉《ことば》。

瞬間《しゅんかん》、

「……っ……綺麗事《きれいごと》を言わないでよ！」

景介にしてみれば唐突《とうとつ》に、日崎は絶叫《ぜっきょう》した。

「枯葉ちゃんはいつもそう！ わかったような顔して、矜持だの覚悟《かくご》だの！ 里《さと》から出たこともないくせに、人間に拒絶《きょぜつ》されたこともないくせに……なんでそうやって偉《えら》そうに、私にお説《せっ》教《きょう》できるのよ！ そんな権利《けんり》がどこにあるっていうのよ!?」

「確《たし》かに妾はお前とは違《ちが》う。でもな……」

「黙《だま》れえっ！」

枯葉を無視《むし》し、一閃《いっせん》。扇《おうぎ》から今まで以上の、激《はげ》しい突風《とっぷう》が巻《ま》き起こる。

それはまるで竜巻《たつまき》のように——日崎を中心に、周囲《しゅうい》の土を捲《ま》いた。

「……ち！」

舌打《したう》ちする枯葉の着物の袖《そで》がはためく。景介は風の強さに目を開けていられない。

「棺奈《かんな》！」

枯葉が叫《さけ》んだ。直後、景介の傍《かたわ》らに気配《けはい》が来たかと思うと、身体《からだ》が持ち上げられる。

「りょうげ……、咬めっ！」

扇《おうぎ》を持った手を掲《かか》げた日崎の声。

直後、衝撃音《しょうげきおん》。

竜巻が収束《しゅうそく》し、まるで蛇《へび》のように鎌首《かまくび》をもたげて枯葉へと襲《おそ》いかかる。

「……く……っ！」

慌《あわ》てて手にした刀《かたな》で受け止めようとするが、叶《かな》わない。弾《はじ》き飛ばされた枯葉は全身《ぜんしん》に切り傷《きず》を幾《いく》つも作りながら、背後《はいご》の壁《かべ》へと衝突《しょうとつ》する。

棺奈に抱《かか》えられ暴風圏外《ぼうふうけんがい》へと離脱《りだつ》した景介の耳に、鈍《にぶ》い金属音《きんぞくおん》が響《ひび》いた。枯葉の手にしていた刀が中途《ちゅうと》から折《お》れたのだ。微《かす》かに呻《うめ》きながら立ち上がり構《かま》えを取るが、すでに武器は用を為《な》さない。突風《とっぷう》が荒《あ》れ狂《くる》う中、そんな枯葉《かれは》に日崎《ひざき》はゆっくりと歩《あゆ》み寄《よ》っていく。

「おい、どうにかなんないのか!?」

地面に下ろされた景介《けいすけ》は棺奈《かんな》に問《と》う。圧倒的《あっとうてき》に枯葉の不利《ふり》だ。このままでは危ない。

棺奈は首を振った。

「くさりめは、一族《いちぞく》を、傷付《きずつ》ける行為《こうい》が、できません」

「違《ちが》う、お前じゃねえよ！」

こいつがそういう仕組みで動いているのは何となく察《さっ》しがついていた。

棺奈はふたりの戦《たたか》いをただ見ているだけで、加勢《かせい》する気配《けはい》がまるでなかったからだ。景介が見ていた限りでは『手を出すな』とも言われていないだろう。つまりこいつは、一族の者——枯葉のみならず、日崎に対しても同様《どうよう》に、戦うことができない。

しないのでもしたくないのでもなく、できないのだ。まるで、ロボットのように。

ただ、今はそんなことをどうこう言っている場合ではない。

景介が求めたのは、棺奈の助力《じょりょく》ではなかった。

「お前、その棺桶《かんおけ》の中にいろいろ入ってるんだろ!?　日崎が持ってるみたいな奴《やつ》。それを出せ！　俺が使ってあいつを助けるから！」

「できません」

しかし棺奈の返事はまたしてもそっけない。

「一族の者以外に、蔵物《ぞうぶつ》を、触《ふ》れさせることは、禁《きん》じられて、おります」

「あああもう融通利《ゆうずうき》かねえ奴だな！」

こうしている間にも、枯葉の命《いのち》は危険に晒《さら》され続けている。日崎が滅茶苦茶《めちゃくちゃ》に風を起こし、その中で枯葉を切り刻《きざ》もうと鉄扇《てっせん》で襲《おそ》いかかっていた。今のところは折《お》れた刀《かたな》でどうにかしのぎながら、攻撃《こうげき》を躱《かわ》している状況《じょうきょう》だ。……いつまで保《も》つかわからない。

どうする。どうすれば――。

そんなに優《すぐ》れているとはお世辞《せじ》にも言えない頭で必死《ひっし》に考え、不意に思い付く。

ただの屁理屈《へりくつ》だ。だが試《ため》すだけ試してしてみようと、やぶれかぶれに言ってみた。

「棺奈、お前、夕方言ってたよな？　枯葉に『俺のことは一族の者と同等《どうとう》に扱《あつか》えって命令された』とかなんとか。……それは本当か？」

「はい」

「だったら俺の頼《たの》みも、一族の奴らが頼んでるのと同じだろ？　俺に蔵物とかいうのを触《さわ》らせても、一族が触ったのと同じだよな？　だから……貸してくれ！　できれば強力で、しかも俺にも簡単《かんたん》に使えそうな奴をっ」

こんな詭弁《きべん》に引っ掛《か》かる奴はいないだろう。でも、駄目《だめ》で元々《もともと》だ。

そう思ったが、意外なことに、

「……、はい。承《うけたまわ》りました」

一拍《いっぱく》の沈黙《ちんもく》を置いて、棺奈《かんな》は頷《うなず》いた。

背負《せお》っていた棺《ひつぎ》を下ろし、蓋《ふた》を開けて中をごそごそ探《さぐ》り始める。

「……なんだよ、いいのかよ、そんなので……」

ともあれ結果オーライだ。一発逆転《ぎゃくてん》とまではいかないだろうが、少なくとも日崎《ひざき》の注意をこちらに引きつけることができればそれでいい。

「景介《けいすけ》さま、これを」

棺奈が取り出したのは、珍妙《ちんみょう》な物体だった。

「なんだ？　これ」

眉《まゆ》をひそめつつ受け取る。ナイフに見えないこともない、棒状《ぼうじょう》のものだ。

柄《え》は白木《しらき》。ただしそこから伸《の》びているのは、刃《やいば》ではない。緩《ゆる》やかに湾曲《わんきょく》した、なんというか、太い針《はり》か猛獣《もうじゅう》の牙《きば》のようなもの。表面はクリーム色で鈍《にぶ》い光沢《こうたく》があったが、そこに毛細血管《もうさいけっかん》のような神経《しんけい》のような幾筋《いくすじ》もの青い模様《もよう》が浮かんでいて、正直《しょうじき》なところかなり気持ち悪い。

「『かみらの枝《えだ》』で、ございます」

棺奈は武器の名を口にする。

「……枝？」

弱そうな名前だった。

「こんなん、大丈夫《だいじょうぶ》なのかよ」

もう少し強そうな奴《やつ》はないのか。というかこれ、どう使うんだ。

不安と疑問《ぎもん》が頭の中に渦巻《うずま》く。目で棺奈に問《と》うと、彼女は僅《わず》かに首を傾《かし》げた。

「使い方、ですか」

「ああ。どうすんだ、これ」

「棺奈は、存《ぞん》じ上げません」

「……って、え？」

待《ま》て。

ちょっと待て。

「いや、お前、知らないってことはないだろ？」

「存じ上げません」

二回言いやがった。

「棺奈に、使うのを、許《ゆる》されている、蔵物《ぞうぶつ》は、この『くらい墓穴《はかあな》』のみに、ございます」

白木《しらき》でできた棺桶《かんおけ》を指差し、無表情にのたまう。

「ですが、誰《だれ》に、どの蔵物が、相応《ふさわ》しいかは、わかります。それは『くらい墓穴』の中にある内《うち》では、景介さまが、最《もっと》も上手《うま》く、扱《あつか》えるものです」

――いや、そんな無責任《むせきにん》な。

だいたい『この中では最も上手く使える』って、あれだ。要《よう》するに『どれもこれもお前には無理だけどまあこれが一番マシ』って意味なんじゃないのか。

かなり不安になってきた。やっぱり死ぬな俺、と思った。

とはいえ——悩《なや》んでいる猶予《ゆうよ》などもはやない。

景介《けいすけ》は『かみらの枝《えだ》』、その柄《え》を握《にぎ》り締《し》める。

こうなったら自棄《やけ》だ。突撃《とつげき》してやろう。

幸《さいわ》いなことに、目の前に繰《く》り広げられている戦《たたか》いにはまったく現実味《げんじつみ》がなかった。

日崎《ひざき》の持つ鉄扇《てっせん》から巻《ま》き起こる、コンクリートの壁《かべ》にまで切り傷《きず》を作る風。たぶん当たれば腕《うで》の一本や二本はあっさりと飛んでいくだろう。が、如何《いかん》せん景介にとっては、今まで見たことがない現象《げんしょう》だ。それがどれほどの脅威《きょうい》なのかが肌《はだ》で実感《じっかん》できない。

つまり、あまり恐くない。

恐怖《きょうふ》は足を竦《すく》ませ、行動を鈍《にぶ》らせる。それがないだけでも幾分《いくぶん》マシだ。

息《いき》を吸《す》う。吐《は》く。

どうにか日崎の猛攻《もうこう》を躱《かわ》し続けている枯葉《かれは》を見る。

ついでだ。怒《いか》りで我《われ》を忘れてしまえ。

「ふざけるなよ。灰原《はいはら》を……死んでまで、いじめてんじゃねえよ!」

景介は風の中心、日崎に向かって走り出した。

足でも刺《さ》せば動きを止めるだろう。クラスメイトにそんなことをするなんて気が引けるが、今は考えるな。ただ、この暴虐を止めることだけを考えろ。

「……景介、来るな！」

気付いた枯葉が咄嗟《とっさ》に叫《さけ》ぶ。

言われて聞けるか。無視《むし》して暴風《ぼうふう》の中に飛び込もうとした、その時。

日崎が、こちらを一瞥《いちべつ》した。

「……っ！」

景介は反射的《はんしゃてき》に止まる。ぞっとした。

日崎の眼《め》が、景介に圧倒的《あっとうてき》な——重圧《じゅうあつ》を与えたのだ。

直感《ちょっかん》は間違《まち》っていなかった。が、景介の防衛本能《ぼうえいほんのう》は常識的な事象にしか対応できない。

きぃん、と。

軽やかに鼓膜《こまく》を一度だけ指で弾《はじ》いたような、聞いたこともない音が聞こえ、その直後。

景介の全身《ぜんしん》を、まるでクレーンの鉄球《てっきゅう》でも殴《なぐ》られたような衝撃《しょうげき》が襲《おそ》う。

「が……っ！」

遅《おく》れて、重力が消失《しょうしつ》。天と地が反転《はんてん》。視界《しかい》に写《うつ》った映像《えいぞう》が流れる。

吹《ふ》き飛ばされたのだ、と理解したのは、自分の身体《からだ》が窓《まど》ガラスを突《つ》き破《やぶ》り、背後《はいご》の校舎《こうしゃ》へと放《ほう》り投げられ、机《つくえ》と椅子《いす》の幾《いく》つかを巻《ま》き込んでリノリウムに叩《たた》き付けられた数秒後だった。

「あ、か？　は……」

　呼吸《こきゅう》ができない。全身《ぜんしん》が痺《しび》れている。あれ、これってヤバいんじゃねえか、などと軽く考えてみるが、そんな誤魔化《ごまか》しなどまるで効果《こうか》がなく、胸《むね》の中を絶望感《ぜつぼうかん》が塗《ぬ》り潰《つぶ》す。

　ようやく理解《りかい》した。

　枯葉《かれは》が日崎《ひざき》の前に立てているのは、あの鉄扇《てっせん》の威力《いりょく》が低い訳《わけ》でも、日崎が手加減《てかげん》をしている訳でもない。要《よう》するに——枯葉が日崎の武器がどういうものかを熟知《じゅくち》した上で、かつ、とんでもなく高い身体能力《しんたいのうりょく》を使って紙一重《かみひとえ》でこの風を躱《かわ》しているからだ。

　ひょっとしたら懐《ふところ》に飛び込めば案外《あんがい》安全なのかもしれない。或《ある》いはああ見えて隙《すき》が大きい武器なのかもしれない。でも景介にはそんな知識《ちしき》などなく、枯葉のような運動神経《うんどうしんけい》も皆無《かいむ》だ。車のことを知らない猫《ねこ》が呑気《のんき》に轢《ひ》き殺されてしまうのと同様《どうよう》の愚行《ぐこう》。

「く……はあっ！」

　ようやく呼吸が再開《さいかい》する。同時に今まで経験《けいけん》したこともないような痛《いた》みが全身に広がっていく。骨《ほね》は大丈夫《だいじょうぶ》だろうか。内臓《ないぞう》は無事《ぶじ》だろうか。実際《じっさい》はもはやそういうレベルではなく、もうすぐ意識《いしき》を失ってそのまま死んでしまうのではないか。

　様々《さまざま》な不安が駆《か》け巡《めぐ》るが、どうやらまだ心臓が止まる気配《けはい》はない。

　激痛《げきつう》に顔をしかめながら上半身《じょうはんしん》を起こす。

　手も足もちゃんとあった。ひとまず安心した。とはいえ、絶望的な気分は変わらない。

　思い知る。

あれを前にしては、日崎と戦《たたか》うとか邪魔《じゃま》をするとか以前の問題だ。景介《けいすけ》は足手纏《あしでまと》いですらない。その辺《へん》の蟻《あり》と同じ、いてもいなくてもどうでもいい存在《そんざい》。

けれど枯葉があのまま状況《じょうきょう》を逆転《ぎゃくてん》できるとも思えず、棺奈《かんな》の助力《じょりょく》も見込めない。

日崎を説得《せっとく》するという手はどうだろう。無様《ぶざま》に泣いて謝《あやま》って情《じょう》に訴《うった》え、土下座《どげざ》でもすれば見逃してもらえるだろうか。……無理《むり》だ。

あの眼《め》は――吹き飛ばされる前に見た日崎の眼は、恐《こわ》かった。

両親を殺した、と言っていた。そこまで覚悟《かくご》を決めてしまった奴《やつ》を、たかがクラスメイトがどんな説得をする？　それに説得というなら枯葉が今、力尽《ちからづ》くで試《ため》している。同族で、幼《おさな》い頃《ころ》からの友人に対してあそこまで容赦《ようしゃ》なく攻撃《こうげき》しているのだ。もう止まるとは思えない。

「畜生《ちくしょう》、どうすっかな」

どうしようもないと頭の隅《すみ》で思いつつも、それでも諦《あきら》めたくはない。

まあいい。どうせ死にかかった身《み》だ。あいつに飛び掛《か》かって万にひとつでも注意を逸《そ》らすことができれば、枯葉に活路《かつろ》も生まれるかもしれない。

「仕方《しかた》ねえな。……もう一回、やりますかね」

痛《いた》みをこらえつつ、気合いを入れて立ち上がる。

そういえば、あの『かみらの枝《えだ》』とやらはどこに行ったのだろう。周囲《しゅうい》を見渡《みわた》すと、足許《あしもと》に落ちていた。使い方もわからない道具などあっても無駄《むだ》だけどな、と思いつつも拾い上げる。

その時、だった。

ぶううう、と。

制服《せいふく》のズボン、ヒップポケットの中で振動《しんどう》があった。

電話だ。むしろ壊《こわ》れていないことに驚《おどろ》きつつ、取り出す。

無視《むし》しようと思ったが、もし母親からだったりしたら今生《こんじょう》の別れくらい言っておきたい。黙《だま》って失踪《しっそう》してしまうのは景介《けいすけ》にとって最大の親不孝《おやふこう》だ。

痛《いた》む指先で開いた途端《とたん》、慌《あわ》てたような声が聞こえてきた。

電話の主《ぬし》は母ではなく、

『ちょっと霧沢《きりさわ》、あんた大丈夫《だいじょうぶ》!?』

「木陰野《こかげの》、か……？」

一時は灰原《はいはら》をいじめた犯人《はんにん》かと疑《うたが》ってしまったクラスメイトからだった。

『生きてる？　ああ、よかった……あんた、りょうげの風をまともに食らうんだもん。死んじゃったかと思ったよ。知らなかったんだろうけど、無謀《むぼう》にもほどがある！』

どうやら景介がやられるところを見ていたらしい。

「って、待《ま》て。お前今、どこだ？」

木陰野は答えた。

『迷《まよ》い家《が》。でも、今大急ぎでそっちに向かってる』

「はあ？　学校にいるんじゃないのか？　なんで迷い家にいて俺のこと知ってんだよ」

『そういう道具があるの。あたし実は、ずっとそれであんたを監視《かんし》してたんだけど……』

監視、って、隠《かく》れて学校で見ていた訳《わけ》ではなかったのか。

ともあれ、

「そのことは今はどうでもいい。それより、木陰野」

『あたしが着くまでどうにか持ちこたえて……って、何？　どうしたの？』

来るならもっと早くに来いよと思わないでもなかったが、電話をくれただけで充分《じゅうぶん》過ぎるほどにありがたい。閉じ込められた洞窟《どうくつ》で光源《こうげん》を発見した気分だ。

「お前『かみらの枝《えだ》』って知ってるか？　一族《いちぞく》なら知ってるよな？　知らないなら今すぐ知ってる奴《やつ》に連絡を取れ。大急ぎだ。一生のお願いだ」

『いや、知ってるけど……あ、まさかあんた、さっき棺奈《かんな》に何か受け取ってたのって……』

「使い方を教えろ！」

景介は受話器《じゅわき》に向かって叫《さけ》んだ。

「できるだけ簡単《かんたん》に、かつ迅速《じんそく》に、それでいて俺にもわかるように丁寧《ていねい》にだ、木陰野軍曹《ぐんそう》！」

やった。よかった。ありがとう木陰野。疑《うたが》ってすまん。

あらん限りの感謝《かんしゃ》を述《の》べたい気持ちを必死《ひっし》で抑《おさ》えつつ、景介は木陰野の言葉《ことば》に耳を傾《かたむ》ける。

ひとしきり説明を受けた後「できるだけ早く来てくれ」と告《つ》げて電話を切った。

――なるほど、そう使うのか。

聞いてみればなかなか便利《べんり》だ。この状況《じょうきょう》も打破《だは》できるかもしれない。景介《けいすけ》は全身《ぜんしん》を絶《た》え間なく打ち付ける痛《いた》みのことなど忘れ、『かみらの枝《えだ》』の柄《え》を、力の限りに握《にぎ》り締《し》めた。

3

身体《からだ》の怪我《けが》は思っていたよりも厄介《やっかい》で、一歩歩くごとに気絶《きぜつ》しそうだった。というよりも、満足に歩けずに殆《ほとん》ど這《は》いずり回っての作業《さぎょう》だった。

景介はこれまでの人生で最大と言っていいほどに気力を振《ふ》り絞《しぼ》り、どうにか意識《いしき》を失《うしな》わずにそれを進める。窓《まど》の外からはまだ争《あらそ》いの音が聞こえていた。

いつ止んでしまうかと焦燥《しゅうそう》が募《つの》る中、そろそろいいだろうと判断《はんだん》する。

教室の暗闇《くらやみ》の中を見た。

景介が落下した場所を除《のぞ》いて規則的《きそくてき》に並《なら》んだ椅子《いす》と机《つくえ》が、各三十五。

作業を行なったのはその内《うち》の十組だ。

正直《しょうじき》、まだ数が足りないかもしれない。しかしこれ以上悠長《ゆうちょう》なことはしていられない。

蔵物《ぞうぶつ》――『かみらの枝』。

聞いてみれば使い方は、至《いた》って簡単《かんたん》だった。

景介は目を閉じる。

ここからが本番だ。上手《うま》くできるかどうか自信はない。それでもやるしかない。

木陰野《こかげの》に聞いた説明《せつめい》を思い出す。

——『意識《いしき》を拡散《かくさん》させて、イメージして』

「できるだけ……」

——『できるだけ、それが、自分の延長《えんちょう》だというふうに思うの』

牙《きば》にも太い針《はり》にも見える、青い筋《すじ》の走った刀身《とうしん》。

その先端で傷を付けた、十組の机と椅子。

——『繋《つな》がったと思ったら、動かすの。動けばそれで成功』

ごとり、と、音がした。

続き、周囲《しゅうい》から次々に、同様《どうよう》に——。

刺したものを自らの支配下《しはいか》に置く。

それが『かみらの枝』の持つ、特性《とくせい》らしい。

——いける。

景介は確信《かくしん》した。

目を開く。窓《まど》の外を見る。

日崎《ひざき》はこちらに背《せ》を向けている。枯葉《かれは》は肩《かた》で息《いき》をして、今にも倒《たお》れてしまいそうだ。

もう時間はない。

「枯葉《かれは》……避《よ》けろっ！」

「景《けい》……」

声に驚《おどろ》き、枯葉がこっちを見た。日崎《ひざき》も何事かと振《ふ》り返る。

それが合図《あいず》。

「……行け、この野郎《やろう》ぉっ！」

痛《いた》む右腕《みぎうで》を振りかざし、まるで軍隊《ぐんたい》の指揮官《しきかん》のように前へ突《つ》き出す。

それに呼応《こおう》するかのように、教室の窓《まど》から――、

机《つくえ》と椅子《いす》が、日崎に降《ふ》り注《そそ》ぐ。

「な……っ!?」

さすがに驚いたのだろう、動きを止め、目を見開いた。

「まさか……『かみらの枝《えだ》』!?」

慌《あわ》てて鉄扇《てっせん》を振る。突風《とっぷう》が吹《ふ》き、机たちに激突《げきとつ》する。幾《いく》つかは破壊《はかい》され、幾つかは上空に舞《ま》い上がり、幾つかは地面に叩《たた》き付けられた。

だが、どんなに風を受けようと、景介の支配が解除《かいじょ》された訳《わけ》ではない。

破壊《はかい》された椅子はばらばらになりながらも勢《いきお》いを緩《ゆる》めない。上空に舞い上がった机は逆《ぎゃく》に重力を利用し、放物線《ほうぶつせん》を描《えが》いて日崎の頭上に落下する。地面に叩き付けられようと、再《ふたた》び宙《ちゅう》を舞って敵《てき》に向かっていくだけだ。

唯一《ゆいいつ》、机の中に入っていた、誰《だれ》のものとも知れない筆箱《ふでばこ》や教科書や参考書《さんこうしょ》が風に呷《あお》られてめちゃくちゃに散乱《さんらん》する。すまん同級生《どうきゅうせい》。でも荷物《にもつ》を持ち帰らないお前らが悪い。

心の中でいつもの性悪《しょうわる》な軽口《かるくち》を叩く余裕《よゆう》くらいはあった。

もっとも、細《こま》かいコントロールが上手《うま》くいくかどうか。

狙《ねら》ったところに当てるくらいならどうにかなりそうだが、相手《あいて》は暴風《ぼうふう》でそれを妨害《ぼうがい》してくる。

ひょっとしたら日崎に直撃《ちょくげき》してしまうのではないかと気が気ではない。

できるなら殺したくはなかった。怪我《けが》もさせたくなかった。

この期《ご》に及《およ》んで甘《あま》っちょろいのかもしれない。でも、少なくとも――あいつは日崎歩摘《ほづみ》だ。景介のクラスメイトだ。たとえ灰原《はいはら》を死に追いやった奴《やつ》のひとりであっても、尾ノ上《おのうえ》を殺した犯人《はんにん》であっても、一年間ずっと一緒《いっしょ》の教室にいてそれなりに仲良《なかよ》くやってきた奴を自分の手で殺すなんてこと、景介にはどうしてもできない。

机と椅子がまるで瓦礫《がれき》のように、日崎の周囲《しゅうい》へと積《つ》み重なる。

「きゃ……！」

視界《しかい》を開こうと風を巻《ま》き起こすが、吹き飛ばした先にまた次の椅子が、破壊した先にまた次の机《つくえ》が、絶《た》え間《ま》なく日崎《ひざき》を囲《かこ》んで離《はな》さない。

「おい！」

日崎の動きを封《ふう》じながら、景介《けいすけ》は叫《さけ》んだ。

「今のうちに何とかしやがれっ！」

頷《うなず》き、枯葉《かれは》は戦《たたか》いを見守っていた棺奈《かんな》に向かって手を突《つ》き出す。

「棺奈！」

「かしこまりました」

まったくいつもの調子《ちょうし》で応《こた》えた棺奈が『くらい墓穴《はかあな》』からひと振《ふ》りの手斧《ておの》を取り出し、枯葉へと投げて寄越《よこ》す。恐《おそ》らくあの日、棺奈が灰原《はいはら》の首を切り落としたものだ。

回転しながら空中を飛ぶそれを器用《きよう》に掴《つか》んだ彼女は、あちこちが避《さ》けてぼろぼろになってしまった着物《きもの》の裾《すそ》も露《あらわ》に走ると、机の山に向かって、横薙《よこな》ぎに斧《おの》を打ち付けた。

幾《いく》つかが弾《はじ》け飛び、日崎の姿《すがた》が露になる。

「く、……っ」

「……遅《おそ》い！」

即座《そくざ》にもう一閃《いっせん》。

咄嗟《とっさ》に鉄扇《てっせん》を振ろうとした日崎の腕《うで》が、手首ごと宙《ちゅう》を舞《ま》った。

机と椅子《いす》が崩《くず》れるけたたましい音。

土煙《つちけむり》。

そして──。

視界《しかい》が晴《は》れた時にはもう枯葉は、仰向《あおむ》けに倒《たお》れる日崎の首筋《くびすじ》に斧《おの》の刃《やいば》を突《つ》き付けていた。

「お前の負《ま》けだ」

見下ろし、枯葉が言った。

「もっとも、殺し合いでは勝てなかったがな。やはり凄《すご》いな、お前は」

日崎は応《こた》えない。代わりに、

「殺すのは、今からでしょ？」

感情の込められていない声で、無機質《むきしつ》に皮肉《ひにく》を吐《は》き捨《す》てる。

「そんな斧じゃ死なないけどさ。首を切り落としてどこかに捨ててくれればいいよ。三日もすれば意識《いしき》もなくなってあの世行《よゆ》きだから」

「……枯葉」

痛《いた》みを騙《だま》し騙し、教室の窓《まど》からようやく出てくることのできた景介は、彼女の背《せ》に呼び掛《か》ける。どう言っていいものかわからないし、言えた義理《ぎり》でもないとは思うが、

「その、日崎を……」

殺さないでくれ、と、頼《たの》もうとしたのと同時だった。

「ふざけるな、歩摘《ほづみ》」

あくまで静《しず》かに、けれど有無《うむ》を言わせない口調《くちょう》で、枯葉《かれは》が怒《いか》りを露《あらわ》にする。

「妾《わたし》はお前を殺したりせん。死ぬことも許《ゆる》さん」

しばらくの沈黙《ちんもく》。

その後に日崎《ひざき》は、空々《そらぞら》しく嗤《わら》う。

「は、は。な、によ……何よ。情《なさ》けでもかけてるつもりなのかな？　それで私がどれだけ惨《みじ》めな気分になるか、わかってるのかな？」

目には涙《なみだ》が溜《た》まっていた。

「私、お母さんを殺したんだよ。お父さんも。りりちゃんだって。灰原《はいはら》さんも。その上で枯葉ちゃんも殺そうとした。これだけのことをした私に、それでもまだそんなことを言うの？」

「ああ、そうだ」

「裏切《うらぎ》ったんだよ？　私は、枯葉ちゃんを。……私の知ってる枯葉ちゃんなら、それを許したりはしないよ。なのに、なんで？　私への罰《ばつ》？」

「……許さなかっただろうな。以前の妾なら」

ふ、と、枯葉は笑《え》みを浮かべた。

——どうしてだろう？

顔立《かおだ》ちも雰囲気《ふんいき》も違《ちが》うのに。

何故《なぜ》か景介《けいすけ》の目にはその時、枯葉の笑顔《えがお》に、灰原の笑顔が重なった。

それは中学の頃《ころ》、尾ノ上《おのうえ》と一緒《いっしょ》にいる時に見せていた、綻《ほころ》ぶような——あの、優《やさ》しい。

「なあ、歩摘。親友とは何だ？」

「親……友？」

「妾はずっと、お前のことを親友だと思っていた。幼《おさな》い頃《ころ》からずっと一緒《いっしょ》で、誰《だれ》よりも仲《なか》が良かったからな。覚えているか？　棗《なつめ》がたまに遊びに来た時、いつも枯葉ちゃんと一緒で歩摘ちゃんはずるい、などとごねたのを。型羽《かたは》も嫉妬《しっと》していたな。友達がいない檻江《おりえ》などは、遠巻《とおま》きにこっちを羨《うらや》ましそうに眺《なが》めていた」

懐《なつ》かしそうに語る枯葉に対し、日崎はつらそうに応《こた》える。

「親友は、裏切ったりなんかしない人のことだよ、枯葉ちゃん。だから私は……」

「違《ちが》う」

枯葉は、首を振った。

「この者にならいいいいいいいいいいい裏切られても構わないいいいいいいいいい。そう思えるのが親友だ」

「……え」

その、枯葉の言葉《ことば》に——。

思わず景介は、声をあげる。

中学の頃《ころ》のことだ。

尾《お》ノ上《うえ》と灰原《はいはら》が休み時間に話をしていた。景介《けいすけ》はたまたま近くの席《せき》で、確《たし》か前の晩《ばん》にゲームのやり過《す》ぎで眠《ねむ》くて、机《つくえ》に突《つ》っ伏《ぷ》してうとうとと舟《ふね》を漕《こ》いでいた。盗《ぬす》み聞きするつもりはなかったがなんとなく会話は耳に入っていたので、それを子守唄《こもりうた》にしていた。

詳《くわ》しくは覚えていない。ただ。

尾ノ上が、何かの拍子《ひょうし》にこう口にしたのだ。

――わたし、そうなったら吉乃《よしの》を裏切《うらぎ》っちゃうかもねー。

冗談《じょうだん》めかした上での科白《せりふ》だったと思う。もし同じ男子を好《す》きになってしまったらとか、そんな類《たぐい》のものだった気がする。だから灰原の返事も同じく、楽しそうだった。

彼女は言ったのだ。

――でも私、りりちゃんにだったら、別に裏切られてもいいよ。

と。心底からの笑顔《えがお》で、ごく自然に――。

「……何故《なぜ》だろうな。今の妾《わたし》の中には、お前を許《ゆる》さないなどという選択肢《せんたくし》はない」

枯葉《かれは》は、日崎《ひざき》の首筋《くびすじ》に突《つ》き立てていた斧《おの》を投げ捨てる。

「手は大丈夫《だいじょうぶ》か、歩摘《ほづみ》。治《なお》す気力《きりょく》はあるか？」

切り落とされたというのに治るらしい。まあ、首でさえそうなのだから当然か。

日崎を見ると、残された手で顔を覆《おお》っていた。

震《ふる》えていた。泣いているのが景介にもわかった。

「すまんな、景介」

枯葉がこちらに向き直って、申《もう》し訳《わけ》なさそうにする。

「お前にとっては友人の仇《かたき》かもしれんが……妾はこいつを、殺したくはない」

ふと思い付いたので、意地《いじ》悪《わる》な顔をして尋《き》いてみた。

「俺がもし、どうしても日崎を殺すと言ったら？」

通じたのだろう。

枯葉も笑い、

「妾はお前を、敵《てき》に回さねばならんな」

「お前、俺のことが好きだとか言ってなかったか？」

「それとこれとは別だ。それに……吉乃《よしの》ならそうしただろう？」

「たぶんな……いや、きっと。安心しろ。殺したりしないよ」

大きく息《いき》を吐《は》いてから、景介は肩《かた》を竦《すく》めた。

「……俺はもう、尾ノ上がいなくなって塞《ふさ》ぎ込んでる灰原なんて見たくないんだ」

枯葉に向けて僅《わず》かな優《やさ》しさと、日崎に向けて僅かな厳《きび》しさを込めて、

　そして、自分に向けて、それら以上の韜晦《とうかい》で。

　日崎《ひざき》は相変《あいか》わらず、無言《むごん》で泣きじゃくっている。

　この結果をどう感じているのかわからないし、ひょっとしたらこの涙《なみだ》の理由は、嬉《うれ》しいからではなく憎《にく》いからなのかもしれない。でも、それでもいいだろう。

　こいつにはこれから、思う存分後悔《ぞんぶんこうかい》してもらわなければ困《こま》る。枯葉《かれは》や景介《けいすけ》に後ろめたさを感じて、或《あ》るいは怨《うら》んで、自分のしてきたことが間違《まちが》っていたと思い知ってもらいたい。

　でも自分は、こいつを憎まないし、怨《うら》まないようにしよう。後ろめたさも感じるな。ごく普通のクラスメイトとしてこれからも接《せっ》してやるのが、景介にとっての、日崎への復讐《ふくしゅう》だ——。

　そう思い、まずは日崎の腕《うで》を探《さが》して拾《ひろ》ってきてやるかと、周囲《しゅうい》を見渡《みわた》す。

　視界《しかい》に映《うつ》った人影《ひとかげ》と目が合ったのは、振《ふ》り返った時だった。

4

　見覚《みおぼ》えがあるシルエットだった。

　枯葉ではない。棺奈《かんな》ではない。もちろん日崎でもない。駆《か》け付けてきた木陰野《こかげの》とも違《ちが》う。

　どうしてこんな時間まで残っていたのかわからないし、なんでまたよりにもよってと思う。

　しかし——そいつは、周囲の惨状《さんじょう》と景介に気付き、震《ふる》える声をあげた。

「霧沢《きりさわ》……くん？」

「いや、その……」

秋津依紗子《あきついさこ》だ。

「景介。知り合いか？」

こっちに近付いてきた枯葉が小声《こごえ》で尋《き》いてくる。

「クラスメイトだ。やべぇ」

こんなところを見られるなんて。どう言い訳《わけ》をすればいいのだろう。

来年の文化祭《ぶんかさい》に向けて演劇《えんげき》の練習してたんだ、とか。苦《くる》し過《す》ぎる。

無視《むし》して逃げるのはどうか。有効《ゆうこう》そうだが負傷《ふしょう》した日崎を抱《かか》えてというのは難《むずか》しいかもしれない。それに明日教室で追及《ついきゅう》されたらどう誤魔化《ごまか》すかに骨《ほね》が折《お》れる。

いっそ、気絶《きぜつ》させて保健室にでも寝《ね》かせておくのは？

頭を必死《ひっし》で回転させるが、いい案《あん》が浮かばない。

そうこうしている内《うち》にこちらへ歩《あゆ》み寄ってくる。手遅《ておく》れになる前にどうにか――。

「歩摘《ほづみ》ちゃん！」

と、いきなりだった。

秋津が素《す》っ頓狂《とんきょう》な声をあげると、景介を無視《むし》して日崎の方へと走り出す。

どうやらあっちも見付かったらしい。しかも、

「どうしたの!? その怪我《けが》……酷《ひど》い」

切り落とされた腕《うで》の傷《きず》を見て、慌《あわ》てふためき始めた。

まずい。これは絶対にまずい。

こうなったらもう四《し》の五《ご》の言ってはいられない。最後の手段《しゅだん》だ。当《あ》て身《み》を食らわせて、それからどこかに寝かせて——変な夢《ゆめ》でも見たんじゃねえのと強引《ごういん》にとぼけ倒《たお》すしかない。幸《さいわ》い日《ひ》崎《ざき》の怪我はすぐに治《なお》るみたいだから、繋《つな》がった腕でも見せれば納得《なっとく》せざるを得ないだろう。

「枯葉《かれは》、悪いけど……」

あいつを眠《ねむ》らせてくれ、と言いかけて、ふと違和感《いわかん》を覚える。

——おい……ちょっと待《ま》てよ?

そもそもの疑問《ぎもん》だ。

秋津《あきつ》は、何故《なぜ》こんな時間まで学校にいたのだろう。午後七時半を過《す》ぎている。部活生《ぶかつせい》ですらもうあらかた下校したというのに、どこの部にも入っていない秋津がどうして。

委員会活動? いや、あいつは秋の文化祭《ぶんかさい》の時にだけ仕事《しごと》のある文化委員だった気がする。

仮《かり》に用事で残っていたとして、何故ここに来たのか。ここは体育館と校舎《こうしゃ》に挟《はさ》まれた、通路からも外《はず》れた空間だ。滅多《めった》に人は来ない。騒《さわ》ぎを聞きつけたのか。それだったらひとりで見に来るのはおかしい。秋津の性格上《せいかくじょう》、まずは職員室《しょくいんしつ》に行くはずだ。

いや——違う。そこじゃない。

それもあるが、違和感《いわかん》の正体《しょうたい》はもっと別の理由だ。

「歩摘《ほづみ》ちゃん、待《ま》ってて、今何か止血《しけつ》を……」

焦燥《しょうそう》を混《ま》じらせて口走りながら、自分の鞄《かばん》を漁《あさ》り始める秋津。

――止血？

片腕《かたうで》がないなんて、普通《ふつう》の女子高生が見たら即座《そくざ》に卒倒《そっとう》しそうな怪我なのに？

慌ててはいるみたいだけど、慌て方がぬるい。

こいつはどうしてこんなに、まるで転んで擦《す》りむいた時みたいに――。

疑念《ぎねん》が膨《ふく》らんでいく中、唐突《とうとつ》に思い至《いた》った。

違和感の正体、それは、

「枯葉！」

景介《けいすけ》は咄嗟《とっさ》に叫《さけ》んだ。

「そいつを日崎《ひざき》に近付けるなっ！」

「景介……？」

秋津が立ち上がる。鞄の中から何かを取り出している。

「そいつは……敵だ！」

「鋭《するど》いね、霧沢《きりさわ》くん」

振り返り、笑《え》み。直後。

「でも、遅《おそ》い」

ばちぃ、と、視界《しかい》を真《ま》っ白なものが一瞬《いっしゅん》だけ覆《おお》った。

咄嗟《とっさ》に目を閉じるが眩《くら》まされた。光が焼き付いて明滅《めいめつ》を繰《く》り返す眼《め》を必死《ひっし》で擦《こす》りながら、ようやく見えてきたのは——眩《まぶ》しい塊《かたまり》。

爆《は》ぜるような火花をあちこちに纏《まと》わりつかせた、それは、獣《けもの》だ。

正確《せいかく》には獣の形をした光だった。猿《さる》のような、龍《りゅう》のような、一見《いっけん》して何だかわからないが、四本の足と頭、尻尾《しっぽ》が見てとれる。大きさは人の腰《こし》ほどもあった。

「しらぬえ……だ、と？」

景介《けいすけ》と同じように目を袖《そで》で覆った枯葉《かれは》が、驚愕《きょうがく》の声をあげる。

恐《おそ》らくは、一族《いちぞく》の蔵物《ぞうぶつ》なのだろう。何故《なぜ》秋津《あきつ》が持っているのかわからない。が、

「おい、驚《おどろ》いてる場合かっ」

あんなものを出してきたということはつまり、

「日崎《ひざき》を助けろ！」

「く……っ！」

枯葉が飛び出した。

景介もまた、彼女の周囲《しゅうい》に積《つ》み重なっていた机《つくえ》と椅子《いす》に意識《いしき》を送る。まだ動くのであれば動け、と。しかし既《すで》に支配《しはい》を解《と》かれたそれらは、もはや自分の手足ではなかった。

枯葉《かれは》もまた、生身《なまみ》ひとつであまりに無力《むりょく》だった。『しらぬえ』とかいう獣《けもの》——恐《おそ》らくは、それ自体電気の塊《かたまり》——が軽やかに跳《は》ね、枯葉の行く手を遮《さえぎ》るように目前《もくぜん》へ降り立ったのだ。

近付くことが叶《かな》わない。

「歩摘《ほづみ》！　歩摘っ！」

必死《ひっし》に呼び掛《か》ける悲痛《ひつう》な叫《さけ》び。挙《あ》げ句《く》、獣に体当《たいあ》たりしてまでも行こうとする。

そんな枯葉の肩《かた》を棺奈《かんな》が摑《つか》んだ。

「お嬢《じょう》さま、危険です。あれに、焼かれれば、一族《いちぞく》とて」

「離《はな》せ、棺奈！　歩摘が……」

「聞けません」

手を伸《の》ばす枯葉を背後《はいご》から羽交《はが》い締《じ》めにして止める。棺奈にとっては主人《しゅじん》の身《み》の安全が最優《さいゆう》先《せん》なのだろう。だがそれは、枯葉にとってはあまりに酷《こく》だ。

秋津《あきつ》は光に横顔を照らし、ふたりの様子《ようす》を見て《て》いる。

普段《ふだん》学校で見る秋津と何も変わらない、人当たりのよさそうな品《ひん》のいい笑顔《えがお》で——。

「……っ」

景介《けいすけ》はそれに、尋常《じんじょう》ではない恐怖《きょうふ》を覚えた。

日崎《ひざき》のように悲しみや怒《いか》りで豹変《ひょうへん》してくれた方がまだマシだ。

どうしてこいつは、こんな状況《じょうきょう》で、まったくいつも通りに笑っている？

クラスメイトと冗談《じょうだん》を言ったり、課題《かだい》を写し合ったりする時と寸毫《すんごう》も違わない顔で、絶叫《ぜっきょう》する枯葉とそれを止める棺奈を眺《なが》めている?

くすくすと口許《くちもと》に手を当て、秋津が言った。

「大丈夫《だいじょうぶ》よ。殺したりはしないわ。ただね……」

いつの間にか彼女が手に持っていたのは、鉈《なた》。

それを振り上げ、

「小娘《こむすめ》に懐柔《かいじゅう》される前に連れて帰れ、って、母さまの命令《めいれい》なの」

「秋津、やめ……！」

景介の制止《せいし》は意味をなさない。

鉈は、日崎が横たわっていた地面に向けて、勢《いきお》いよく振り下ろされる。

光の獣と机《つくえ》の山に遮《さえぎ》られ、何が起きたのかは見えなかった。ただ、想像《そうぞう》はできた。

何故《なぜ》なら秋津はしゃがみ込み、ごそごそとその場で何か作業《さぎょう》をし。

それから、白い布《ぬの》で包《つつ》まれた半球形《はんきゅうけい》のものを抱《かか》えて立ち上がったからだ。

見覚えのある形状だった。枯葉が入っていたのと同じ形をしている。

鳥籠《とりかご》だ。

けれど中には恐《おそ》らく、カナリヤなんかではなく、日崎の――。

「秋津……お前、一族、だったのか？」

胸《むね》の中に湧《わ》き起こる気持ち悪さを抑《おさ》えつつ、景介《けいすけ》は問《と》うた。

「莫迦《ばか》な！」

怒《いか》りに瞳《ひとみ》を燃やす枯葉《かれは》が即座《そくざ》に否定《ひてい》する。

「一族《いちぞく》にあのような者はおらん。本家側《ほんけがわ》にも、繁栄派《はんえいは》にもだ！」

「ねえ、霧沢《きりさわ》くん」

そんな枯葉を無視《むし》して、秋津《あきつ》の笑《え》みは崩《くず》れない。

「どうして気付いたの？　教えてくれると嬉《うれ》しいわ」

「誰《だれ》だって気付くさ。……むしろ俺は思い出すのが遅《おそ》かったくらいだ」

現《あらわ》れた時に気付いていたら。

いや、せめてあと数秒早ければ、日崎《ひざき》を守れたかもしれないのに。

「お前は昼間、俺に嘘《うそ》を吐《つ》いただろ？」

そうだ。

秋津は今日、昼休みに景介を呼び出して告《つ》げた。

棗《なつめ》ちゃんの友達が灰原《はいはら》さんをいじめてたって噂《うわさ》があるの――と。

その時は信じ込んでしまった。が、今考えるとそれは出鱈目《でたらめ》もいいところだ。灰原をいじめていたのは日崎の部活仲間《ぶかつなかま》たちであって、木陰野《こかげの》の友人ではない。

「俺は本当のことを知った時、単《たん》にお前が噂を鵜呑《うの》みにしただけだろうと思った。そしてそれであの件《けん》はすっかり忘れちまってた。……まったく冗談《じょうだん》じゃない。間抜《まぬ》けもいいところだ」

その時によく考えていれば、現れた瞬間《しゅんかん》に対処《たいしょ》できた。

でも、一度疑った木陰野が潔白《けっぱく》だったことで罪悪感《ざいあくかん》を持ち、無意識《むいしき》に思ってしまったのだ。

クラスメイトを疑うなんて最低だ、もう二度とするな、と。

「あれは……俺が枯葉たちを疑うように仕向《しむ》けるための、お前の嘘だったんだ」

こいつは最初からすべてを知っていた。

一族の内紛《ないふん》のことも、灰原がいじめられていたことも、灰原の好意《こうい》が景介に向けられていたことも、その好意を枯葉が受け継《つ》いだことも、そして、日崎が枯葉を裏切《うらぎ》っていたことも。恐らく繁栄派に属《ぞく》する奴《やつ》なんだろう。枯葉は知らないと言っていたが、そうとしか思えない。

そして、そうだとすればすべて辻褄《つじつま》が合う。

景介に嘘を吹《ふ》き込んで、木陰野や枯葉を動揺《どうよう》させようとしたのだ。人数も少なく里《さと》から落ち延《の》びてきたばかりの本家側は、それだけで脆《もろ》くなる。更《さら》にタイミングよく日崎の裏切りを知らされれば、瓦解《がかい》してしまっても不思議《ふしぎ》ではない。

「私のこと、信じてくれなかったんだ。悲しいなあ」

「ふざけろよ」

「でも言っとくけど、歩摘《ほづみ》ちゃんが霧沢くんと会ったのは計算外《けいさんがい》だったんだよ。本当はね……霧沢くんに枯葉を誘《おび》き寄せてもらおうとしたの。そうして、まだ居所《いどころ》の知れない枯葉を殺す、それが計画だったの。途中《とちゅう》までは普通《ふつう》に上手《うま》くいってたんだけど、歩摘《ほづみ》ちゃんのせいで全部おしゃかになっちゃった。……ま、仕方《しかた》ないか。枯葉《かれは》や歩摘ちゃんはもちろん、私のこと知ってる一族《いちぞく》なんて殆《ほとん》どいないもの。繁栄派《はんえいは》の人たちを含《ふく》めて、ね」

「誰《だれ》だ……？　貴様《きさま》は」

歩摘を人質《ひとじち》に取られている怒《いか》りからか、それとも頭首《とうしゅ》の娘《むすめ》として自分の知らない一族の者がいるのが許《ゆる》せないからか。枯葉の声は震《ふる》えていた。

「本当に一族なのか。だとしたら母と父の名を言え」

問《と》うた枯葉に、

「父親は知らないし、どうでもいいわ。でも母親は、たぶんあなたの知っている人」

光の獣《けもの》を眺《なが》めつつ、秋津《あきつ》は答えた。

「この『しらぬえ』の持ち主《ぬし》……神楽。枯葉、あなたの伯母さまよ」

伯母さま。

確《たし》か昼間に日崎《ひざき》が話していた記憶《きおく》がある。自分たちが生まれる前に叛乱《はんらん》を起こそうとした者がいる、と。それは枯葉の母である女性の姉で、結果そいつは、確《たし》か――、

「莫迦《ばか》な！　神楽《かぐら》どのはもう……」

殺された、とか言わなかったか？

「まったくあなた、考えが甘《あま》いのね。母さまが死んだところ、あなた、見たの？　見ていない

でしょう？　単《たん》に周《まわ》りからそう聞かされただけ」

「待《ま》て、だったら……」

「ええ、そうね」

狼狽《ろうばい》を見せる枯葉とは対照的《たいしょうてき》に、秋津は平然としていた。

「私は、繁栄派の長にして鈴鹿《すずか》一族の正式後継者である……神楽の娘。そして私たちの目的は、あなたのお母さんが私の母さまから奪《うば》った頭首《とうしゅ》の座《ざ》を奪い返すことにあるのよ」

「……、まさか、そんな」

「ついでだから『つうれん』も取り戻しときたかったんだけど、歩摘ちゃんのこの様子《ようす》を見ると……今日は持ってきていないみたいね？　それとも出し惜《お》しみしていたの？」

愕然《がくぜん》としていた枯葉だったが『つうれん』とかいう単語《たんご》に反応《はんのう》し、気丈《きじょう》な態度《たいど》に戻る。

「宝刀《ほうとう》をそうやすやすと持ち歩くものか。たとえ持ってきていたとしても貴様《きさま》などに渡《わた》す道理《どうり》はない。……里《さと》を裏切《うらぎ》り山を燃やした者の、娘などにはな」

「あ、そう」

余裕《よゆう》をあくまで保《たも》ったまま、表情には微塵《みじん》の揺《ゆ》るぎもない。

「それならそれでいいわ。また次の機会《きかい》に殺して奪うだけだもの」

景介は彼女のその笑顔に、また強い違和感《いわかん》を覚えた。

実際《じっさい》、一族に関する細《こま》かな事情はどうでもいい。というより、断片的《だんぺんてき》に聞いても理解できないから興味《きょうみ》が薄《うす》い。それよりも気になるのは、秋津自身《あきつじしん》のことだ。

つまり、今の秋津と学校での秋津のどちらが、秋津の本心《ほんしん》からの笑顔《えがお》なのか。

どちらかが嘘《うそ》であったのならまだ理解できる。極端《きょくたん》に演技《えんぎ》の上手《うま》い奴《やつ》、で済《す》むからだ。

だが——もしも。

景介《けいすけ》の印象通《いんしょうどお》り、つまり笑顔と同様《どうよう》に内心《ないしん》も変化がなかったとしたら。

クラスで談笑《だんしょう》している時とまったく同じ気持ちで、日崎《ひざき》の首を切り落としたんだとしたら。

——こいつは、まともではない。

人間だとか一族《いちぞく》だとか、そんなこと関係なく、狂《くる》っている。

それは景介が、人間だったが故《ゆえ》に——この、一族しかいないという異常な場においての異物だったが故に、感じとれた違和感《いわかん》なのかもしれない。

日崎があなってしまった理由は景介にもわかる。枯葉《かれは》や木陰野《こかげの》だって同じだ。多少偏《かたよ》っているとしても、思考《しこう》や仕草《しぐさ》、考え方は人間と変わりなんかない。だから種《しゅ》が違《ちが》うといっても理解できるし、心を通じ合わせることだってできた。

でも、秋津はそうではない。

人間とは、景介とは明《あき》らかに違っている。

通じ合える気が、まるでしないのだ。

「……お前、何者だ？」

思わず、口を突《つ》いて出た。

あまりに抽象的《ちゅうしょうてき》で、しかも言葉《ことば》だけ聞くとまるで的外《まとはず》れな質問《しつもん》だった。

が、

「面白《おもしろ》いこと尋《き》くなあ、霧沢《きりさわ》くんは」

秋津はその意味がわかったかのように、くすくすと笑う。

「私が何者か、って？　そうね。この場で唯一《ゆいいつ》、あなただけがわかって、あなただけがわからないんでしょうね。だってあなたは、私との繋《つな》がりが何ひとつないんだもの。私のことを一番よく知っているつもりだったが故に、私のことがさっぱりわからなくなったのね」

上品《じょうひん》な含み笑い。ひとしきり続いた後で、言った。

「私は私よ。他の何ものでもなく、他の誰《だれ》とも似《に》ていない。世界で唯一、それだけが私のアイデンティティー。……これで答えになっているかしら？」

人を食った態度《たいど》に思わず激高《げっこう》し、景介は吐《は》き捨《す》てる。

「なってねえよ莫迦《ばか》。もっと俺にわかる言葉で喋《しゃべ》れ、この宇宙人《うちゅうじん》め」

「あははっ！」

それを聞いて、秋津はまた楽しそうに、

「やっぱりあなた、私の思った通りの人。面白いわ。デートの約束《やくそく》、もっと早くにしておけばよかったな。……あなたのこと、ちょっといいなって思ってたの、本当なのよ？」

そうしてそのまま、鳥籠《とりかご》を持ったまま、こちらに背《せ》を向ける。

「待《ま》て！　歩摘《ほづみ》をどこに連れて行く！　それにまだ話は終わっておらん！」

枯葉《かれは》が叫《さけ》び後を追おうとするが『しらぬえ』はそれを許《ゆる》さない。

あくまでこちらを睨《にら》みつつ、ゆっくりと後じさっていく。来るのなら容赦《ようしゃ》しない、そう言いたげだった。……もちろん、これが生物《いきもの》だなんてとても思えないが。

闇《やみ》に半《なか》ば身体《からだ》を溶《と》け込ませたまま首だけで振《ふ》り返った秋津《あきつ》が、肩《かた》を竦《すく》めた。

「心配性《しんぱいしょう》ね。殺さない、って言ったでしょう？　大丈夫《だいじょうぶ》だって。私たちの目的は、あなたの命《いのち》と『つうれん』だけ。母さまはね、とても情《なさ》け深いのよ」

冗談《じょうだん》なのか本気なのか、それとも日崎《ひざき》のことなどどうでもいいのか。ばいばい、と手を振ったのを最後に、秋津は闇の中へと去《さ》っていく。

次いで、しらぬえも。秋津が逃げたのを見計《みはか》らったかのように、まるで電源《でんげん》の落ちたディスプレイの光のように、その場から消失《しょうしつ》した。

あとには、静寂《せいじゃく》。

そして、首から先のなくなった日崎の——尾《お》ノ上《うえ》梨《り》々子《こ》の身体だけが残る。

5

「……枯葉」

景介はたまらなくなって、立ち尽《つ》くしている少女の名を呼んだ。

日崎に裏切《うらぎ》られた時すら気丈《きじょう》に振《ふ》る舞《ま》っていた枯葉だったが、景介の声には応えない。

ぼろぼろになった着物のまま、少し俯《うつむ》いて、顔を見せずにいる。

——畜生《ちくしょう》。

その後ろ姿を見て、口惜《くちお》しさだけが募《つの》った。

どうしてだ。

せっかく再会《さいかい》できたのに。元通《もとどお》り、親友同士に戻れると思ったのに。

どうして灰原《枯葉》と尾ノ上《日崎》を、また引き離《はな》す？

景介は——目の前で再《ふた》び起きた別離《べつり》に、あまりに無力《むりょく》だった。

夜の闇に、白いものが混《ま》じり始める。

粉雪《こなゆき》が、薄《うす》く舞《ま》っていた。

サクラノヒガン

終幕　桜の彼岸

次の日の昼間、迷《まよ》い家《が》に呼ばれた。

数日ぶりに訪《おとず》れたそこは以前見た雪景色《ゆきげしき》とは打って変わって、枯《か》れ木と茶色の藁葺《わらぶ》き屋根、灰色《はいいろ》の庭石《にわいし》に彩《いろど》られた、どこか寂《さび》しさを感じさせる風情《ふぜい》を漂《ただよ》わせていた。冬の日本家屋《にほんかおく》なんてそんなものではあるのだろうけれど、やはり今の景介《けいすけ》にはやや堪《こた》える。

「よく来たな」

木陰野《こかげの》に連れられて門に入ると、枯葉《かれは》が出迎《でむか》えてくれた。

案内され、座敷《やしき》へ上がる。掘《ほ》り炬燵《ごたつ》の上には蜜柑籠《みかんかご》。古くさいテレビからは子供向けの教育番組が流れていた。こうして改《あらた》めて見てみると、田舎《いなか》で過《す》ごす正月みたいだと苦笑《くしょう》する。

「今日はいつ頃《ごろ》まで大丈夫《だいじょうぶ》なのだ?」

蜜柑を剝《む》きつつその教育番組をぼんやりと見ていたら、枯葉が尋《たず》ねてくる。

「七時頃だな」

昨日は結局《けっきょく》、怪我《けが》の治療《ちりょう》やらなんやらで遅《おそ》くなってしまい、親にどやされた。今日は早めに帰る必要《ひつよう》がある。――内緒《ないしょ》で学校をさぼってしまった身《み》としては、尚更《なおさら》。

それにしても、こいつらはどこまで出鱈目《でたらめ》なんだろうと思う。

あの後。

遅《おく》れてきた木陰野の持ってきた蔵物《ぞうぶつ》で、景介の怪我はあらかた治《なお》ってしまった。全身打撲《ぜんしんだぼく》に加《くわ》えて肋骨《ろっこつ》が何本か折《お》れていたのに、今は普通《ふつう》に歩ける。痛《いた》み自体はまだ完全《かんぜん》に治《おさ》まっていないから多少《たしょう》きついとはいえ、まるで魔法《まほう》だ。

枯葉は枯葉で全身に切り傷《きず》やら打ち身《み》を作っていたのに、蔵物を使いもせずに一晩《ひとばん》で完治《かんち》。まったくふざけた身体《からだ》をしていると、呆《あき》れを通り越《こ》して感心する。

とはいえ、それでも元《もと》に戻らないものはある。

首を持ち去られた日崎《ひざき》の身体は――ただの死体になってしまった。

「夕餉《ゆうげ》は食べていくのだろう？」

と、枯葉がまたこっちを見る。

「いいのか？」

「おお。今日はハンバーグだ。昨日は食べ損《そこ》ねたからな。パインも載《の》る予定だぞ」

「……ちょっと待《ま》て。俺はパインはいらん」

「何故《なぜ》だ？　甘《あま》いぞ？　肉と合うぞ？」

「アホかお前。肉に果物《くだもの》なんて邪道《じゃどう》だ。俺のメニューには載ってない」

「ああ、なんということだ」

枯葉は驚愕《きょうがく》に目を見開いた。

「早くも趣味《しゅみ》の不一致《ふいっち》が発覚《はっかく》した。これでは夫婦《ふうふ》生活も前途《ぜんと》多難《たなん》だ」

「誰《だれ》と誰が夫婦になるってんだよ。俺は受けたつもりはねえぞ」

「このツンデレめ」

「違《ちが》うって言ってんだろうが！」

けらけらと楽しそうに笑う様子《ようす》は、まるで子供だ。

——まったく。真面目《まじめ》な時には大人でも面食《めんく》らってしまうほどの覚悟《かくご》を見せるくせに。

そんなことを考えていると、木陰野《こかげの》が茶《ちゃ》を持ってきてくれた。昨夜《ゆうべ》は結局《けっきょく》間に合わなかったことを心底《しんそこく》悔やんでいたが、今はそんな様子もなく至《いた》って普通《ふつう》にしている。

台所からはミリ秒単位《びょうたんい》で揃《そろ》っているのではないかと思われるほど規則《きそく》正しい包丁《ほうちょう》の音。棺《かん》奈《な》が料理《りょうり》の下拵《したごしら》えをしているのだ。というか死人が作る料理って、味《あじ》とか大丈夫《だいじょうぶ》なのか。

普段《ふだん》は授業を受けているはずの昼下がりとあって、なんだか眠《ねむ》くなってきた。昨夜の疲《つか》れもまだ取れていないし、何より掘《ほ》り炬燵《ごたつ》が温《あたた》かい。

目を閉じ、舟《ふね》を漕《こ》ぎかけたその時、静《しず》かに枯葉《かれは》が言った。

「景介《けいすけ》……少し、いいか」

「なんだ？」

目を開け顔を向けると、枯葉は立ち上がる。どうやら外に出るらしい。

なんとなく、行き先の予想《よそう》はできた。

無言《むごん》で景介は枯葉についていく。お茶を啜《すす》りながら木陰野がそれを見送る。

居間《いま》の襖《ふすま》を開け、廊下《ろうか》を渡《わた》り、縁側《えんがわ》から草履《ぞうり》を履《は》いて外に出る。それから家の周囲《しゅうい》を半周し、やや開けた、木漏《こも》れ日《び》の射《さ》す裏庭《うらにわ》へ。

「……ここだ」

思っていた通り——。

地面に突《つ》き刺《さ》されたやや大きめの石がふたつ、そこにはあった。

丁寧《ていねい》に土を固めてあった。石だってどこから見付けてきたのか、なかなか立派《りっぱ》なものだ。

「お前には悪いと思っている。妾《わたし》には、こんなものしか作ってやれん」

「充分《じゅうぶん》だよ」

景介は微笑《びしょう》する。

正直《しょうじき》なところ、形式や体面《たいめん》なんて別にどうだっていい。宗教《しゅうきょう》を信じている訳《わけ》でもないから、どう弔《とむら》うのが最適《さいてき》かなんて主張《しゅちょう》も持っていない。

ただ。

ふたり並《なら》んで仲良《なかよ》く眠っているのであれば、それ以上のものは望《のぞ》まない。

ふと、視線《しせん》を上に遣《や》る。

石を見ているだけでは気付かなかったが、すぐ横に立派《りっぱ》な桜《さくら》の木があった。もちろん今は花もなければ葉もないが、春にはきっと綺麗《きれい》に咲《さ》くだろう。

「……なあ、枯葉」

その時の光景《こうけい》を想像《そうぞう》しながら、景介は薄《うす》く息《いき》を吸《す》い込み、

「お前、あんま無理《むり》すんなよ」

少し叱《しか》るような口調《くちょう》で、言った。

「こういうの、俺は嬉《うれ》しいし、あいつらだって喜《よろこ》ぶと思う。でも……死んだ奴《やつ》のことばっか気にかけてても仕方《しかた》ない。お前にはお前のことがあるんだ」

「……景介《けいすけ》」

「俺だってそうだ。灰原《はいはら》や尾《お》ノ上《うえ》のことは悲しいけど、やらなきゃいけないことが山ほどある。日崎《ひざき》を取り戻さなきゃならないし、姉さんがどうなったのかも知りたいしな」

「いいのか？」

枯葉《かれは》が問《と》う。

それはつまり、足を踏《ふ》み入れてもいいのか、ということ。

枯葉に、一族《いちぞく》の内紛《ないふん》に、これからも関《かか》わっていていいのか、という——意志《いし》確認《かくにん》だった。

「あんま危険なのはごめんだからな」

だから、いつものように軽口《かるくち》で応《こた》える。

「……そうか」

呟《つぶや》いた枯葉の声は、いつもの尊大《そんだい》な口調と違《ちが》って珍《めずら》しくしおらしい。

背後《はいご》から微《かす》かに、制服《せいふく》の袖《そで》を握《にぎ》られる感触《かんしょく》がある。

控《ひか》えめで、遠慮《えんりょ》するような、それでもどこか力強い、指先。

それは枯葉《かれは》の意思《いし》なのか、それとも灰原《はいはら》がそうさせているのだろうか。

「ありがとう。……やはり優《やさ》しいな、お前は」

「バカ言え」

わからないけれど、今はまだそれでもいいか、と思った。

あとがき

初めましての方は初めまして。そうでない方はお久しぶりです。藤原祐《ふじわらゆう》と申《もう》します。

前シリーズの『レジンキャストミルク』から八ケ月と間が空いてしまったのですが、今回新シリーズを開始できる運びとなりました。待《ま》ってくださっていた方には本当にすみません。

……というか、実は僕、前の本のあとがきで『次はファンタジーになる予定です』とかいけしゃあしゃあとまだ確定してもいない事項《じこう》を書いてしまったのですが、案《あん》の定《じょう》というか予定外というか、結局ファンタジーじゃなくなってしまいました。そういう意味でもすみません。シリーズ開始からいきなり謝罪《しゃざい》の嵐《あらし》でごめんなさい。おやまた謝《あやま》った。

まあ、ファンタジーの定義を思いきり広く解釈《かいしゃく》すればこの話もファンタジーと呼べないこともない気がするのでって苦しい言い訳《わけ》ですね。言い訳はみっともないのでやめましょう。

ともあれ、新シリーズの『アカイロ／ロマンス』、お楽しみ頂《いただ》けたでしょうか。うっかりタイトルにスラッシュを入れてしまったせいで微《び》妙《みょう》に縦《たて》書《が》き時の据《す》わりが悪いけど自《じ》業《ごう》自《じ》得《とく》だ。

楽しんでくださったのであれば嬉《うれ》しいです。前のシリーズから読んでくださっている方には、八ケ月お待たせしてしまった分の面白《おもしろ》さをお届《とど》けできていればと切《せつ》に願います。ファンタジーだって言ってたのに違《ちが》うじゃねえか大人はみんな嘘《うそ》つきだ畜生《ちくしょう》という方にも『これはこれで』

と納得《なっとく》してくれるようなものを頑張《がんば》ったつもりです。というか、作者の心はまだ子供なので許してください。大人だけじゃない、子供だって嘘《うそ》つきなんだ。

ところで今回も『レジンキャストミルク』に引き続き、椋本夏夜《くらもとかや》さんとのコンビでお送りすることになりました。システムも前作と同様《どうよう》に、担当編集《たんとうへんしゅう》さん、イラストレーターさんとの三人で密《みつ》に打ち合わせをした上で、物語やキャラクター、設定などの面を文章・イラストの双方《そうほう》向《こう》から補強《ほきょう》していくという体制でやっております。

この方法が読者の方にとってどんな結果を及《およ》ぼすかはわからないですし、他との違《ちが》いなどもなかなか見えにくいものではありますが、少なくとも、この本は制作側が細部《さいぶ》まで満足・納得《なっとく》した上で世《よ》に出たものだというのは断言できます。現時点でのベストを尽《つ》くしました。もし読者の方々が楽しむための一助《いちじょ》になっているなら、これ以上の幸せはありません。

という訳《わけ》で、担当編集の佐藤さん、並びにイラストの椋本さん、いろいろとありがとうございました。特に今回原稿《げんこう》が遅《おく》れに遅れてすみません……。次はよい子になります。なれたらいいと思います。頑張ります。見捨てないでください。

また編集部を始めとした、アスキー・メディアワークス各部署の皆様、そして校閲《こうえつ》さん、デザイナーさん、お世話になりました。というよりいつもお世話になっております。相変わらず至《いた》らない点も多々ありますが何卒《なにとぞ》ご容赦《ようしゃ》のほどを。

それからスペシャルサンクスで、有沢《ありさわ》まみずさん、成田良悟《なりたりょうご》さん。本作執筆時にいろいろ協力して頂《いただ》きました。どうもありがとうございました。特に成田さんは同月刊行《かんこう》でどっちが先に原稿をあげられるかというチキンレースの中……いや、これ以上は言うまい。

何より、読者の皆さま。手に取って頂いて本当にありがとうございます。

面白《おもしろ》い物語にしていこうと思います。できる限りのことはします。ですので、これからどうかこのシリーズをよろしくお願いします。

藤原《ふじわら》　祐《ゆう》

アイロ/ロマンス

どんどんぱふぱふ〜〃

新シリーズ・開幕でございます。

最後まで読んで下さってありがとうございます〃
イラスト＋原案協力担当 椋本です。
前作・「レジンキャストミルク」にひきつづき、今作も
同体制でやらせて頂くことになりました。
はじめまして様もおなじみ様もどうぞよろしく
お願い至します〃

さてさて。
初っ端から衝撃の展開（あうっふ）の今作ですが…
というか最初に藤原さんから構想を伺った時は
正直、どうなのソレ…とか思ったりもしたのですが…
そんなことも今は昔、いつのまにやらすっかりきっぱり
「ガンガンいこうぜ」モードの私でございます。
まったく慣れって恐ろしいですね。というわけで
次巻以降も、テーレ丸つき全開所存ですので
どうぞおたのしみにー。手に手をとって行きつく先が
奈落の底とかじゃないといいなぁ…

最後になりましたが、藤原さん、担当さん、デザイナーさん他、
この作品に関って下さるみなさまと読者のみなさまに
感謝を。ありがとうございました!!
また次巻にてお会いしましょうー〃

Kaya Kuramoto
2008. 夏。

◉藤原　祐著作リスト

「ルナティック・ムーン」（電撃文庫）
「ルナティック・ムーンII」（同）
「ルナティック・ムーンIII」（同）
「ルナティック・ムーンIV」（同）
「ルナティック・ムーンV」（同）
「レジンキャストミルク」（同）
「レジンキャストミルク2」（同）
「レジンキャストミルク3」（同）
「レジンキャストミルク4」（同）
「レジンキャストミルク5」（同）
「レジンキャストミルク6」（同）
「レジンキャストミルク7」（同）
「レジンキャストミルク8」（同）
「れじみる。」（同）
「れじみる。Junk」（同）

本書に対するご意見、ご感想をお寄せください。

■

あて先

〒160-8326 東京都新宿区西新宿4-34-7
アスキー・メディアワークス電撃文庫編集部
「藤原 祐先生」係
「椋本夏夜先生」係

■

電撃文庫

アカイロ／ロマンス

少女《しょうじょ》の鞘《さや》、少女《しょうじょ》の刃《やいば》

藤原《ふじわら》　祐《ゆう》

発　行　二〇〇八年八月十日　初版発行
　　　　二〇〇九年七月三日　三版発行

発行者　髙野　潔

発行所　株式会社アスキー・メディアワークス
〒一六〇-八三二六　東京都新宿区西新宿四-三十四-七
電話〇三-六八六六-七三一一（編集）

発売元　株式会社角川グループパブリッシング
〒一〇二-八一七七　東京都千代田区富士見二-十三-三
電話〇三-三二三八-八六〇五（営業）

装丁者　荻窪裕司（META＋MANIERA）

印刷・製本　旭印刷株式会社

ISBN978-4-04-867184-2 C0193

電撃文庫創刊に際して

文庫は、我が国にとどまらず、世界の書籍の流れのなかで〝小さな巨人〟としての地位を築いてきた。古今東西の名著を、廉価で手に入りやすい形で提供してきたからこそ、人は文庫を自分の師として、また青春の想い出として、語りついできたのである。

その源を、文化的にはドイツのレクラム文庫に求めるにせよ、規模の上でイギリスのペンギンブックスに求めるにせよ、いま文庫は知識人の層の多様化に従って、ますますその意義を大きくしていると言ってよい。

文庫出版の意味するものは、激動の現代のみならず将来にわたって、大きくなることはあっても、小さくなることはないだろう。

「電撃文庫」は、そのように多様化した対象に応え、歴史に耐えうる作品を収録するのはもちろん、新しい世紀を迎えるにあたって、既成の枠をこえる新鮮で強烈なアイ・オープナーたりたい。

その特異さ故に、この存在は、かつて文庫がはじめて出版世界に登場したときと、同じ戸惑いを読書人に与えるかもしれない。

しかし、〈Changing Time, Changing Publishing〉時代は変わって、出版も変わる。時を重ねるなかで、精神の糧として、心の一隅を占めるものとして、次なる文化の担い手の若者たちに確かな評価を得られると信じて、ここに「電撃文庫」を出版する。

1993年6月10日
角川歴彦

電撃文庫

アカイロ／ロマンス 少女の鞘、少女の刃
藤原 祐
イラスト／椋本夏夜
ISBN978－4－04－867184－2

夜の美術室。倒れたクラスメイト。エプロン姿のメイドが持つ鳥籠から少女の声が響く。「これより喪着を執り行う」――。藤原祐×椋本夏夜、待望の新シリーズ。

ふ-7-16 1643

ルナティック・ムーン
藤原 祐
イラスト／椋本夏夜
ISBN4－8402－2458－7

少年は〈月〉を探していた。機械都市バベルの下に広がるスラムの中で……。そして少年が少女と出会うとき、異形のものとの戦いが始まる……。期待の新人デビュー！

ふ-7-1 0841

ルナティック・ムーンⅡ
藤原 祐
イラスト／椋本夏夜
ISBN4－8402－2546－X

〈稀存種〉としての力に目覚め、機械都市バベルでケモノ殲滅のための生活を始めたルナ。そんな彼の許に現れたのは「悪魔」と呼ばれる第2稀存種の男だった……。

ふ-7-2 0874

ルナティック・ムーンⅢ
藤原 祐
イラスト／椋本夏夜
ISBN4－8402－2687－3

変異種のウエポンを抹殺するため、純血主義の組織が派兵を決めた。背後に見え隠れする「繭」の遣い手。そして彼が動く時、第5稀存種が遂に覚醒する……。

ふ-7-3 0935

ルナティック・ムーンⅣ
藤原 祐
イラスト／椋本夏夜
ISBN4－8402－2845－0

有機溶媒のプールに浸る狂気に犯された一人の少女。そして、ロイドに捕らえられたルナとシオンに対し、機械都市バベルの真の目的が遂に明かされる！

ふ-7-4 1019

電撃文庫

ルナティック・ムーンV
藤原 祐
イラスト／椋本夏夜
ISBN4－8402－3022－6

すべてを犠牲にして積み上がる楽園が、ルナとシオンの前に立ち塞がる。最後の戦いの果てに、ふたりが辿り着くのは……。「ルナティック・ムーン」終幕。

ふ-7-5　1080

レジンキャストミルク
藤原 祐
イラスト／椋本夏夜
ISBN4－8402－3151－6

「先輩、朝です。起きて下さい」。平凡な高校生・城島晶の枕元で、毎朝、中華鍋を無表情に叩く美少女、硝子。彼女の正体は、異世界から来た奇妙な存在で……。

ふ-7-6　1149

レジンキャストミルク2
藤原 祐
イラスト／椋本夏夜
ISBN4－8402－3278－4

相変わらずとぼけた日常を送る城島硝子とクラスメイトたち。だけどその内のひとり、姫島姫には硝子たちにも内緒にしている秘密があって……？

ふ-7-7　1207

レジンキャストミルク3
藤原 祐
イラスト／椋本夏夜
ISBN4－8402－3435－3

こんにちは、城島硝子です。クラスメイトの男子に海へ誘われてしまいました。あの、マスター……私どうするのが適当なのでしょうか？　とぼけつつも事態は緊迫の第3巻。

ふ-7-8　1264

レジンキャストミルク4
藤原 祐
イラスト／椋本夏夜
ISBN4－8402－3452－3

舞鶴 蜜のたったひとりの友達だった少女、直川君子。彼女に訪れた危機に、蜜は昔のことを思い出し、そして――。シリーズ第4巻！

ふ-7-9　1279

電撃文庫

レジンキャストミルク5

藤原 祐
イラスト／椋本夏夜

ISBN4－8402－3555－4

夏休みが終わり、二学期。晶たちのクラスである二年三組に、双子の転校生がやって来る。晶は彼らが【虚軸】かどうかを確認しようとするが……？

ふ-7-10 1319

レジンキャストミルク6

藤原 祐
イラスト／椋本夏夜

ISBN978－4－8402－3763－5

この世界に戻ってきた晶の父親、城島樹。彼のもとへと赴いた晶たちに【無限回廊】が真実を語る時――。ほのぼの×ダークな人気シリーズ、緊張の第6弾！

ふ-7-12 1406

レジンキャストミルク7

藤原 祐
イラスト／椋本夏夜

ISBN978－4－8402－3882－3

虚軸たちを消滅させて世界の安定を図ろうとする城島樹。彼の企みを阻止するため、晶たちはついに反撃を開始する――！ 完結へ向け、ついにクライマックス突入！

ふ-7-13 1442

レジンキャストミルク8

藤原 祐
イラスト／椋本夏夜

ISBN978－4－8402－3976－9

大切な人を守るため、晶と硝子たちは最後の戦いに挑む。この世界そのものに対して抗う彼らは、果たして何を得、何を失うのか――。ついにシリーズ完結！

ふ-7-14 1484

れじみる。

藤原 祐
イラスト／椋本夏夜

ISBN4－8402－3641－0

城島硝子とちょっぴりヘンな仲間たちが贈るほのぼの100％連作集。蜜ちゃん初めての手作りお弁当、海水浴で大事件などなど、書き下ろしも加えて遂に文庫化！

ふ-7-11 1362

電撃文庫

れじみる。Junk

藤原 祐
イラスト／椋本夏夜

ISBN978－4－8402－4124－3

城島硝子とちょっぴりヘンな仲間たちが再び贈る『レジンキャストミルク』番外編、第二弾！ 本編の後日談も含めた書き下ろし満載でお送りします！

ふ-7-15 1529

C³ ―シーキューブ―

水瀬葉月
イラスト／さそりがため

ISBN978－4－8402－3975－2

宅配便で届いた謎の黒い立方体と、深夜台所で煎餅を貪り食っていた謎すぎる銀髪少女（全裸）。えーと、これは厄介事の予感……？ 水瀬葉月第三シリーズ始動!!

み-7-7 1483

C³ ―シーキューブ―Ⅱ

水瀬葉月
イラスト／さそりがため

ISBN978－4－8402－4143－4

なんだかんだで春亮と同じ高校に編入することになったフィア。初登校の矢先、超ウッカリ・ドジ美少女が事件を引き連れてやってきて……!? 第2巻登場！

み-7-8 1535

C³ ―シーキューブ―Ⅲ

水瀬葉月
イラスト／さそりがため

ISBN978－4－04－867023－4

一人でお留守番中のフィアに忍び寄る黒い影。ソレは長い黒髪でフィアを捕らえて……くすぐりまくった!? 春亮と知り合いっぽいこの子って、一体誰だーッ？

み-7-9 1582

C³ ―シーキューブ―Ⅳ

水瀬葉月
イラスト／さそりがため

ISBN978－4－04－867178－1

いよいよ迫る体育祭に張り切るフィアたちのもとに、今度は不思議系の「厄介事」が転がり込んできた!? 果たして無事にイベント当日を迎えられるのやら……？

み-7-10 1637

電撃文庫

とらドラ！
竹宮ゆゆこ
イラスト／ヤス

ISBN4－8402－3353－5

目つきは悪いが普通の子、高須竜児。〝手乗りタイガー〟と恐れられる女の子、逢坂大河。二人は出会い竜虎相食《あいは》む恋と戦いが幕を開ける！　超弩級ラブコメ登場！

た-20-3　1239

とらドラ2！
竹宮ゆゆこ
イラスト／ヤス

ISBN4－8402－3438－8

川嶋亜美。転校生。ファッションモデル。顔よしスタイルよし外面、よし。だけどその本性は――？　またひとり手ごわい女の子の参戦です。超弩級ラブコメ第2弾！

た-20-4　1268

とらドラ3！
竹宮ゆゆこ
イラスト／ヤス

ISBN4－8402－3551－1

竜児と亜美がまさに抱き合わんとしている（ように見える）場面を目撃した大河。一触即発の事態からなぜか舞台はプール勝負へ!?　超弩級ラブコメ第3弾！

た-20-5　1315

とらドラ4！
竹宮ゆゆこ
イラスト／ヤス

ISBN978－4－8402－3681－2

夏休み、亜美の別荘へと遊びにいくことになった大河たち。いつもとは違う開放的な気分の中、竜児と急接近を果たすのは――？　超弩級ラブコメ第4弾！

た-20-6　1370

とらドラ5！
竹宮ゆゆこ
イラスト／ヤス

ISBN978－4－8402－3932－5

文化祭の季節。クラスの演しものとかミスコンとかゆりちゃんの暗躍などなど楽しみなイベント満載の中、大河の父親が現れて……!?　超弩級ラブコメ第5弾！

た-20-8　1467

電撃文庫

断章のグリムⅠ 灰かぶり

甲田学人
イラスト／三日月かける

ISBN4－8402－3388－8

人間の恐怖や狂気と混ざり合った悪夢の泡。それは時に負の『元型《アーキタイプ》』の塊である『童話』の形をとり始め、新たな物語を紡ぎ出す――。鬼才が贈る幻想新奇譚《メルヘン》、登場！

こ-6-14 1246

断章のグリムⅡ ヘンゼルとグレーテル

甲田学人
イラスト／三日月かける

ISBN4－8402－3483－3

自動車の窓に浮かび上がる赤ん坊の手形。そして郵便受けに入れられた狂気の手紙。かくして悪夢は再び〈童話《メルヘン》〉の形で浮かびあがる。狂気の幻想新奇譚、第2弾！

こ-6-15 1284

断章のグリムⅢ 人魚姫・上

甲田学人
イラスト／三日月かける

ISBN4－8402－3635－6

泡禍解決の要請を受け、海辺の町を訪れた蒼衣たち。町中に漏れ出す泡禍の匂いと神狩屋の婚約者の七回忌という異様な状態の中、悪夢が静かに浮かび上がる――。

こ-6-16 1356

断章のグリムⅣ 人魚姫・下

甲田学人
イラスト／三日月かける

ISBN978－4－8402－3758－1

神狩屋の婚約者の七回忌前夜、人魚姫の物語を準えた惨劇が起きる。現場に残るのは大量の泡の気配と腐敗した磯の臭い。死の連鎖を誘う人魚姫の配役とは――!?

こ-6-17 1401

断章のグリムⅤ 赤ずきん・上

甲田学人
イラスト／三日月かける

ISBN978－4－8402－3909－7

田上颯姫の妹が住む街で起きた女子中学生の失踪事件。〈泡禍〉解決要請を受けた雪乃と蒼衣の二人を待ち受けていたのは、敵意剥き出しの非公認の騎士で――。

こ-6-18 1453

断章のグリムⅥ　赤ずきん・下
甲田学人
イラスト／三日月かける
ISBN978－4－8402－4116－8

意識不明の重体に陥った雪乃。彼女の重荷を減らすため、蒼衣は単身、手がかりの見えぬ謎へと立ち向かう。だが、この街の狂気は想像を遥かに超えていて——!?

こ-6-19　1521

断章のグリムⅦ　金の卵をうむめんどり
甲田学人
イラスト／三日月かける
ISBN978－4－04－867016－6

死んだ母親の形見の指輪。それは翔花にとって唯一残った母との繋がりだった。彼女はいつも雪乃の家で泣いていた。そして、人形的な美しさを持つ風乃と出会い——。

こ-6-20　1574

断章のグリムⅧ　なでしこ・上
甲田学人
イラスト／三日月かける
ISBN978－4－04－867172－9

人魚姫の事件から二ヶ月。一人残された千恵の住む街で女子高生が自殺した。死を悼んだ臣が持ち帰った机に置かれた白いユリは、決して枯れることもなく——。

こ-6-21　1631

リセット・ワールド　僕たちだけの戦争
鷹見一幸
イラスト／Himeaki
ISBN978－4－8402－4189－2

あの大崩壊から5年。日本は不思議な国になっていた。立川あたりが西東京協和国なんて名乗ってたり。鷹見一幸が贈る「リセットされた世界の物語」がスタート！

た-12-18　1564

リセット・ワールド2　僕たちが守るべきもの
鷹見一幸
イラスト／Himeaki
ISBN978－4－04－867175－0

西東京協和国の圧倒的兵力の前に孤立する慎吾たち熊谷コミュニティ。悲壮感が漂う中、慎吾だけは逆転の秘策を見出すのだが……。戦いの行方は!?

た-12-19　1634

電撃文庫

さよならピアノソナタ
杉井 光
イラスト／植田 亮
ISBN978－4－8402－4071－0

「六月になったら、わたしは消えるから」ピアニストにして曰くありげな転校生の真冬と、平凡なナオの出会いと触れ合いを描くボーイ・ミーツ・ガール・ストーリー。

す-9-6　1515

さよならピアノソナタ2
杉井 光
イラスト／植田 亮
ISBN978－4－8402－4195－3

天才ピアニストの真冬をギタリストとして迎えた民俗音楽研究部は海へ合宿に行くことになるが、ナオを巡って戦いが勃発し!? 恋と革命と音楽の物語、第2弾。

す-9-7　1570

さよならピアノソナタ3
杉井 光
イラスト／植田 亮
ISBN978－4－04－867182－8

文化祭を控え民俗音楽研究部は準備を開始する。そんな折、真冬と顔なじみのヴァイオリニストが現れナオの動揺を誘うが——。恋と革命と音楽の物語、第3弾。

す-9-9　1641

俺の妹がこんなに可愛いわけがない
伏見つかさ
イラスト／かんざきひろ
ISBN978－4－04－867180－4

「キレイな妹がいても、いいことなんて一つもない」妹・桐乃と冷戦関係にあった兄の京介は、ある日突然、桐乃からトンデモない〝人生相談〟をされ……。

ふ-8-5　1639

僕は彼女の9番目
佐野しなの
イラスト／鶴崎貴大
ISBN978－4－04－867181－1

クリスマス・イブに事故った不幸な高校生東司。退院した彼の部屋にある夜忍んで来た美少女は言った。「あなたを轢いたのは、わたしです——トナカイの引く〝ソリ〟で」

さ-12-2　1640